황제를 위하여

2

황제를 위하여

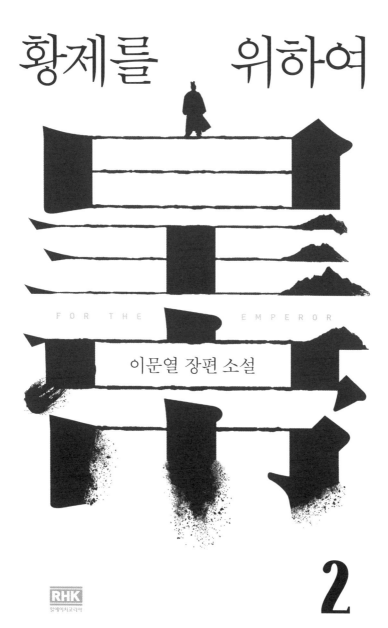

FOR THE EMPEROR

이문열 장편 소설

RHK
알에이치코리아

2

40년 만의 교정 추고 판(版)을 내며

조나단 스위프트는 만년에 자신이 쓴 『걸리버 여행기』를 다시 읽고 스스로 감탄했다고 한다.

"여기 참 재주 있는 젊은이가 있었군."

그런데 초판 출간 거의 40년 만에, 아마는 마지막이 될 듯싶은 교정 추고 판 서문을 쓰기 위해 『황제를 위하여』를 다시 읽는 내 느낌은 그런 스위프트만큼 느긋하지도 감동스럽지도 못하다.

"그때 참으로 고단하고 막막하던 서생[文靑]이 하나 있었군."

아마도 70년대 후반 처음 '황제를 위하여' 초고를 구상하던 시절의 나를 떠올린 탓이었을 것이다. 그때 나는 출발부터가 비뚤어진 지향과 열정으로 여러 해 세상 밖을 떠돌다가, 마침내 패잔하여 70년대 초 소매를 떨치고 떠났던 문학으로 되돌아온 지 오래지 않은 때였다. 한판 크게 싸움에 져서 간과 뇌를 땅에 바른[肝腦

塗地] 지경까지는 아니라도, 헛되이 푸른 구름[靑雲]을 좇다가 거름더미에 처박힌 꼴은 되어 늙으신 어머니와 어린 처자를 거느리고 도회로 나온 뒤 몇 해를 삶의 진창에서 허우적거리고 있었다.

어느 날 문득 『한비자(韓非子)』 한 구석에 나오는 옛 중국의 아나키스트 광휼(狂憍)과 화사(華士)나 『맹자』「등문공(滕文公)」 장에 나오는 농가(農家) 허행(許行)으로 동양의 무정부주의나 사회주의 사상을 말할 수도 있고, 도연명이나 가의(賈誼)를 워즈워드나 보들레르처럼 불러내 두시언해(杜詩諺解)나 근대의 몇몇 볼 만한 의고문(擬古文) 번역체로 엮으면 우리 스산한 근대사를 재미있게 빗대어 엮어볼 수도 있겠다 싶으면서 이 자못 장엄하면서도 황당한 서사의 실마리가 엮이기 시작했다.

한번 흥이 일자 난데없는 호기가 나고 감흥이 치솟아, 나는 몇 달 만에 '백제실록(白帝實錄)'이라는 대략 2백자 원고지 7백 장 분량의 대학노트 초고를 가지게 되었다. 1977년도 다해 갈 무렵이었다. 하지만 이듬해 내가 대구 〈매일신문〉에 편집기자로 일자리를 얻게 되면서 새로운 생업에 골몰하느라 그 초고는 더 진전 없이 대학노트에 휘갈겨진 상태로 내 묵은 원고더미 속에 묻혀 있었다.

그러다가 당시로는 아주 늦어서야 〈동아일보〉 신춘문예로 등단한 뒤인 80년대 초 어느 해, 그 무렵 창간된 계간지 〈문예중앙〉에 장편으로 분재(分載)가 결정되면서 그 '백제실록'은 '황제를 위하여'란 제목으로 환골탈태하게 된다. 원래는 '위료황제(爲了皇帝)'

라는 백화문체(白話文體) 한문 제목이었으나, 우리 독자가 알아보기 쉽게 국한문 혼용체로 바꾼 것이었다. 제목이 바뀌고 유사(類似)실록 문체에서 장회소설(章回小說) 형태로 재구성되면서 연재는 한 분기에 2백자 원고지 3백매 남짓의 장(章)으로 1년 반에 6회 분재되었고, 완성된 전체 원고 매수는 대략 2백자 원고지 2천 장 남짓이었다고 기억된다.

초판은 어떤 운동권 쪽 출판사에서 내게 되었는데 좋은 계기로 만났으나 헤어짐은 신통치 못했다. 어쭙잖은 감정싸움, 체면싸움 끝에 초판 1만 부로 합의 절판하고, 재판은 다른 출판사에서 낸 '한국 현대소설 33인 전집' 끄트머리 권으로 들어갔는데, 그 전집 기획이 크게 성공해 월부판매로 백만 질을 넘긴 덕분에 3년에 걸쳐 백만 부 가까운 인세를 월급처럼 나누어 받았던 기억이 있다. 하지만 기획된 서른세 권 전집 가운데 한 권이라 흐지부지되었다가 90년대 초입 고려원이란 곳에서 다시 상하 두 권의 단행본으로 나누어 내게 되었으나, 책의 운명이 기구해서인지 그곳 또한 네댓 판 내고는 문을 닫아 2000년도 이후에는 민음사 판으로 넘어갔다.

민음사에서는 기세 좋게 『황제를 위하여』를 '민음 세계명작 전집'에 1, 2 두 권으로 나누어 끼워 넣었는데, 내가 이 최종 교정판 원본으로 쓴 2018년도 민음사 판은 40쇄로 나와 있다. 1쇄에 몇 부를 찍었는지는 잘 모르겠으나, 지난 40년간 꾸준히 독자의 사랑을 받았음은 마음속으로 늘 고마워해 왔다.

이번에 RHK 출판사 편집부가 새로 찾아 실어준 고(故) 김현 서울대 교수의 『황제를 위하여』 평문(評文)은 그 과분한 지우(知遇)로 지난 30여 년 판을 바꿔낼 때마다 내 교정과 추고를 게을리할 수 없게 만들었다. 옛 사람을 떠올리며 새삼 숙연해진다.

2020년

부악白虎 蒼友岡에서

이 문 열

3판 서문

기구한 인연의 책이다. '82년에 첫 출간됐으나 이런저런 사정으로 초판에서 그치고, 다시 '84년에 출판사를 바꾸어 두 번째 출간을 맞았으나, 이번에는 출판사 사정으로 역시 초판에서 끝나게 되고 말았다. 그러하되 자식을 아는 데 부모만 한 이가 있으랴. 나는 이 책의 정신적 어버이로서, 믿건대 이 책을 나의 여러 자식 중에서도 쓸 만한 자식 중의 하나라고 생각한다. 이에, 고려원의 요청을 받아 세 번째로 독자에게 다시 선을 보인다. 아이들 말로 삼세판이라는 게 있던가.

1991년 10월
이문열

초판 서문

처음 이 작품을 구상할 때 나는 두 가지 의도를 가지고 있었
다. 그 하나는 금세기의 한국 역사가 보여주는 의식 과잉 내지 이
념에 대한 과민 반응을 역설적으로나마 지워보려는 것이었고, 다
른 하나는 나날이 희미해지고 멀어져가는 동양적인 것에 대한 향
수를 일깨우는 것이었다.

가만히 돌이켜보면 멀개는 개화파(開化派)와 수구파(守舊派)의
투쟁에서, 가깝게는 민주·공산(民主·共産)의 대립에 이르기까지 근
세사에 있어서 가장 격렬하고 비극적인 사건들은 모두 이념의 부
재에서가 아니라 과잉에서 왔고, 옛것 또는 동양적인 것에 대한 집
착보다는 새것 또는 서구적인 것에 대한 지나친 민감에서 온 것으
로 여겨진다. 따라서 나는 그 모든 것들 — 과학과 합리주의, 갖가

지 종교적 이념, 그리고 금세기를 피로 얼룩지게 한 몇몇 정치 사상 등등 — 이제는 거의 아무도 그 유용성이나 정당함을 의심하려 들지 않는 것까지도 순전히 동양적인 논리로 지워보려 애썼다. 비록 역설적이고 황당하더라도, 부분적인 진실만 들어 있다면, 우리가 다시 불필요하고 무분별한 의식 과잉에 빠져드는 걸 제어하는 한 조그만 장치의 역할을 할 수 있으리란 생각에서였다.

그다음 동양적인 것, 특히 한문화(漢文化)의 고전에 대한 향수를 새삼 일깨우려든 것은 우리 시대의 지나친 무관심과 냉담에 대한 일종의 반발에 가까운 것이었다. 오늘날의 젊은 세대는 플라톤이나 아리스토텔레스의 저서는 읽으면서도 사서삼경은 낡았다고 읽지 않고, 보들레르에게는 감탄하면서도 이하(李賀)를 아는 이 드물다. 니체에게는 심취하면서도 장자를 이해하려 들지는 않고, 로버트 오웬은 알아도 허자(許子)는 낯설어한다. 그러나 진정으로 우리가 세워야 할 문화의 유형이 있다면 그것은 우리의 전통에 깊이 뿌리내린 동양적인 것과 새롭고 활기찬 서구적인 것의 조화에 있지, 어느 한편에 대한 일방적인 배척과 다른 편에 대한 무조건적인 추종이나 몰입에 있지는 않을 것이다. 따라서 문화적인 사대주의의 부활이라는 비난의 우려에도 불구하고 나는 지나치리만치 자주 중국의 고전들을 인용하였다. 서구인들이 그리스·로마 문명에서 자기들 전통의 뿌리를 찾는 것을 부끄러워하지 않는 것처럼, 우리가 전통의 뿌리를 한족(漢族)을 중심으로 이루어진 동북아문화권(東北亞文化圈)에서 찾는 것을 부끄러워해야 할

11

필요는 없기 때문이다.

하지만 이 작품이 연재된 지난 2년간은 내게는 그대로 소모와 피로의 세월이었다. 처음의 의도는 그런대로 뜻있는 것이었으나, 완결짓고 보니 아무래도 만족스럽지만은 못한 작품이 되고 말았다. 지우는 작업도 제대로 된 것 같지가 않고 동양 정신의 정수(精粹)를 끌어내 보이려던 것도 터무니없는 야심이 되고 만 것 같다. 그러나 어쩔 수 없다. 이번은 여기까지뿐이다. 못다한 얘기, 빠뜨린 메시지들은 다음에 쓸 다른 작품에서 기대해 볼 수밖에. 몹시 무더운 여름이다.

1982년 8월

이문열

차
례

넷째 권

풍운만리(風雲萬里)

신천(新天) 칠 년 법술(法術)로 나라를 정비하시고 백석리의 기업(基業)을 되살리시다.

황제가 공산주의자 이현웅을 엄중히 벌하여 내친 일은 흔히 옛적 태공망(太公望)이 고전적인 아나키스트 광휼(狂矞)과 화사(華士) 형제를 벤 것에 견주어진다. 제(齊)나라에 분봉(分封)된 태공망이 맨 먼저 그곳에서 이름 높던 그들 형제를 본보기로 처형하자 노(魯)에 있던 주공단(周公旦)이 급히 사신을 보내 물었다.

"그 둘은 현자(賢者)요. 부임하자마자 그런 현자들부터 죽인 이유가 어디 있소?"

태공망이 대답했다.

"두 형제는 주장하기를, 자기들은 천자의 신하가 아니며, 제후의 친구도 될 수 없고, 다만 스스로 밭 갈아 먹으며 우물을 파 마시고, 다른 사람의 도움을 받지 않을 뿐더러 군주가 하사하는 명예나 봉록도 없이 자신의 노동으로 살아가겠다는 것이었소. 그와 같이 스스로 천자의 신하가 되지 않겠다고 말했으니 나도 그들을 신하로 둘 수 없었고, 제후의 친구가 될 수 없다고 했으니 나도 그러한 자들과 친할 수 없었소. 또 손수 밭 갈아 먹고 우물을 파 마시며 다른 사람들의 도움을 바라지 않았으니 나도 그들을 상벌로써 격려하거나 통제할 수 없었고, 군주에게서 명예를 받지 않을 정도였으니 그들이 아무리 현자라도 나로서는 쓸모가 없었으며, 군주의 봉록도 원하지 않았으니 내 일에 협조해 줄 리도 없었소. 그들은 섬기지 않을 테니까 다스릴 수 없고, 관작을 거절했으니 충성할 기회도 없을 것이오.

선왕(先王)들께서 신민을 부리시던 수단은 관작과 봉록이 아니면 상과 벌이었소. 그런데 그 네 가지가 모두 그들을 다스리는 데 힘이 되지 못한다면 나는 도대체 어떤 사람을 다스린단 말이오? 전쟁에도 참가하지 않고, 나라의 땅도 갈지 않고, 출세나 명예도 원하지 않는다면 나라 사람들을 올바르게 다스릴 길이 없는 것이오.

가령 여기 한 필의 말이 있다고 합시다. 그것이 기(驥)와 같은 천하의 명마라 할지라도 달리지 않고 멈추게 할 수도 없으며 좌우로도 마음대로 돌릴 수 없으면 아무리 무지한 자라도 그 말을 부리려 들지는 않을 것이오.

그들 형제가 현자라고 자처해도 군주가 부릴 수 없고, 행실이 아무리 훌륭해도 군주에게 쓸모가 없으면, 현명한 군주는 그들을 신하로 두지 않을 것이오. 그것은 말을 듣지 않는 기(驥)와 마찬가지기 때문이오. 그래서 그 두 형제를 죽였소."

말하자면, 태공망 같은 이도 다스림을 거부한다는 이유만으로 현자(賢者)를 서슴지 않고 베었으니, 그 이상 모반까지 꾸민 이현웅을 황제가 내쫓은 것은 당연하다는 뜻이겠다.

그런데 여기서 우리가 유의해야 할 것은 그와 같은 고사(故事)의 출처가 『한비자(韓非子)』라는 점이다. 제자백가 어딘들 황제의 박람강기가 미치지 않은 데가 있었으랴만, 이현웅으로부터 권위를 도전받은 후부터는 특히 법가(法家) 쪽으로 기울어진 듯하다. 그것을 짐작케 하는 또 하나의 근거가 바로 신기죽이 신천 칠 년에 겪은 문자옥(文字獄=일종의 필화)이다.

그 가을 어느 날 황제와 시문(詩文)을 즐기던 신기죽은 빼어난 문재(文才)로 황제를 무색하게 만든 적이 있었다. 차례로 한 구(句)씩 읊어나가 추풍음(秋風吟)이란 음류(吟類)를 만들던 중의 일이었다. 바야흐로 공명(公明)의 양보음(梁甫吟)이나 탁문군(卓文君)의 백두음(白頭吟)에 못지않은 일품(逸品)이 어우러져 가다가 황제의 차례에서 그만 막혀버린 것인데, 그때 황제는 정색을 하고 신기죽을 꾸짖었다.

"꼭 필요하지도 않은 때에 지나친 재주를 드러내어 주군(主君)을 억압하는 것은 신하 된 자의 예(禮)가 아닐 뿐더러, 자칫 목숨까지 위태롭게 하는 짓이오. 후한 말의 양수(楊修)는 계륵(鷄肋) 두 자를 섣불리 해석해서 위조(魏祖=조조)의 베임을 당했고, 설도형 (薛道衡)은 공량낙연니(空梁落燕泥)란 시구 하나로 죽음을 당한 뒤 에까지도 수양제(隋煬帝)의 미움을 받았소.

공(公)은 비록 문창후(文昌侯)로까지 높임을 받았으나 사람은 모름지기 지위가 높아질수록 스스로는 겸손해야 하는 법이오. 오늘 작은 재주로 과인을 난감하게 만든 죄 실로 크나, 지난 공으로 보아 용서하니 이제 돌아가 다시 부를 때까지 근신하고 계시오."

그리고 그 뒤 거의 석 달간이나 신기죽을 눈앞에 얼씬도 못하게 했다. 헐뜯기 좋아하는 사람들은 황제가 신기죽의 재주를 시기한 것이라고 하나 어찌 황제를 저 속 좁은 조조나 양광(楊廣=수양제) 따위에 비기랴. 황제는 다만 오랜 태평성세로 해이해져 가는 신민(臣民)들의 기강을 우려하여, 신기죽의 대단찮은 실수를 평계 삼아 엄중한 경종을 울렸을 뿐이었다. 아마도 법가(法家)의 치술(治術)을 빌려 쓴 것이리라.

법술(法術)에 대한 황제의 그와 같은 치우침은 이듬해, 즉 신천 팔 년 정월 명천률(明天律)의 반포로 더욱 뚜렷해진다. 명천률이란, 신기죽을 멀리하고 지낸 그 석 달 동안에 황제 스스로 지은 법률로서, 중국인들은 그걸 '밍톈[明天=내일]의 법' 또는 '미래의 법'으로 오인하는 수가 있지만, 실은 대명률(大明律)을 본떠 30권 606조(條)로 된 어엿한 현실의 법령이었다. 추상적인 말과 즉흥적인 행동만으로 이루어진, 그때까지의 치술(治術)에 어떤 변함

없는 원리와 일관된 체계를 부여하려는 노력으로 여겨진다. 다만 애석한 것은 그 조문(條文)이 거의 전하지 않아 지금은 상세한 내용을 알 수 없다는 점과 한문으로만 되어 있어 그때도 신기죽이나 겨우 이해했을까, 일반 사람들에게는 별로 실효를 가지지 못했으리란 점이다.

그 밖에, 지원의 형식으로 관동군에 끌려갔다가 탈출해 온 두 명의 지식 청년을 받아들일 때에도 황제는 그들 법가(法家)의 원리를 따랐다. 그들의 높은 식견과 일본인에 대한 증오감, 그리고 예사 아닌 전투 경험 등은 높이 사면서도 한 빈객 이상으로는 대우하려 들지 않은 것이었다.

"제(齊)의 조보(造父)는 네 마리 말이 끄는 수레를 모는 일에 능숙하였다. 이와 같이 말을 다루는 것은 고삐와 채찍의 지배력을 자유롭게 발휘할 수 있었기 때문이다. 또 왕량(王良)은 예비로 쓸 말을 많이 거느리고 다녔으되 고삐나 채찍을 쓰지 않고 뜻대로 부렸다. 먹이나 물로써 말을 조종할 줄 알았기 때문이다.

그리하여 조보(造父)와 왕량(王良)은 천하에서 가장 뛰어난 마부가 되는 셈이지만, 왕량에게 고삐의 왼편을 잡게 하여 말을 몰아치게 하고 조보에게 고삐의 바른편을 잡게 하여 말에게 채찍질을 하게 한다면 말은 십 리도 달리지 못하게 될 것이다. 두 사람이 함께 말을 다루는 까닭이다.

전련(田連)이나 성규(成竅)는 세상에서 제일가는 거문고의 명수들이었다. 그러나 전련에게 거문고의 윗부분을 퉁기게 하고 성규에게 그 아랫부분을 다루게 한다면 곡(曲)을 연주할 수가 없을 것이다. 두 사람이 동시에 한 악기를 다루기 때문이다.

나라도 마찬가지이다. 지금 바깥일은 좌보(左輔=김광국)가 있고, 안의 일은 우보(右輔=신기죽)가 있다. 새로운 저 두 사람이 비록 뛰어나다 하나 이미 있는 두 사람과 함께 쓰는 것은 마치 조보(造父)가 있는 수레에 다시 왕량을 태워 함께 말을 몰게 하고, 전련(田連)이 있는데 새로 성규를 불러들여 함께 거문고를 뜯게 하는 것만 같다. 저들은 다만 귀한 손님으로만 대우하라."

황제는 그렇게 말하였다는데, 어딘가 외저설(外儲說)의 논리를 빌려온 듯하다. 그리고 그와 같이 법술(法術)을 채택함에 따라 황제의 대권은 그 어느 때보다 공고해졌다.

하지만 그런 황제에게도 단 한 가지 뜻대로 할 수 없는 일이 있었다. 바로 일본을 상대로 군사를 일으키는 일이었다. 나라가 정비되고, 동(董)의 배신으로 잃어버린 이상의 군비(軍費)가 다시 모이자 황제의 가슴속에서는 새로운 야망과 왜적에 대한 적개심이 불타오르기 시작했다.

먼저 김광국이 삼엄한 대륙의 정세를 들어 황제를 말렸다. 그 무렵 일본의 북지(北支) 방면군은 화북(華北)을 휩쓸고 있었고, 관동군(關東軍)은 만주국과 연합하여 동북(東北)을 완전히 틀어잡고 있었다. 한때 일본을 괴롭히던 소위 동북항일연군(東北抗日聯軍)도 1936년을 고비로 만주에서 자취를 감추다시피 한 후였으며, 일본은 오히려 그해 봄의 일소(日蘇) 불가침 조약으로 남아도는 군대를 남방으로 빼돌리는 판이었다.

　그러나 뒤늦게 전해져온 평형관(平型關)의 승전 소식으로 김광국의 위협적인 만류는 허사가 되고 말았다. 산서성(山西省)과 하북성(河北省)의 경계 부분에 있는 평형관에서 팔로군(八路軍)의 임표(林彪) 사단이 일본의 정예 판원(板垣) 병단을 복격(伏擊) 섬멸한 그 싸움이, 암약 중인 공산당원들에 의해 실제보다 몇 배나 과장된 채 멀리 척가장까지 들려온 까닭이었다. 실제의 전과야 어떠하든 그것이 상승(常勝)을 자랑하던 일본군에 대한 중국 측의 첫 승리란 점에서는 확실히 충격적인 소식이었다. 더구나 승전보의 일반적인 관계 — 적은 병력으로 대병력을 무찔렀으며, 부족하고 뒤떨어진 병기로 완벽한 장비를 갖춘 정예를 깨뜨렸다는 따위는 황제를 완전히 들뜨게 만들었다. 그러자 신기죽이 나섰다.

　"『논어』에 이르기를, 젊을 때는 혈기 아직 정해지지 않았으니 여색을 조심하고, 장년에 이르러서는 혈기 바야흐로 강한지라 싸움을 조심하며, 늙으면 혈기 이미 쇠한지라 탐욕을 경계하라 했습니다. 이제 주군께서는 바야흐로 혈기 방장한 장년이시매, 마땅히 싸움을 경계해야 할 줄로 믿습니다.

　손자(孫子)가 그 책머리에 「시계(始計)」 편을 둔 것이나, 오자(吳子)가 「도국(圖國)」 편을 앞세운 것은 전쟁의 승패가 반드시 싸움터에서의 일만으로 결정되지 않는다는 것을 말하고자 함이었습니다. 돌이켜 생각하건대, 저 파왜관(破倭關)의 싸움이 백석리의 자제들만 상하고 얻음이 적었던 것이나, 기미년에 왜적을 벰으로 마침내 삼한(三韓)의 기업(基業)을 잃어버리기에 이른 것은, 싸움에 오직 분한(憤恨)만을 앞세워 살핌에 부족함이 있던 탓이 아닌가 합니다.

이제 나라가 편안하고 백성들이 풍족하다 하지만 아직 대병(大兵)을 발하기에는 오히려 부족하고 국기(國基) 비록 굳건하다 해도 그 연조가 짧고 동북(東北)의 호지(胡地)에 치우쳐 변화를 예측할 수 없습니다. 더구나 지금 거느리신 백성은, 태반이 항산(恒産)이 없는 유민 출신이라 옛날 백석리의 부형(父兄)이 지녔던 충성을 기대할 수 없으매, 성급한 동병(動兵)은 더욱 우려되는 바 큽니다.

바라건대, 주군께서는 잠시 혈기를 누르시고 신등(臣等)에게 얼마간의 말미를 허락해 주소서. 신등이 비록 아는 바 적고 소견은 좁으나 백 번 돌아보고 천 번 헤아리어 마침내 대적(大敵)을 파할 계책을 세우겠습니다.”

거기에 대한 황제의 대답도 전처럼 만만치는 않았다. 신기죽의 말이 끝나기 무섭게 황제는 엄한 표정으로 말했다.

“나라에 변론(辯論)이 어지러운 것은 군주가 총명하지 못한 데서 빚어진다 했소. 현명한 군주가 다스리는 나라에서는, 군주의 명령은 말 가운데 가장 귀중한 것이며, 법에 따른 행동은 행동 중에서 가장 정당한 것이오. 말에는 명령보다 귀중한 것이 없으므로 귀중한 것이 둘 있을 수 없으며, 행동에는 법에 따른 행동보다 정당한 것이 없으니 정당한 것도 두 가지가 있을 수 없소. 그래서 말이나 행동이 법령에 따르지 않는 자는 반드시 엄벌하고, 의지할 법령이 없더라도 외적의 흉계를 잘 처리하며 나라에 이익 될 일을 하려는 자가 있으면 군주는 반드시 그 진언(進言)을 채택하되, 과연 말대로 결과가 나오면 크게 상을 주고 그렇지 않으면 중한 벌을 가해야 하오. 그러면 우매한 자는 벌을 두려워하여 경솔하게 말하지 않으며, 지혜로운 자도 함부로 군주에게 진언하지 않게 되어 변론이 일어나지 않게 되오.

그러나 군주가 어리석으면 명령을 내려도 백성들은 자기 학문에 의지해 그것을 비난하고, 나라가 법령을 공포해도 백성들은 제멋대로 그걸 어기게 되오. 군주가 오히려 법령을 약화시키는 학자들의 지혜를 존중한 까닭이오.

백성들은 다만 세상의 학문을 중시하여 남의 말을 들을 때 이해하기 어려우면 지식이 많고 깊은 뜻이 있다고 생각하며, 박식을 자랑하는 이야기일 경우에는 무조건 훌륭하다고 생각하게 되오. 사람의 행동을 볼 때에는 비정상적이면 오히려 그를 현자(賢者)라 하고, 위를 향하여 반항하는 자를 고상하다고 여기게 되오.

과인이 비록 어리석다 하나 그런 난세는 차마 용납하지 못하겠소. 과인이 기병(起兵)을 논의한 지 벌써 십수 년, 비록 그 명령이 사리에 어긋남이 있더라도 이번에는 반드시 그 실행을 보고야 말 것이오."

그렇게 나오니 김광국으로서는 그야말로 고민이 아닐 수 없었다. 그 무렵의 살벌한 만주 분위기에서 섣불리 군사 행동을 한다는 것은 바로 섶을 지고 불로 뛰어드는 것과 다를 바 없었다.

결국 김광국에게 남은 방법은 어떻게든 시간을 끄는 것뿐이었다. 궁리 끝에 김광국은 우선 신기죽으로 하여금 『정감록』을 뒤져 이용할 만한 구절을 찾아내게 했다. 어찌된 셈인지 김광국의 말이라면 무조건 듣는 편인 신기죽이 며칠 걸려 찾아낸 것은 다음의 세 가지였다.

그 첫째는 무학비결(無學秘訣)이니, 그 시(詩)에,

'신유(申酉)년에는 군사가 사방에서 일어나고…….'

'갑을(甲乙)이 어느 때에 이를꼬? 배 천 척이 남주(南州)에 닿으리라. 멀고 먼 바다 위에 하룻밤에 배 천 척이 뜨리라…….'

등이 있는데, 신기죽은 그들을 결합하였다. 즉 갑신(甲申) 을유(乙酉)년에 큰 전쟁이 일어나고 남쪽에서 우군이 도우러 오리라는 것으로, 그 갑신 을유는 그때부터 삼사 년 뒤인 신천 십일 년과 십이 년이었다. 양력으로는 해방이 되는 1945년을 전후한 해이니, 어쩌면 신기죽의 그와 같은 무학비결 해석은 자못 정확하다고 볼 수도 있겠다. 멀고 먼 바다 위에 뜬 배 천 척은 남태평양에 뜬 미군의 전함이요, 남녘 땅에 닿을 배 천 척은 남한이나 일본 항구에 든 미군 함정으로 볼 수도 있는 까닭이다.

어쨌든 신기죽은 그 구절을 내세워 거병을 서너 해 미루도록 권하며 다시 두 번째의 근거로 「감결(鑑訣)」을 내세웠다.

"신년(申年) 봄 삼월 성세(聖歲) 가을 팔월에 인천(仁川) 부평(富平) 사이에 밤에 배 천 척이 닿고, 안성(安城) 죽산(竹山) 사이에 쌓인 송장이 산과 같고, 여주(驪州) 광주(廣州) 사이에 사람의 그림자가 영영 끊어지고, 수성(隋城) 당성(唐城) 사이에 흐르는 피가 내를 이루고, 한강 남쪽 백 리에 닭과 개소리가 멎고 사람 자취가 아주 끊기리라."는 구절이 그것인데,

신기죽은 그 신년(申年) 또한 갑신(甲申)으로 보아, 그해의 대변란이야말로 황제와 왜적 간의 처절한 싸움을 말한 것이라고 우겼다.

그리고 마지막으로 신기죽이 내놓은 것은 참요(讖謠) 한 편이었다. 『정감록』에 나오는 것은 아니지만, 동장(東莊)의 몇몇 늙은이들에게 전해 오던 이씨들의 조선 말기 참요(讖謠)였다.

世事熊熊思　세상일을 곰곰[熊熊]이 생각하니
此非虎虎時　이 범범[虎虎]하지 않은 때에
心可花花守　마음은 꼿꼿[花花]이 지킬 일이나
言何草草爲　말은 어찌 풀풀[草草]할 것인가
人皆弓弓去　사람들은 활활[弓弓] 다니나
我獨矢矢來　나는 다만 살살[矢矢] 다니리라
此竹彼竹去　이 대[竹]로 저 대[竹]로 가면
前路松松開　앞길이 솔솔[松松] 열리리라

신기죽은 그 노래를 이조의 폭정에 시달리던 서민들의 소극적인 행동 철학 이상으로 해석하여 군주의 자중(自重)을 바라는 백성들의 풍간(諷諫)으로 황제에게 전했다.

신기죽이 이용한 그 방법은 확실한 효과가 있었다. 법술(法術)에 의지하여 전에 없이 강경하던 황제도 차츰 수그러지는 기색을 보였다. 그때 다시 김광국이 나섰다.

"왜적과 싸우는 것은 저 역시 찬성입니다만, 그에 앞서 조선 땅의 근거지를 되살리는 일이 중요하지 않은가 생각됩니다. 여기서 아무리 싸움에 이긴들 근거지가 없으면 그 땅으로 돌아가기가 여간 어렵지 않을 것입니다. 우선 흰돌머리라는 곳을 되살려 훗날에 대비하는 것이 어떨는지요?"

그쯤 되니 황제도 어쩔 수 없었다. 자신의 명령을 거역하겠다는 것이 아니라 더 철저히 따르기 위해서 시간을 달라는데 어찌 마다할 수 있겠는가. 사실 흰돌머리 출신의 늙은이들, 특히 정 처사의 옛 친구들이 뼈나마 고향 땅에 묻히고자 돌아가기를 청해 온 적도 여러 번이었다. 거기다가 황제 자신도 막상 흰돌머리라는 말을 듣고 보니, 오래 떠나 있던 그 땅이 사무치게 그리워졌다.

그리하여 정 처사가 기업(基業)을 폐하고 떠나온 지 거의 십 년 만에 흰돌머리 재건이 있게 되었다. 황제는 그때껏 살아 있던 해물 장사 배 서방을 위시한 몇몇 늙은이들부터 그 가솔과 함께 먼저 흰돌머리로 돌려보냈다. 어느새 스물이 넘은 둘째 아들 효명대군(孝明大君) 휘(輝)가 우발산과 함께 그들을 이끌었다. 그리고 그와 함께 그동안 비축했던 군비도 남김없이 흰돌머리로 돌아갔다.

참으로 지혜로운 김광국의 배려였다. 동장의 모든 여력을 오로지 흰돌머리 재건에 돌림으로써 무분별한 거병(擧兵)을 억제하는 한편, 뒷날 돌아가 의지할 한 조각 땅을 미리 마련하게 된 셈이었다.

신천(新天) 십일 년 칠월 마침내 대적(大敵)을 파(破)하시고 국화(國華)를 회복하시다.

　세월은 쉬임 없이 흘러 어느덧 기약된 갑신년(甲申年)이 오고, 다시 을유년(乙酉年)이 왔다.

　그사이 황제와 동장(東莊)이 어떠했는지는 자세히 알 길이 없다. 실록은 특히 중요한 사실만 띄엄띄엄 기록하고 있고, 그걸 보충할 우발산 노인의 기억도 그 부분은 완전히 비어 있다. 우발산 노인이 그때 일을 기억하지 못하게 된 것은 앞서 본 바와 같이 이미 신천 팔 년에 황제의 차남 효명대군(孝明大君) 휘(輝)와 먼저 흰 돌머리로 돌아갔기 때문이었다.

　따라서 그간의 일로 얘기할 수 있는 것은 그저 앞뒤로 미루어 짐작할 수 있는 몇 가지뿐이다. 먼저 갑신년이 일없이 넘어간 것은 일제의 마지막 발악과 관련이 있는 것으로 보인다. 황제야 물론 반발했겠지만, 그리고 그걸 말리기 위한 김광국의 노력은 참담한 데마저 있었을 테지만, 일제의 가혹한 탄압과 수탈은 기병(起兵)을 생각하기조차 어렵게 만들었을 것이다. 그다음, 또 하나 추측할 수 있는 것은 김광국의 은밀한 활동이다. 실록이나 우발산 노인의 기억에 따르면, 김광국은 한낱 황제의 중신(重臣)으로만 보여도 확실히 자신의 무대를 따로 가지고 있었던 것 같다. 학교를 세운 일도 그렇거니와 뒷날 그에게 여러 가지로 도움이 된 중국인 항일 단체와의 관련도 그런 추측을 뒷받침한다. 라디오를 들여온 일도 그랬다.

"선불(仙佛)의 도에 천리전음(千里傳音)의 비법이 있다더니, 양인(洋人)들이 그걸 기계로 대신하는구나. 참으로 신기한 물건이다."

황제는 다만 그렇게 감탄했을 뿐이었지만 김광국에게는 그 라디오가 상당히 중요한 역할을 하고 있었음에 틀림이 없다. 을유년에 접어들면서 그는 밤만 되면 라디오를 껴안고 지내다시피 했기 때문이다.

그러던 어느 날이었다. 김광국이 몹시 흥분한 얼굴로 황제를 찾아왔다.

"이제 때가 가까워 온 것 같습니다. 일본이 패망할 날이 멀지 않았습니다."

아무것도 모르고 있던 황제는 그 말을 듣고 깜짝 놀랐다.

"그 무슨 말씀이오? 좌보(左輔). 내가 아직 손을 쓰지 않고 있는데 왜적이 어찌 패망한단 말이오?"

"결국 소련도 일본에게 선전 포고를 했습니다. 미국과 중국을 대적하기에도 힘겨운 판에……."

정말 이해할 수 없는 말이었다. 일본이 남쪽 큰 바다[太平洋]와 중국 대륙에서 싸우고 있다는 소리는 황제도 듣고 있었으나 별 실감이 나지 않던 터였다. 황제의 전쟁 개념으로는 일본이 태평양 건너 먼 나라와 싸운다는 것은 물론 중국 대륙에서의 싸움조차도 쉽게 파악되지 않았던 탓이다. 거기다가 이제 엉뚱한 소련까지 끼어들었다니 더욱 이해가 되지 않았다.

"소련?"

"아라사 말입니다. 이현웅과 같은 생각을 가진 거기 사람들이 저희 황제를 죽이고 나라 이름을 그렇게 갈았습니다."

"그렇다면 오래는 못 갈 나라구려. 하지만 아라사라면 이씨(李氏)의 효종(孝宗) 때 변급(邊岌) 신유(申瀏) 등이 두 차례나 정벌한 그 나선(羅禪=러시아) 아니오? 그같이 허약하던 나라가, 그나마 패역한 신민들로 가득한데, 일본에게 싸움을 걸었다 한들 무슨 수겠소?"

"그건 옛일입니다. 지금 그들은 태서(泰西) 지방을 휩쓸던 독일을 제압한 강국입니다."

"그렇게 강하오?"

"군대만도 수백만이 넘습니다."

"미국과 비교하면 어떻소?"

"그리 뒤지지 않을 겁니다."

"그럼 대단할 것도 없지 않소? 미국 역시 지난 신미(辛未)년에 강화도에서 우리 포수들에게 볼품없이 쫓겨난 나라 아니오? 그럼 중국과는 어떻소?"

"그 세 배는 강할 것입니다. 어쩌면 지금 당장으로서는 그 이상일지도 모르죠."

거기서 황제는 다시 어리둥절해졌다.

"그게 정말이오?"

"틀림없습니다."

아무리 보아도 김광국이 거짓말을 하거나 농담을 하고 있는 것 같지는 않았다. 그러자 어렴풋이 그들이 짐작되며 황제는 문득 다급해졌다.

"좌보(左輔), 안 되겠소. 빨리 출병을 서둘러 주시오. 자칫 내가 손쓰기도 전에 왜적이 패망할까 두렵소. 만약 그렇게 된다면 얼마나 원통하며, 또 죽어서는 무슨 낯으로 선고(先考)를 대하겠소?"

황제는 금방이라도 일본이 패망해서 자취도 없어져 버릴 것 같은 불안에 안절부절못했다. 그 말을 들은 김광국의 얼굴에는 잠시 습관이 된 곤혹이 떠올랐다. 그러나 이내 깊은 생각에 빠져 들어갔다. 전에 없던 일이었다.

"만약 일이 잘못되면 이 동장(東莊)은 쑥밭이 될 겁니다. 그래도 좋습니까?"

"싸움에 진 자가 어찌 그 터전이 온전하길 바라겠소?"

김광국의 침착한 물음에 황제가 결연히 대답했다. 김광국은 다시 한동안 깊은 생각에 잠겼다가 물었다.

"군사를 일으킨다면 그들을 움직이는 일은 모두 제게 맡기겠습니까?"

"물론이오. 나는 기꺼이 대장인(大將印)과 부월(斧鉞)을 좌보에게 맡기겠소."

그러자 김광국은 이번에는 꽤 오랫동안 생각에 잠겼다. 이윽고 김광국이 엄숙하게 말했다.

"좋습니다. 하지만 그 전에 세 가지 조건이 있습니다."

"그건 어떤 것들이오?"

"첫째는 이 일을 비밀로 하시는 일입니다. 만약 떠들썩하게 군사를 일으키다 보면 일이 이루어지기도 전에 화가 먼저 이를 것입니다."

"알겠소. 다음은?"

"출동하는 인원은 제가 선택하겠습니다. 어차피 대규모의 정규전을 벌일 수 없을 바에야 수가 적더라도 정예한 병사가 필요합니다."

"마땅히 장수 된 자의 권한이오. 다른 것은?"

"만약 필요가 있으면 언제든 동장(東莊)을 포기하고 흰돌머리로 돌아갈 각오를 해두십시오. 조금이라도 이곳에 애착을 가져서는 안 됩니다."

"알겠소. 어차피 이 땅은 잠시 빌려 쓰고 있는 땅, 무슨 애착이 있겠소?"

"감사합니다. 그럼 준비에 들어가겠습니다."

김광국의 그와 같은 결정은 언뜻 쉽게 이해되면서도 한편으로는 의혹이 느껴진다. 그 출병이 일본에 대한 개인적인 적개심 때문이었는지, 국제 정세에 편승한 공명심 때문이었는지 또는 진실로 황제의 오랜 원한을 설욕해 주기 위해서였는지는 지금도 명확하지 않다. 그러나 이번에는 황제조차 어리둥절해 있는 사이에 김광국은 출동 준비에 들어갔다. 신천 십일 년, 칠월 초순, 양력으로는 1945년 8월 10일경이었다.

김광국은 한껏 서둘렀지만 준비는 뜻밖에도 오래 걸렸다. 먼저 문제가 된 것은 무기였다. 계속하여 손질해 오기는 했어도 너무 오래 습기 찬 광 속에 감추어져 있었던 탓으로 상당한 수의 소총과 탄약이 못쓰게 되어 있었다. 병력 동원도 흰돌머리 때와는 달랐다. 그때는 황제만 따라나서면 바로 천하가 바뀌고 부귀영화가 손에 들어올 걸로 믿었지만, 그 사람들은 거의가 죽었거나 늙은 뼈를 묻기 위해 흰돌머리로 돌아간 후였고, 남은 것은 당장의 경제적인 이유 때문에 황제에게 예속되어 있는 이세(二世)들뿐이었다. 만약 김광국이 양현관(養賢館)을 통해 길러둔 제자들이 없었더라면 50정도 안 되는 소총마저 남아돌았을 것이다.

거기다가 김광국의 주장으로 일이 은밀히 진행되는 바람에 준비는 더욱 늦었다. 황제와 신기죽은 퇴색된 신화와 백성들의 불충(不忠)에 슬퍼하고 분노하였다. 그러나 김광국은 오히려 완전히 자신의 통제 아래 젊은이들만으로 단출하게 대오를 짜게 된 것을 다행으로 여기는 눈치였다. 아마도 그는 오래잖아 소련군이 당도할 것으로 보고, 그때까지만 유격전으로 일본군의 후방을 교란할 생각이었던 것 같다. 그 때문에 출발하던 날 새벽에 또 한차례의 소동이 있었다. 당연하게 앞장서는 황제와 신기죽에게 김광국이 난감한 표정으로 말했다.

"이 싸움은 일정한 전장이 없고 진지도 없습니다. 이동과 이합집산(離合集散)이 신속을 위주로 해야 하기 때문에 특별히 젊은 사람들만 데리고 가려고 합니다. 헤아려주십시오."

"과인도 좌보(左輔)의 계책은 대강 짐작하고 있소. 그게 바로 모공(毛公)의 후예가 창안했다는 이른바 마작전법(麻雀戰法＝참새 떼처럼 모였다 흩어졌다 하며 적을 괴롭히는 전법)이나 선마타권(旋磨打圈＝맷돌을 돌리듯 적을 질질 끌고 다니다가 갑자기 기습하는 전법)이 아니겠소?"

그러잖아도 준비 과정에서 소외되다시피 한 걸 은근히 분해하던 황제는 김광국의 무시하는 듯한 그 말에 노골적으로 불쾌한 기색을 드러냈다. 여기서 모공(毛公)이란 『시경(詩經)』의 전(傳)을 쓴 것으로 알려진 대모공(大毛公)을 말하며, 모공의 후예란 그때까지만 해도 모택동(毛澤東)을 좋게 보던 황제가 그를 지칭하던 말이었다. 황제는 그를 좋게 보았을 뿐만 아니라 전법(戰法)까지도 연구해 둔 듯싶었다.

"제 뜻은 그게 아니라 두 분께서는 이미 연로하셔서……."

"좌보, 무슨 말씀을 그리 하시오? 내가 헛된 나이를 먹기는 해도 이제 겨우 쉰에 지나지 않소. 더구나 아직 열 근 고기를 먹고 한 말 술을 마실 수 있거늘……."

"하지만 몸이 항상 마음 같지는 않습니다. 또한 고기가 살려면 물이 필요합니다. 저희가 고기라면 이곳 동장은 저희들이 의지할 물과 같은 곳입니다. 차라리 이곳을 돌보시면서 승전보나 기다리시지요."

그 말을 듣자 황제는 드디어 분통이 터지고 말았다.

"네 이놈, 어찌 이리 무엄하단 말이냐? 무슨 연유로 나를 벌써 늙은 밥자루 취급을 하느냐? 나도 진중(陣中)에서는 천자의 조서보다 장수의 영(令)이 앞서며, 위로 하늘에 이르는 자도 아래로 못에 이르는 자와 함께 그 군령을 받들어야 한다는 것쯤은 알고 있다.

허나 아직 전장에 이르지도 않은 터에 네 어찌 주군(主君)을 능멸함이 이토록 심하단 말이냐?"

어깨까지 들먹이며 그렇게 꾸짖으니 아무리 김광국인들 어쩌겠는가. 결국 신기죽을 떼어놓는 것만으로 만족하고 황제와 어깨를 나란히 병력을 인솔하여 동장(東莊)을 나서는 수밖에 없었다. 때는 공교롭게도 양력으로는 8월 15일 새벽이었다.

김광국이 그때까지도 동장에 빌붙어 지내던 관동군 탈주병 하나와 의논 끝에 목표로 삼은 곳은 척가장 동남쪽 삼십 리쯤을 지나는 간선 도로였다. 소련과 전단(戰端)이 열린 이상 일본군 병력이나 물자가 반드시 통과할 것으로 예상되는 곳이었는데, 예상은 적중했다. 마침 그 부근 시계가 트인 계곡을 일본군 대부대가 통과하고 있다는 첩보가 들어왔다. 김광국은 일단 처음 목표한 곳에 매복하여 일본군에게 한차례 타격을 가한 후 적당한 산악을 근거로 유격전을 벌이며 소련군을 기다릴 작정이었다. 비록 이념적인 불안은 있었으나 그때만 해도 소련군에게는 해방군으로서의 환상이 남아 있었다.

36

그러나 먼동이 틀 무렵 목표한 지점에 도착한 그들은 잠시 예상 밖의 사태에 어리둥절했다. 계곡 바닥의 풀밭에 이미 수백 명의 일본군이 질서 없이 흩어져 있었기 때문이었다. 황제의 병사들이 접근하고 있는 능선 쪽으로는 물론 사방 어디에도 척후나 초병(哨兵)은 보이지 않았고, 계곡의 병력 배치도 전투는 전혀 고려되지 않은 채였다.

나중에 안 일이지만, 그들은 호림(虎林) 방면에 주둔하던 일본군의 패잔병들이었다. 중포(重砲)나 성능 좋은 공용화기는 진작부터 남방(남양) 전역으로 빼돌린 탓에 빈약한 무기로 싸우던 그들은 소련군의 일격으로 산산조각이 난 채 흩어지고 말았다. 그러다가 겨우 이틀 전 그 부근에 이르러서야 패잔병을 수습하여 일개 대대를 편성하고 그 북쪽에 있는 고갯길에 의지해 밀려오는 소련군을 저지해 보려고 들었다. '대륙에서의 첫 옥쇄(玉碎)'라는 식의 꽤나 비장한 각오들이었다. 하지만 그날 새벽 천황의 항복 방송으로 모든 것은 끝나고 말았다. 지휘를 맡았던 대좌(大佐)는 타오르는 군기(軍旗) 앞에서 자결하고 나머지 장병들은 허탈에 빠져 소련군의 무장 해제를 기다리고 있는 중이었다.

그런 내막을 알 리 없는 황제와 김광국은 눈앞의 광경이 잘 믿기지 않았지만, 일단 전열이 가다듬어지는 대로 공격을 개시했다. 수에 있어서의 열세는 이미 각오한 바였으므로, 예정된 타격만 준후에는 재빨리 물러설 계획 아래서였다. 계곡은 곧 요란한 총소리에 흔들렸다.

그런데 일본군의 반응은 전혀 뜻밖이었다. 척탄통(擲彈筒)이나 경기관총 같은 장비를 지니고 있던 녀석들은 그걸 내팽개치고, 소총을 멘 녀석들은 그걸 벗어들려고도 않은 채, 엄폐물을 찾아 숨으려고만 들었다. 어느 쪽에도 저항의 기색은 전혀 보이지 않았다.

황제 쪽으로 봐서는 참으로 신나는 섬멸전이었다. 마침 그 계곡에는 엄폐물이 될 만한 바위나 수목이 없어 일본군들은 여기저기서 짚단처럼 쓰러졌다. 원수의 피로 물들어가는 계곡을 바라보는 황제의 눈에는 자신도 모르게 뜨거운 눈물이 줄줄이 흘러내렸다. 삼십 년 가까운 세월 동안 가슴속에서 응어리져온 분노와 원한을 씻어내는 눈물이었다. 오오, 하늘이여, 하늘이여. 정녕 그 말에 거짓이 없고녀. 그 뜻에 어김이 없고녀…….

하지만 그리 오래는 못 갈 감격이었다. 사격이 시작된 지 오 분도 안 돼 계곡 바닥 이곳저곳에서 백기(白旗)가 오르고, 엄폐물을 못 찾은 적들 가운데는 그대로 넋이 빠져 손을 들고 항복하는 자도 있었다.

"역시 간사한 놈들이다. 안 될 성부르니 싸워보지도 않고 목숨을 비는구나. 쥐도 다급하면 고양이를 문다는데, 쥐보다도 못한 놈들……."

황제는 먼저 그들 왜적의 간사와 비굴이 지난날의 포악과 잔혹보다 더 가증스러웠다. 그러나 이내 자비롭고 관대한 천성이 되살아났다.

"성현께서는 평생을 간직할 군자의 말로 용서[恕] 한마디를 내

세우셨다. 기서호(其恕乎), 기서호(其恕乎). 저들이 불행히 야만의 족속으로 태어났으되, 한번 왕화(王化)가 미치면 또한 나의 어여쁜 백성이 아니랴. 하늘은 호생지덕(好生之德)을 지녀 금수조차 보살피고 기르시거늘, 내 그 명(命)으로 이 땅에 온 터에 이미 항복하는 저들을 어찌 살육할 것이랴. 지난 한이 크고 깊다 해도 차마 제왕의 할 바가 아니다."

그리하여 황제는 김광국에게 외쳤다.

"좌보, 사격을 멈추시오. 이미 대적(大敵)은 스스로 무기를 버리고 목숨을 빌고 있소."

그러잖아도 이상한 기분이 들어 이만 사격을 멈출까 하던 김광국은 그 말을 듣고 곧 사격을 중지시켰다.

총소리가 멎자 계곡은 갑자기 조용해졌다. 바로 그때였다. 북쪽 고갯길에서 요란스런 엔진 소리와 함께 탱크의 행렬이 불쑥 솟아오르듯 나타났다. 그 뒤를 따르는 보병의 무리 — 다름 아닌 소련군의 진주였다.

황제가 처음 보는 탱크에 어리둥절해 있는 사이에 그걸 알아본 병사들 사이에서 먼저 환성이 터졌다. 김광국도 감격한 얼굴로 다가오는 탱크 행렬을 향해 총 든 손을 흔들었다. 그러다가 누가 먼저라 할 것도 없이 우르르 능선을 내려가기 시작했다. 이미 소련군이 도착한 이상 구차스레 도망갈 필요가 없어졌기 때문이다.

황제 측과 소련군은 대개 비슷한 때에 계곡 바닥의 일본군 집결지에 도착했다. 그런데 여기서 재미있는 것은 황제의 병사들을 본 일본군의 반응이었다. 소련군에게 완전히 포위된 것으로 알고 일제히 저항을 포기했던 일본군은 자기들을 그처럼 무자비하게 공격한 것이 지레짐작했던 소련군의 편의대(便衣隊)가 아니라, 몇십 명의 잡동사니 무기를 든 중국의 민병대(民兵隊)에 지나지 않았음을 알자 화가 나서 속이 뒤집힐 지경이었다. 백여 명에 가까운 사상자를 점검하고 있던 일본군의 일부는 당장이라도 총을 겨누고 달려들 기세였다.

하지만 그러기에는 이미 너무 늦어 있었다. 어느새 다가온 선두 탱크에서 소련군 장교 하나가 중국인 통역관과 함께 뛰어내렸다. 할복해 죽은 대좌(大佐)를 대신하여 병력을 장악하고 있던 젊은 일본군 소좌(小佐)는 간단한 항복 접수 절차가 끝나자마자 곧 자기들이 입은 피해를 소련 측에 항의했다. 여기저기 쓰러져 있는 시체와 부상자를 살펴보던 소련군 장교는 대뜸 험한 눈길로 황제 쪽을 향해 무어라고 외쳤다. 곁에 있던 통역관이 그의 말을 중국어로 바꾸었다.

"저쪽에서 보자고 합니다. 가보셔야겠습니다."

중국 말에 능숙한 김광국이 황제의 소매를 끌었다. 가까이서 본 탱크의 위용과 붉은 머리털에 푸른 눈을 가진 소련군 장교의 진기한 모습에 홀린 황제는 김광국이 끄는 대로 따라갔다.

"왜 이들을 공격했는가?"

소련군 장교의 말을 받아 통역관이 중국어로 물었다. 김광국은 침착하게 대답했다.

"저들은 우리나라와 교전 중인 나라의 군대인 까닭이오."

그때 김광국의 발음에서 어떤 낌새를 느꼈는지 중국인 통역이 고개를 갸웃거리며 물었다.

"당신은 우리 중국인이 아닌 것 같은데."

"그렇소. 우리는 한인(韓人)이오. 상해(上海)의 임시정부는 지난 이월 일본에 선전 포고를 한 것으로 알고 있소."

통역은 소련군 장교에게 그 뜻을 전했다.

"까리스끼[韓人]?"

소련군 장교는 뜻밖이라는 눈길로 황제와 김광국을 살펴보았다. 한편 그들이 조선인 무장 단체였다는 것을 뒤늦게서야 안 일본 군들의 표정은 한층 더 험악해졌다. 미국이나 소련에게는 수백만의 동족이 죽임을 당해도 참을 수 있지만 조선인에게는 단 한 명도 죽을 수 없다는 그 고약한 발상 때문이었다. 한층 격렬해진 일본군의 반응을 눈치챈 소련군 장교는 다시 무어라고 거친 목소리로 황제에게 떠들어 댔다. 통역이 중국어로 바꾸었다.

"당신들을 전범(戰犯)으로 체포하겠다는 거요."

"우리는 정당하게 교전권(交戰權)을 행사했을 뿐이오. 전범이 아니라고 해주시오."

"일본은 오늘 새벽 0시를 기해 모든 연합국에게 무조건 항복을 했소. 당신들은 결국 항복한 포로를 학살한 셈이오."

그 말을 들은 김광국은 놀랐다. 간밤에는 출동 준비 때문에 겨를이 없었고, 그 새벽 이후는 출동하느라고 라디오를 들을 틈이 없어 천황의 항복 방송을 미처 듣지 못한 까닭이었다. 그러나 당장의 낭패보다는 그 놀랍고도 감격스러운 소식에 자신도 모르게 외쳤다.

"만세, 대한 독립 만세!"

그리고 어리둥절한 눈으로 자신을 쳐다보는 황제와 병사들에게 떨리는 목소리로 그 소식을 전했다.

"모두들 기뻐하십시오. 왜적들이 드디어 항복을 했습니다. 광복이 온 겁니다. 대한 독립 만세!"

황제는 물론 나머지 사람들도 처음에는 모두 자신의 귀를 의심했다. 그러나 잠깐 동안의 침묵 후에 산발적인 확인의 물음이 터지고, 이어 그 계곡은 감격과 기쁨의 수라장이 되고 말았다. 펄쩍펄쩍 뛰며 만세를 부르는 사람, 말없이 눈물만 글썽이는 사람, 서로 얼싸안고 어쩔 줄 모르는 사람…… 단군의 자손이면 누군들 그 소식이 기쁘고 감격스럽지 않겠는가.

"내 마침내 대적(大敵)을 깨뜨렸구나……."

황제도 그게 꿈이 아님을 깨닫자 그렇게 말하며 다시 뜨거운 눈물을 흘렸다. 이번에는 설욕의 눈물이 아니라 기어이 뜻을 이루었다는 데서 오는 성취의 눈물이었다. 적어도 황제에게 있어서 일본의 항복은 자기의 오랜 투쟁의 결과이며 그 승리였다. 그날 황제가 창천(蒼天)을 우러러 크게 아홉 번 절한 것도 바로 그에 대한 감사의 표시였다.

그러나 황제 측의 그런 감격과 기쁨은 일본군들을 더욱 세게 자극했고, 부하들의 그런 분위기에 밀린 지휘관은 한층 강경하게 소련군에게 항의를 제기했다. 만약 전범(戰犯)으로 처벌하지 않으려면 자기들에게 황제와 병사들을 넘기라는 요구까지 곁들여진 항의였다.

그런데 황제를 위해 실로 다행스러웠던 것은 중국인 통역관의 존재였다. 어쩌다 통역은 맡게 됐어도 사상적으로는 소련군에 대해 깊은 동조가 없는 듯, 그는 왠지 처음부터 황제에게 우호적이었다. 그리고 소련군 장교가 일본군의 항의를 인정하여 황제 측을 처벌하려 들 때에도 열심히 변호하는 눈치였다. 마침내 그의 설득에 넘어간 소련군 장교는 먼저 그에게 몇 마디 귀엣말을 건넨 후 짐짓 거친 목소리로 황제 쪽을 향해 명령했다.

"우선 무기를 내려놓으시오."

아직도 들떠 있는 김광국에게 그 통역관이 다가가 명령을 전했다. 그리고 그제서야 일이 심상찮음을 느낀 김광국이 무어라고 항의하려 들자 두 눈을 껌벅이며 다가와 낮고 빠르게 귀띔했다.

"걱정 마시오. 당신들을 팔로군(八路軍) 산하의 조선의용대라고 말해 두었소. 시키는 대로만 하면 결코 해는 입지 않을 거요."

진지하면서도 호의 넘치는 표정이었다.

"여러분 모두 들고 있는 무기를 발아래다 놓으시오."

그의 말에 거짓이 없으리라고 판단한 김광국은 동요하는 병사들을 진정시킨 후 큰 소리로 지시했다. 병사들은 그 갑작스러운 지시에 영문을 모르겠다는 표정으로 황제와 김광국을 번갈아 쳐다

보았다. 황제가 놀라 물었다.

"좌보, 그 무슨 말이오? 항복은 했다 하나 아직 무기를 잡고 있는 적 앞에서 무기를 놓으라니?"

"소련 측의 요구입니다. 우선은 그들의 요구를 들어주는 편이 현명합니다."

"당치 않은 소리. 저희 주군(主君)인 서탈인(徐奪仁=스탈린)인가 썩다리인가가 와서 청해도 들어줄 수 없는 터에, 한낱 장수의 명을 일국의 주인인 내가 어찌 따를 수 있겠소?"

"출병 때에 말씀하신 것처럼 싸움터에서는 천자도 장수의 명에 따라야 하는 법입니다. 저를 다시 보시지 않으시려거든 마음대로 하십시오."

이리저리 해명을 해봤자 일만 복잡해질 것 같은 염려가 든 김광국은 전에 없이 강경하게 잘라 말했다. 황제는 몹시 불만스러웠지만 결국은 그의 지시를 따랐다. 말하자면, 동양의 여러 병서(兵書) 중에 공통되는 군령지상(軍令至上)의 구절들이 황제의 고집으로 생겨났을지도 모르는 불행한 사태를 막아준 셈이었다. 싸움터에서는 위로 하늘에 이르는 자도 아래로 못에 가까운 자도 모두 장수(대장군)의 명을 따르라…….

황제의 병사들이 자발적으로 무기를 내려놓자 소련군은 곧 일본군의 무장을 해제하기 시작했다. 그리고 그동안 황제의 병사들은 한 떼의 소련군에 의해 고개 북쪽의 본진으로 호송되었다. 김광국을 위시한 병사들은 약간 불안했지만 뒤따라오는 중국인 통역관의 표정을 보고 안심했다. 소련군들도 일단 일본군의 시야를 벗어나자 곧 친절해졌다.

소련군들은 본진에 도착하자 황제와 김광국만 특별히 큰 천막으로 인도했다. 정치 장교 하나가 야전 책상을 앞두고 앉았다가 다와리시(동무), 어쩌구 하며 자못 반갑게 맞았다.

"당신들을 팔로군(八路軍) 산하로 보아 동무라고 부르는 거요. 지금 항일전(抗日戰) 때의 소속 전구(戰區)를 묻고 있는데 적당히 알고 있는 게 없소?"

친절하기 짝이 없는 통역이었다. 이미 말한 대로 김광국은 척가장(戚家莊) 부근의 몇몇 항일 단체와 접한 적이 있어 그중 홍군(紅軍) 계열의 민병 조직 하나를 댔다. 그 말을 들은 소련군 정치 장교는 다시 한동안 무어라고 손짓 발짓을 해가며 떠들었다.

"당신들에게 훨씬 성능이 좋은 무기를 지급해 주겠다는 거요. 탄약도 가져갈 수 있는 대로 가져가시오."

아무래도 국부군(國府軍)의 끄나풀이라고 밖에는 생각할 수 없는 그 통역관 덕분에, 황제의 군대를 팔로군 산하의 조선 민병대 정도로 여긴 소련군은, 원래의 잡다한 구식 무장을 해제한 대신 일본군으로부터 접수한 최신예 무기로 무장시켜주었다. 닥쳐올 국공내전(國共內戰)에 대비해 맺어진 크레믈린과 모아개(毛兒蓋=廷安의 모택동이 거처하던 집) 사이의 밀약을 따른 것이지만, 황제로 보아서는 뜻밖의 수확이었다.

거기서 호기가 만장(萬丈)이나 치솟은 황제는 한술 더 떠 엉뚱한 요구로 김광국을 당황하게 만들었다.

"저 왜군 포로들은 우리가 잡은 것이니 우리에게 넘기라고 하시오. 환국(還國) 때의 개선 행렬에 앞장을 세워야겠소."

김광국은 한편 화나기도 하고 또 한편으로는 한심스럽기도 했지만 웃는 낯으로 황제를 달래는 수밖에 없었다. 한시 바삐 범의 아가리 같은 소련군 진영을 벗어나기 위해서였다.

"우리 군사를 먹일 양식도 넉넉하지 못한 터에 오백 명에 가까운 저 포로들을 무슨 재주로 먹이겠습니까? 다행히 미련한 소련군들이 저들을 맡겠다고 했으니 못 이긴 체 그들에게 떠맡기십시오."

그러나 이번만은 황제도 양보하지 않았다.

"저들을 왜노(倭奴)로 백성들에게 나누어주는 한이 있더라도 여기 남겨서 저희 나라로 돌아가게 해서는 안 되오. 부차(夫差)는 항복한 구천(句踐)을 방심하다가 고소대(姑蘇臺)에서 변을 당했고, 항우는 유방의 칭제(稱弟)에 속아 마침내는 오강(烏江)의 물고기 밥이 되었소. 이제 왜적이 항복했다 하나 그 또한 마땅히 경계해야 할 터인즉, 만약 미련한 소련군이 저들을 돌려보내 다시 왜적의 일여(一旅, 오백 명의 군대)가 되기라도 한다면 필시 뒷날의 큰 화근이 될 것이오. 반드시 우리가 데려가야 하오."

그때 황제의 장황한 말을 이상히 여긴 소련군 정치 장교가 그 내용을 물어왔다.

"지금 중국 인민과 조선 인민을 대신하여 해방군인 당신네, 붉은 군대에게 감사를 올리는 중이오."

46

뜨끔해진 김광국은 그렇게 꾸며댄 후 다시 황제를 설득했다.

"지금 저 소련군 장수는 절대로 일본군을 본국으로 돌려보내지 않겠다고 약속했습니다. 자칫 천박하게 전공(戰功)을 다투는 것으로 여길지 모르니 이만 돌아가십시다."

그리하여 마침내 황제는 포로를 포기하고 동장으로 개선하니, 때는 광복의 그날도 저물어가는 술시(戌時)에 가까웠다. 실록이 말한 바 '대적(大敵)을 파(破)하시고' 돌아온 전말이다. 그러나 그 일로 '국화(國華)를 회복하시다.'라고 기록한 것은 아무래도 사관(史官)의 지나친 과장이 아닌가 싶다. 황제에 대한 우리의 애정이 얼마만 한 것이든, 그 한 번의 전투로 일본이 패망했다고 단언하기에는 분명 무리니까.

신천(新天) 십일 년 시월 요동의 소슬한 삭풍(朔風)이여. 만 리(萬里)의 외로운 나2네로다.

황제와 그 백성들이 언제 동장(東莊)을 떠나 귀국길에 올랐는지 정확한 날짜는 전하지 않고 있다. 아마 해방의 감격이 채 가시지 않은 그해 칠월(양력 팔월) 중의 어느 날로 추정된다.

처음 동장을 출발할 때만 해도 황제 일행의 위세는 자못 당당하였다고 한다.

척 대인은 부녀자와 노유(老幼)가 태반인 그들 백여 명의 긴 여행을 위해 제공할 수 있는 모든 편의를 제공해 주었다. 사랑하는 딸과 사위를 위한 배려에다 오랜 망명 생활 끝에 마침내 대업을 이루고 돌아가는 이족(異族)의 왕공(王公)에 대한 예우를 곁들인 것이었다. 아흔에 가까운 나이 때문에 노망의 기색은 있었지만 적어도 황제에 대한 신뢰만은 한결같이 변함없었다.

거기다가 가진 것은 짚 검불 하나라도 놓지 않으려는 백성들의 물욕이 겹쳐 행렬의 선두는 식량이며 생활 도구를 실은 수많은 수레와 마소가 차지했다. 그다음은 부녀자와 아이들이었다. 그들은 수레와 마소에 의지해, 혹 타기도 하고 혹 매달리기도 한 채 행렬의 중심부를 이뤘다. 그 뒤는 노인들이었다. 그들은 황제를 에워싸듯 떼를 지어 행렬의 꼬리가 되었다.

원래 황제에게는 선두의 수레에 자리가 마련되어 있었지만 스스로 백성들과 고락을 함께하고자 황제는 걷는 무리에 끼어들었다. 그 때문에 자칫하면 초라해 보일 법도 한 그 행렬에 위의(威儀)를 더해 준 것은 오십 명의 무장 병력이었다. 그들은 소련군으로부터 제공받은 일본군 최신예 무기를 번쩍이며 행렬 좌우에 두 줄로 늘어서서 보무도 당당하게 행군했다. 실로 그 옛날 라마(羅馬) 제국의 변경을 휩쓸던 일이만(日耳曼=게르만) 족의 대이동을 연상케 하는 광경이었다.

그런데 그들의 남하 경로를 보면 한 가지 중대한 의문에 부딪힌다. 일단 영고탑(寧古塔)에 이른 그들은 북간도를 거쳐 회령(會寧)에 이르는 일반적인 경로를 취하지 않고 경박호(鏡泊湖)를 돌아 돈화(敦化)로 접어들었기 때문이다. 그것은 다시 말해서, 늦어도 보름이면 귀국할 수 있는 길을 몇 배나 늘려 석 달 가까운 세월을 만주벌에서 떠돌게 되리라는 뜻이었다. 당시 그 행렬을 실질적으로 주도한 것은 김광국이었던 만큼, 거기에는 분명 그렇게 되어야 할 이유가 있었을 터이지만, 그를 찾을 수가 없는 지금으로서는 전혀 알 길이 없다.

어쨌든 처음 한동안 그들의 귀국길은 순조로웠던 것 같다. 진주한 소련군과 그 통역들은 대체로 김광국의 연극에 넘어가 호의적이었다. 김광국은 김광국대로 점점 그런 연극과 거짓말에 능숙해지게 되었을 뿐만 아니라, 소련군이 제공해 준 무기들도 주요한 증거로 황제 일행을 보호해 주었다.

그러나 주덕(朱德) 사령부의 명령에 따라 하북(河北), 산서(山西), 산동(山東) 지구의 팔로군이 소련군의 비호 아래 만주를 장악하자 사정은 달라졌다. 공산당의 정치 요원들이 요소요소에 배치되어 토착 항일 단체와 연결이 되자 김광국의 연극은 곧 탄로가 나고 말았다. 처음에는 무장이 해제되고, 다음에는 수레와 식량이 징발되고, 마침내는 황제 일행이 가진 모든 것이 그들의 징발과 수탈의 대상이 되었다.

국부군과의 내전(內戰)에 대비한 대민(對民) 선무 공작에 따라 그 이상의 잔혹 행위는 없었지만, 그때부터 모택동에 대한 황제의 감정은 나빠지기 시작했다. 황제 일행에 불리한 모든 조치는 당(黨)과 그의 이름으로 행해진 탓이었다.

"비록 모공(毛公)의 후예라 하나 그 선대(先代)에 문룡(文龍)이 있어 한 가닥 의심을 버릴 길 없더니 이제야 본색을 드러내는구나. 문룡이 명(明)의 녹을 먹으면서 청(淸)과 밀통하던 것처럼 이자(모택동)는 중국 사람으로 소련과 밀통하여 장차 그 땅과 백성을 소련에 넘길 속셈일시 분명하다."

문룡(文龍)이란 우리에게도 잘 알려진 명나라 말기의 장수 모문룡(毛文龍)으로 군비(軍費)의 태반을 환관들에게 뇌물로 바쳐 명(明) 조정의 신임을 사면서도 한편으로는 남몰래 청(淸)과 내통하다가 명의 마지막 기둥이었던 명장 원숭환(袁崇煥)에게 피살된 자이다. 그리고 그의 죽음으로 뇌물을 잃게 된 환관들이 네덜란드 포(砲)로 요서(遼西)를 굳게 방어하고 있던 원숭환을 모함하여 죽이매 청의 황태극(皇太極)은 마음 놓고 명의 변방을 짓밟을 수 있게 되었다.

하지만 그 귀로(歸路)의 끝 무렵에 장개석의 국부군이 와도 사정은 별로 나아지지 않았다. 원래 국부군은 해로(海路)로 대련(大連)에 상륙하려 했으나 그곳을 점령하고 있던 소련군의 방해로 저지되고 말았다.

그리하여 그해 시월에야 진황도(秦皇島)에 상륙한 후, 산해관(山海關)을 우회해서 만주로 들어오게 된 바람에 황제 일행과의 접촉은 불과 며칠밖에 안 됐지만, 국부군에게 입은 피해는 팔로군에 못지않았다. 부패와 탐욕에 빠진 그 장교들과 기강이 문란한 사병들은 황제 일행에게 남은 마지막 재산을 털어갔을 뿐만 아니라 부녀자들에게 폭행까지 가한 까닭이었다.

"장모(蔣某)가 사람 부리는 법이 어찌 이리 어두운가? 영락(永樂＝明나라 成祖) 이래 가장 걸물(傑物)이라더니 그 또한 헛소문이었구나. 이대로 가다가는 머지않아 반드시 천하를 잃으리라. 땅과 백성은 다르되 다 같이 다스리는 자리에 있는 몸으로서 내 그를 만나 일러줘야겠다."

황제는 그렇게 말하며 장개석(蔣介石)을 만나려 들었으나, 그 또한 쉽겠는가? 그는 당시 만주에 있지도 않았을 뿐만 아니라 설령 있었다고 해도 순순히 만나줄 리가 없었다.

그리하여 온갖 수모와 간난 속에 수천 리를 남하한 황제 일행이 간신히 안동(安東＝신의주 對岸)에 도착한 것은 신천 십일 년도 저물어가는 시월 하순, 양력으로는 벌써 십이월에 접어들고 있었다. 김광국을 시켜 인원과 물자를 점검해 보니 참으로 한심하였다. 떠날 때의 위풍당당하던 백여 명과 수십 수레의 재산은 십여 명의 알거지 떼거리로 변해 있었다. 굶주림과 추위에 못 이겨, 혹은 점점 무력해지는 황제의 보호를 못 믿어 이리저리 흩어지고, 김광국과 신기죽, 그리고 흰돌머리 때부터의 몇몇 구가(舊家)와 노신(老臣)들만 남아 있었다. 그것도 여자들은 황 부인과 척 부인에다 노파 둘을 합쳐 단 넷뿐이었다.

왜적을 쳐부수고 항복을 받은 지 석 달 남짓, 그 승승장구의 기세로 짓쳐 내려가면 삼한(三韓)은 마치 오래 님을 기다리던 색시처럼 사뿐히 달려와 안길 것 같았건만, 황제는 벌써 얼어붙은 압록강 건너 무심히 펼쳐져 있는 고국 산천을 바라보며 비감에 찬 눈물을 뿌렸다.

"내 이렇게 돌아오는 것이 아니었다. 단 한 번의 싸움도 없이 내 백성과 군대를 잃으니, 차라리 저들과 장렬히 싸워 원통한 뼈를 이국땅에 묻는 편이 옳았다. 흑발홍안(黑髮紅顏)으로 이 강을 건너던 것이 어제 일 같은데…… 아아, 풍찬노숙(風餐露宿) 삼십 년에 는 것은 백발뿐 내 손은 여전히 텅 비었구나. 찬바람 부는 요동벌을 떠도는, 다만 외로운 나그네일 뿐이로구나……."

황제가 말한 저들이란 그 무렵 완전히 일본을 대신해 새로운 적이 된 중공군을 말한다. 사실 그들이 처음 무장 해제를 시키려 들었을 때 황제는 그들과 일전(一戰)을 벌일 작정이었지만, 김광국의 간곡한 만류로 그만둔 터였다.

그런데 말이 났으니 하는 얘기지만, 황제가 그나마도 무사히 돌아올 수 있었던 것은 순전히 김광국의 공로라고 말할 수 있을 것이다. 만약 그가 황제를 버리고 홀로 귀국했더라면 자신은 훨씬 편하고 빠르게 돌아와, 뒤에서 보게 될 것처럼 삼팔선을 넘는 고생을 면할 수 있었을 테지만 황제는 필시 불행한 지경에 떨어지고 말았으리라. 일시적인 분노로 무분별한 싸움을 벌여 돌이킬 수 없는 화를 불러들일 상대로는 중공군 외에도 수없이 많았기 때문이다.

그러나 김광국은 끝까지 남아 자신을 돌보지 않고 황제 일행을 인도하였다. 마숙아의 유언에 충실하기 위해서였는지, 아니면 그대로 버리고 떠나면 자칫 참혹한 운명에 떨어질 백여 명의 동포를 위해서였는지는 잘라 말할 수 없지만, 김광국은 참으로 하늘이 황제를 위해 보냈다고밖에 말할 수 없는 사람이었다. 비록 도중에 많은 사람들이 흩어지기는 했지만 그것도 대개는 떠나는 사람들이 젊거나 안전하게 귀국할 기회를 얻었을 때에 한해서 김광국의 동의를 얻은 후였다.

신천(新天) 십이 년 정월(正月) 참오장(斬五將)의 기세로 천 리 적진(千里賊陣)을 돌파하시다.

　황제 일행의 신의주 입성은 안동(安東)에서 하루를 쉬며 마지막 정비를 한 후에 이루어졌다. 그들은 어려움 중에서도 용케 간직했던 금붙이로 일행의 의복을 마련하고, 그 나머지로는 객잔에 들어 그동안의 피로와 때를 말끔히 씻어냈다.
　그 덕분에 이튿날 그들이 신의주로 들어갈 때는 여느 귀국민의 행렬과는 달리 자못 당당한 데가 있었다. 맨 앞에는 도포에다 의관까지 갖춘 황제와 말쑥한 양복 차림의 김광국이 서고, 그 뒤에는 신기죽을 비롯한 여남은 명의 노인들이 두 줄로 늘어섰다. 그리고 따로이 몇 발자국 뒤에는 황 부인과 척 부인을 중심으로 두 사람의 노파가 따랐다. 거기다가 각별히 위엄을 지키라는 황제의 지시로 굳은 얼굴과 그들의 늙음이 이상한 무게로 주위를 위압하고 있었다.

하지만 신의주는 황제가 기대한 그런 땅이 못 되었다. 그 얼마 전 소련군 사령부의 지원 아래 연안파(延安派)의 조선 의용군을 무장 해제시켜 안동으로 축출한 북한의 보안대는 다리목뿐만 아니라 압록강 남안 군데군데에 초소를 세워 다른 파의 무장 단체나 성분이 의심스러운 입국자를 감시하고 있었다.

황제 일행이 그들 보안대의 검문검색에 걸려든 것은 당연한 일이었다. 정연한 대오와 보통 귀국민들과는 다른 말쑥한 차림이 그들의 경계심을 자극한 까닭이었다. 하지만 대부분이 오륙십 대의 늙은이들이라는 것과 김광국의 재치 있는 응대로 그들도 처음에는 쉽게 통과시킬 기세였다.

그런데 뜻밖의 사태가 일을 이상한 방향으로 몰고 갔다. 보안대원 중의 하나가 비교적 젊은 척 부인에게 희롱하는 투의 말을 던지자 김광국의 주의 때문에 참고 참았던 황제가 드디어 분통을 터뜨렸다.

"네 이놈, 감히 어느 안전이라고 망령되이 혀를 놀리느냐?"

황제의 벽력 같은 호령에 다시 신기죽의 고함이 합세했다.

"이노옴— 썩 엎드려 사죄하지 못할까?"

두 늙은이의 돌연한 호통에 그 대원은 잠시 얼떨떨했다.

"이 녕감댕이덜이—."

"뭐라고? 이 무엄한 놈, 여봐라 저놈을 당장 묶어라."

화가 난 황제는 앞뒤 없이 외쳤다. 미처 김광국이 말릴 틈도 없이 진행된 일이었다. 거기다가 신기죽이 다시 일을 복잡하게 몰고 갔다. 그는 그 보안대원의 멱살을 잡으며 좌우를 보고 외쳤다.

"무엇들 하시오? 어서 주군(主君)의 명을 받들지 못하겠소?"

비록 늙었지만 남아 있는 이들은 그야말로 충성심이 골수에 박힌 구신(舊臣)들, 그러잖아도 울분에 차 있던 그들은 신기죽의 재촉을 받자 한꺼번에 그 재수 없는 보안대원을 덮쳤다. 동료 대원들과 김광국이 어떻게 손쓸 틈도 없이 늙은이들에 둘러싸인 그 보안대원은 호된 꼴을 당했다. 뜻하지 아니한 일로 멍청해 있던 나머지 보안대원들이 총대를 휘둘러 성난 늙은이들을 저지하고 동료를 구해 냈을 때는 이미 여기저기 피탈이 난 채 인사불성이 된 후였다.

거기서 일은 엄중하게 진행되었다. 다시 세밀한 몸수색이 시작되어 황제의 품에서 마지막까지 남아 있던 권총 한 자루가 나오고 신기죽의 보퉁이에서는 각섬석(角閃石) 어새(御璽)와 동장(東莊) 시절의 사초(史草)가 나왔다.

"도대체 어르신네는 누구요?"

잠시 임시정부의 각료단이 아닌가 의심했던 보안대장은 아무래도 알 수 없다는 눈길로 황제에게 물었다.

"네 이놈, 너의 눈은 가죽이 모자라 찢어진 것이냐? 눈앞에 두고도 주인을 몰라보다니."

"그럼 이은(李垠＝영친왕) 전하라도 된다는 것이오?"

"이놈, 가락곳[銓筵子＝가락]으로 귓구멍을 뚫어 놓을라. 너는 아직도 이씨의 왕기(王氣)가 이미 오래전에 쇠했음을 듣지 못했더란 말이냐?"

이왕 내친걸음이었다. 황제는 그간의 원한과 울분을 엉뚱한 그 보안대장이란 자에게 풀었다. 멍해진 보안대장을 황제의 호령에 위압된 것으로 판단한 신기죽이 또 거들었다.

"이놈, 주상 전하께 무릎 꿇지 못할까?"

정말 기막힌 노릇이었다. 그때 눈치 빠른 대원 하나가 대장에게 다가와 속살거렸다.

"뎌 넝감댕이덜 미친 것들 앙일까요?"

그제서야 보안대장도 퍼뜩 그쪽 방향으로 의심이 돌아갔다. 그러나 그렇게만 볼 수는 없는 것이, 그들의 행동거지나 소지품이 여느 미치광이들과는 달랐기 때문이다. 거기다가 무언가 중요한 것을 숨기고 있는 듯한 김광국 또한 새삼 의심스러워졌다.

결국 보안대장은 황제 일행을 일단 보안대 본부로 넘기기로 작정했다. 얼핏 보아서는 일이 황제에게 불리하게 돌아가는 것처럼 보일 테지만, 반드시 그렇지만은 않았다는 데 하늘의 기막힌 안배가 드러난다. 그들에게 끌려가 수용된 적산(敵産) 가옥에서 황제 일행은 뜻밖의 사람을 만나게 되기 때문이다. 바로 황제의 관대한 성품 때문에 구차하게 목숨을 보존하여 달아난 이현웅 그 사람이었다.

하룻밤의 심문으로 대개 황제 일행의 진상을 알게 된 보안대는 그 처리에 골머리를 앓게 되었다. 황제 일행의 생각이나 행동은 장차 세우려는 소위 그 인민공화국에 해로운 것이었지만 실질적인 위험을 찾아보기는 힘들었다. 그래서 다시 상부의 지시를 기다리며 그들은 황제 일행을 보안대 본부에 붙어 있는 적산 가옥에 수용했다.

바로 그 이튿날이었다. 초조한 마음으로 창밖을 내다보던 김광국은 건너편 보안대 본부에서 나오는 이현웅을 발견하고 소리쳐그를 불렀다. 소련군 고급 장교와 무언가를 이야기하며 나오던 이현웅의 복장도 소련 군복이었다.

"동무 왜 불렀소?"

다가온 이현웅은 보안대원의 감시 아래 대문께에 나와 있는 김광국을 보고 잠깐 흠칫한 기색이다가 짐짓 냉랭하게 물었다.

"이 형 설마 나를 잊으신 건 아니시겠지요?"

김광국은 비굴해지지 않으려고 애쓰면서 되물었다.

"기억하고 있지. 당신은 인민의 적이오."

이현웅은 여전히 싸늘하게 말했지만 그래도 궁금한 구석이 있는 모양이었다.

"그래, 아직도 그 미치광이는 살아 있소? 당신의 주군(主君) 말이오."

"살아 계시오. 뿐만 아니라 함께 이곳에 감금돼 있소."

"호, 그럼 이 보고서에 있는 이상한 입국 단체란 바로 당신들 일행을 가리킨 모양이군."

이현웅은 손에 든 서류 봉투를 들어 보이면서 말했다. 그런 그의 얼굴에는 어느 정도 자신의 성공에 만족해하는 기색이 있었다.

"이 형은 결국 그쪽으로 자리를 잡았구려."

"김 형처럼 미치광이에게 빌붙어 허송세월하지는 않은 셈이지. 그렇다고 뭐 대단한 건 아니고, 지금 소련 군사 고문단과 함께 일하고 있소."

"부탁이오. 힘이 되면 우리를 무사히 남으로 돌아갈 수 있도록 도와주시오."

"검토해 보겠소. 당신들이 인민의 적으로 새로운 공화국 수립에 방해가 되지 않는다면……."

"이 형이 마지막 떠나던 날 밤의 약속도 잊지 마시오."

그러자 이현웅의 표정이 약간 일그러졌다. 그걸 보며 김광국이 다시 물었다.

"융(隆)은 어찌 됐소?"

"함께 데리고 있소. 곧 창건될 보안간부학교(保安幹部學校)에 넣을 작정이오."

"그에게도 전해 주시오. 이번 기회가 아니면 그들 부자가 다시 보기 힘들게 될 것 같으니……."

그때 함께 온 소련군 장교가 무어라고 떠들자 이현웅은 급히 그리로 가버렸다.

김광국이 이현웅을 만난 것은 황제에게도 충격인 모양이었다.

"그래 그놈이 지금 무얼 하고 있소?"

"소련 군사 고문단과 함께 일한다고 했습니다. 지금으로 봐서는 대단한 권력을 쥔 셈이죠."

"고얀 놈……."

"부탁드립니다. 제발 그들의 감정을 건들지 마십시오. 지금은 저들의 세상입니다. 한시바삐 이곳을 벗어나는 게 중요합니다."

"소부애영(蕭敷艾榮), 산쑥 같고 들쑥 같은 무리만 번성하는구나— 지금이 저들의 세상이라면서 빠져나간들 어디로 빠져나간단 말이오?"

"삼팔선 이남에는 다른 세상이 있습니다. 그곳이면 무어든 다시 시작해 볼 수 있을 겁니다."

"삼팔선?……."

"조선 반도의 한가운데를 가로지르는 선입니다. 원래는 미국과 소련이 패망한 일본군의 무장을 해제하기 위해 임시로 그은 선인데 점차 남북의 경계처럼 되어가고 있다고 합니다."

"한심하다. 조선 땅이 뭐가 넓다고 두 동강이냐? 보나마나 소련이나 다른 양이(洋夷)들이 한 짓일 테지. 옛날부터 오랑캐로 오랑캐를 다스린다는 것이나 분열시켜 지배한다는 것은 이 땅을 넘보는 외적들이 항용 써오던 수법이니까. 그래, 그 남쪽에 있는 자들은 어떤 자들이오?"

"잘은 모르지만, 상해의 임시정부가 들어앉을 가망이 큽니다."

"그들이라면 역시 왕공(王公)을 폐하고 저희끼리 대통령이니 국무총리니 하며 나라의 대권(大權)을 넘보던 무리가 아니오?"

그리고 다시 탄식했다.

"참으로 난세(亂世)로다. 한쪽은 허자류(許子流)의 이단(異端)이

요, 한쪽은 뱃속 검은 야심가의 무리니…… 아아, 내 어디로 돌아
갈꼬?"

"너무 상심하지 마십시오. 계룡산과 흰돌머리의 기업(基業)이
있지 않습니까?"

황제의 상심하는 모습이 측은하여 김광국이 좋은 말로 위로
했다. 그러자 황제는 무엇을 상기했는지 문득 감탄한 얼굴이 되
어 말했다.

"내 일찍이 『서계(西溪) 이 선생 가장결(家藏訣)』에서 청계(靑鷄=
乙酉年, 여기서는 1945년)조를 근심하였던 바 마침내 이루어졌구나.
천 리 강산이 세 쪽으로 쪼개지니 어찌할꼬(千里江山 三分何爲)라
함은 바로 이를 두고 말했음에 틀림없소. 저들 남과 북의 적자(賊
子)들과 나의 남조선 말이오. 그러고 보니 문득 북이 궁금하구려.
도대체 이현웅과 같은 무리의 우두머리는 누구요?"

"정확하게 예측할 수는 없지만 소련군 사령부의 태도로 보아
김일성(金日成)이란 자가 유망한 것 같습니다."

"그자를 알 듯하다. 그자는 분명 남의 나라에 가 있다가 돌아
온 자일 것이오."

"처음에는 중국 공산당 아래 빌붙어 있었고, 뒤에는 소련군에
들어가 스탈린그라드란 곳까지 가 싸웠다는 풍설이 있습니다. 그
런데 어떻게 아십니까?"

"『삼한산림비기(三韓山林秘記)』에, 개마(盖馬) 서쪽 물길(勿吉) 남
쪽에 학산(鶴山)이 머리를 들고 서로 향하였으니, 다른 세상의 사

람이 타국에서 공을 세우면 금산(金山)에 옮겨 살면서 여러 번 동한(東韓)을 엿볼 것이다 했으니, 바로 그자를 가리킨 말이오. 또, 삭정(朔庭) 안변(安邊) 이북은 산수가 깊고 험하며 풍속이 거칠고 사나워서 왕이 될 사람이 나지 않고 반드시 반역과 반란이 심할 것이며, 천 년 뒤에는 마침내 오랑캐 땅이 되어 왕실의 기초가 시작된 땅이 오랑캐의 다스림을 받을 것이다 했으니, 그 역시 그자의 무리가 반적(叛賊)으로서 오랑캐를 평양까지 끌어들일 것을 말하고 있음이 분명하오. 『감결(鑑訣)』도 그자가 불러들일 재액을 예언하고 있으니, 백두산 북쪽에 오랑캐 말이 길게 울고, 평안, 황해, 양서(兩西) 사이에 원통한 피가 하늘에 넘칠 것이라는 구절이 그것이오. 『남사고비결(男師古秘訣)』에도……."

처음 한동안은 약간 흥미 있게 듣고 있던 김광국도 마침내 지쳐버렸다. 참서(讖書)나 비기(秘記)를 들먹일 때면 한층 심해지는 황제의 비정상적인 흥분을 가라앉히기 위해 그는 슬쩍 말머리를 돌렸다.

"참, 원자(元子) 융(隆)의 소식을 들었습니다."

"불효 불충한 놈, 그래 어떻게 지낸다고 하오?"

"이현웅 밑에서 함께 일하는 것 같았습니다."

"아직도 그렇다면 내 자식이 아니오. 내 흰돌머리로 돌아가면 반드시 날을 받아 그를 폐서인(廢庶人)하리라."

그러고는 더 이상 묻지 않았다. 아무리 황제인들 부자의 정이야 남과 다르겠는가만 끝내 이단에 빠져 돌아오지 않은 데 대한 노여움 탓이었으리라.

황제 일행이 억류에서 풀려난 것은 이튿날 아침 일찍이었다. 북적 보안대는 황제의 권총만 압수하고 다른 것은 고스란히 돌려주었다. 이현웅은 나타나지 않았지만, 그들의 공손한 태도로 보아 무언가 상부로부터 단단한 지시를 받았음을 금세 알 수 있었다. 황제와 신기죽이 그들의 공손한 태도를 드디어 자기들을 알아본 탓으로 여겨 공연히 으르렁대도 그들은 별로 상대하려 들지 않았다.

이현웅이 황제 일행 앞에 나타난 것은 시가지를 거의 빠져나왔을 무렵이었다. 갑자기 군용 지프 한 대가 뒤따라오더니 거기서 이현웅이 거드름을 피우며 내렸다.

"이걸 가져가시오."

그는 김광국에게 두툼한 봉투 하나를 내밀었다. 그리고 더욱 몸을 뒤로 젖히며 안에 든 것을 말해 주었다.

"소련 군표(軍票)와 통행 증명서요. 그 군표면 이남까지 숙식은 걱정하지 않아도 될 거요. 그리고 그 증명서 중에서 한글로 된 것은 보안대에게 잡히면 내보이고, 노어(露語)로 된 것은 소련군을 만나면 보이시오. 단, 삼팔선을 넘을 때는 그 어느 것도 소용없소. 재주껏 넘으시오."

"고맙소."

김광국은 약간 감격한 얼굴로 그 봉투를 받았다.

"이로써 피차 계산은 끝났소. 실은 저 미치광이 일행을 빼내는 것은 힘들지 않았지만, 당신을 놓아주기 위해서는 꽤 힘이 들었소. 잘 가시오. 그리고 다음에 만날 때는 이렇게 관대할 수 없을 거요."

"이번만으로 충분하오. 나도 이들만 아니었더라면 당신 손에 걸려들지는 않았을 거요."

그러자 이현응은 삼엄한 표정으로 서 있는 황제에게로 돌아섰다.

"영감님도 잘 가시오. 좋은 아들을 둔 덕으로 아시고…… 융(隆)의 부탁이 아니었더라면 이만한 생색도 못냈을 거요."

"그놈은 내 자식이 아니다."

거기서 황제의 목소리는 약간 떨렸다. 그러나 이내 침착을 회복하여 당당하게 말했다.

"다만 네 공은 기억하겠다. 일후 네가 다시 내 손에 떨어지면 반드시 갚으리라. 그럼 물러가라."

황제는 말을 마침과 함께 일행을 재촉하며 돌아섰다. 멀지 않은 곳에 멈춰 선 차 안에서 한 준수한 젊은이가, 구 년 전에 동장(東莊)을 떠난 태자 융(隆)이 외투 깃에 얼굴을 깊이 묻고 눈물 젖은 눈으로 그런 그들 일행을 전송하고 있는 것은 끝내 아무도 알지 못했다.

실록은 황제 일행의 월남을 관운장의 오관돌파(五關突破)에 비유하고 있지만, 사실 그때부터 신막(新幕)에 도착할 때까지의 천리 길은 당시로 보아서는 호화판 여행과 다름이 없었다. 남발(濫

發)로 신용이야 떨어졌지만 소련 군표는 훌륭히 화폐의 구실을 해주었고, 황제와 신기죽을 단속하고만 있으면 이현웅의 증명서는 그 어떤 검문도 무사하게 통과시켜주었다. 또 이번에는 남행 열차를 이용한 덕택에 여행의 피로도 대륙에서의 남하 때와는 비교도 되지 않을 만큼 적었다.

다만 일행의 태반이 번갈아 앓는 바람에 북녘땅에서 그해를 넘기게 된 것이 어려움이라면 어려움이었다. 긴장이 풀리는 바람에 지난 길고 괴로웠던 여행의 노독이 한꺼번에 일행을 덮친 탓이었다. 그러나 신막(新幕)에서 삼팔선을 넘을 때까지의 이백 리 길은 만주에서의 그 어느 때 못지않게 험난했다. 그곳에 주둔하는 소련 군들은 월남 행렬을 포착하기만 하면 약탈과 부녀자에 대한 폭행을 감행했고, 저항하면 가차 없이 사살했다. 군데군데 배치돼 있는 보안대원들도 두렵기는 소련군에 못지않았다. 다행히도 김광국이 마지막 남은 소련군 군표(軍票)로 사들인 안내원 덕분에 위험은 훨씬 줄었지만 몇 날이고 정월의 매서운 북풍 속에 밤길을 걸어야 하는 것 또한 여간 고역이 아니었다.

그래도 삼팔선까지는 운이 좋은 편이어서 황제 일행은 소련군과 만나지 않고 무사히 어느 얼어붙은 강가에 이르렀다. 그것만 건너면 38선 이남이 되는 지점이었다. 안내원은 거기서 되돌아가고 황제 일행은 조심조심 강을 건넜다. 그런데 그들이 강 한가운데 이르렀을 때 갑자기 따발총 소리가 요란하게 울렸다. 얼마 전까지만 해도 비어 있던 지역이었으나 그새 소련군이 증강되었거나 아니면 그 통로를 이용하는 월남자가 많다는 게 알려져 매복하고 있었던 것 같았다.

거기서 이후 황제가 소련군이라면 치를 떨게 된 사건이 벌어졌다. 쓰러진 몇 사람 중에 척 부인이 끼어 있었기 때문이다. 황제는 황망 중에도 척 부인을 둘러업었다. 그리하여 사거리(射距離)를 벗어난 후 다시 척 부인을 살폈을 때, 그녀는 이미 숨진 후였다. 처음 다리를 맞은 것으로 알고 있었는데, 치명상은 등허리 한가운데 있는 총상으로 보였다. 황제에게 업혀 오는 동안에 맞은 두 번째 총탄으로 황제를 대신하여 꽃다운 목숨을 잃은 듯했다.

"하늘이 나를 시샘하는구나. 아아, 귀비(貴妃)여 너를 어찌할꼬? 너를 어찌할꼬?"

황제는 척 부인이 숨진 것을 알자 실성한 듯 울부짖었다. 왕사(王事)를 적어나가는 길이라 사사로운 정애(情愛)는 다룰 기회가 없었지만, 젊은 척 부인에 대한 황제의 사랑은 사실 남다른 데가 있었다. 갑자년(甲子年) 척가장의 봄동산에서 맺어진 이래 단 하루도 그녀와 떨어져 있어 본 적이 없고, 단 백 리도 함께가 아니면 떠난 일이 없었다. 이미 보았듯이 척 부인 역시 놀라운 교양으로 황제의 삭막한 망명 생활을 위로했을 뿐만 아니라, 사십이 넘어도 시들지 않는 미모로 황제의 아낌을 받았다. 그러나 무엇보다도 황제를 괴롭힌 것은 마지막 몇 달 동안 그를 따라나선 그녀가 겪은 고초와 황제를 겨냥하고 날아온 총탄을 그녀가 대신 받아 숨져갔다는 사실이었다. 수천 리 적진을 돌파하여 이제 내 나라를 지척에 두고 그렇게 어이없이 죽다니…….

황제의 그와 같은 슬픔 때문에 뜻하지 아니한 골탕을 먹은 것은 그 일행이었다. 언 땅에 간신히 구덩이를 파 놓아도 황제는 척부인의 시체를 내놓으려 하지 않았고, 빼앗다시피 묻은 후에는 그 무덤을 떠나려 하지 않았다. 거기다가 먹고 마시는 것조차 피하려 들자 보다 못한 신기죽이 나섰다.

"아름다움을 아끼고 귀하게 여기는 것은 사람의 상정(常情)이나 지나친 것은 또한 어리석은 일이 됩니다. 한낱 필부에게도 그러하거든 하물며 억조창생이 우러르는 왕자(王者)이겠습니까? 주(紂)가 은(殷)나라를 망치는 데는 달기(妲己)가 있었고, 유(幽)가 주(周)나라를 망치는 데는 포사(褒姒)가 있었습니다. 부차(夫差)가 오(吳)를 망치는 데는 서시(西施)가 있었으며 현종(玄宗)이 성당(盛唐)을 망치는 데는 옥환(玉環=양귀비)이 있었습니다.

이제 주군께서 척 귀비(戚貴妃)의 죽음을 이처럼 애통해 하시는 것은 왕자(王者)의 법도에 어긋날 뿐 아니라, 죽은 귀비를 욕보이는 일입니다. 갈 길도 잊고 할 일도 돌아보지 않으시며 식음마저 전폐하여 옥체를 손상하시니, 장차 후인(後人)들로 하여금 남조선(南朝鮮)이 망하는 데는 척 귀비가 있었다는 말을 듣게 하시려는 것입니까?"

그러나 황제는 여전히 슬픔에 젖은 채 일어날 줄 몰랐다. 그런 황제를 한동안 바라보던 신기죽은 드디어 분연히 소매를 떨치며 일어섰다.

"내 주군(主君)을 잘못 택했다. 한낱 아녀자의 일로 천하의 일을 잊으니 저런 소인배와 무엇을 도모하려 했던고? 헛되이 몸만 늙었구나. 한스럽도다……."

그렇게 탄식하며 정말 홀로 떠날 기세였다. 그제서야 황제는 간신히 일어서며 그를 만류했다.

"우보(右輔)의 충성스러운 말이 뼛속까지 스미는구려. 내 잘못했소이다. 잠시 슬픔이 지나쳐 큰일을 잊었소. 부디 용렬하다고 버리지 말고 외로운 이 몸을 보필해 주시오. 다시는 작은 일로 공(公)을 실망시키지 않으리다."

그리고 남행(南行)길을 재촉하니 척 부인이 죽은 지 꼭 나흘째 되는 날이었다.

하지만 황제가 사랑하던 척 부인을 잃은 슬픔에서 쉽게 깨어난 것 같지는 않다. 실록에 보면 「건작(乾鵲=까치)가」란 노래가 나오는데, 해설은 그 이듬해 황제가 집을 짓는 까치 한 쌍을 보고 지었다 하고 있지만, 황조가(黃鳥歌)를 본뜬 그 노래의 뜻은 분명 죽은 척 부인을 그리워하고 있기 때문이다.

翩翩乾鵲   펄펄 나는 까치는
雌雄相依   암수 한 쌍 정다운데
念我之獨   외로운 이 내 몸은
誰其與歸   뉘와 함께 돌아갈꼬

천 리에 이르는 붉은 반도(叛徒)들의 땅을 돌파하여 황제가 다시 서울 땅을 밟게 된 것은 신천 십이 년 정월 하순, 양력으로는 1946년 3월 초순이었다. 그러나 제1차 미소공동위원회를 앞두고 들끓고 있던 서울 역시 황제에게는 하나의 적진(敵陣)에 지나지 않았다. 그 무렵 우리나라에 만연하던 괴질(怪疾) — 정치 과잉 때문이었다.

둘만 모이면 단(團)이나 동맹이요, 셋만 모이면 당(黨)이니, 등록된 정당만도 수백을 헤아렸다. 친일 동맹이나 팔푼당(八分黨)이 없는 것만이 다행이라면 다행일까. 거기다가 말 못 해 죽은 귀신이라도 덮어쓴 것인지 입만 있으면 저마다 잘났다고 떠들어 댔고, 걸핏하면 빨갱이니 하얭이니 하며 대낮 큰 길바닥에서도 피투성이 싸움을 벌였다.

"다스림을 받으려는 자는 적고 다스리겠다고 나서는 자는 많으니 장차 이 백성이 험한 꼴을 보겠구나. 실로『삼한산림비기(三韓山林秘記)』에 산을 가지고 논한[以山論之] 구절이 영절스럽도다……."

황제는 서울을 보고 그렇게 탄식했는데, 황제가 가리킨 구절은 대개 다음과 같다.

'간방(艮方=동북)에 삼각산이 있으니 흥할 때에 세 임금의 성인이 있고, 끝에는 세 임금의 어둠이 있고, 망할 때는 세 나라의 분열이 있을 것이다. 북쪽에 백악(白岳)이 있으니 백악(百惡)이 구비하여 흥할 때에는 어진 선비의 화가 있고, 중간에는 역신(逆臣)의 화가 있고, 마지막에는 간사하고 괴이한 일이 있을 것이다. 남쪽에는 종남(終南)이 있으니 흥할 때에는 남쪽 선비를 써서 나라 명맥을 유지하고, 중간에는 남북으로 당파가 갈리고, 종당에는 남쪽에서 마칠 것이다. 또 관악산(冠岳山)이 남쪽에서 엿보니 흥할 때는 남쪽 도둑으로 인하여 왕업을 이루고 중간에는 남쪽 도둑이 크게 이르러 백성이 도탄에 빠지고, 망할 때에는 남쪽 사람이 가만히 일어나 때때로 변방을 침노하여 바닷가 수백 리 땅이 비게 될 것이다. 인왕산(仁旺山)이 뒤에서 엿보니 흥할 때에는 북쪽에서 일어나고, 중간에는 북쪽 오랑캐가 침공하여 신하로 항복하기에 이르고, 망할 때에는 북쪽 도둑이 들어와 온 나라가 혼란에 빠지고, 꾀를 의논하면 아래에 간신이 있어서 굽히는 것 같고, 나라 기강이 변함없는 것 같으나 서로 모함하여 통일이 되지 않는다. 송경(松京)은 둘러싸이고 한산(漢山)은 등이 튀어나왔기 때문이다……'

뒷부분의 북쪽 도둑과 나라의 혼란상은 어딘가 그 무렵의 서울과 부합하는 데가 있다. 그러나 황제의 탄식은 그런 현상적인 것에 대해서만 끝나지는 않았다.

"뿐이랴. 더욱 한심한 꼴은 공산(共産)이다 뭐다 하여 외인(外人)들이 지어낸 주의 주장을 앞세워, 서슴지 않고 동족끼리 피를 보는 일이다. 저희들은 무슨 파천황(破天荒)의 도(道)라도 깨친 양 떠들고 있지만 실은 한무제(漢武帝)의 침략 이래 반만년 이 나라의 치자(治者)들이 해온 짓거리를 되풀이하고 있을 뿐이다.

『사기(史記)』 조선열전(朝鮮列傳)에 보면 한(漢)의 대군이 밀려들자 조선의 조정은 한음(韓陰), 이계상 삼(尼谿相 參), 왕겹(王唊) 등의 주화파(主和派)와 성이(成已) 등의 주전파(主戰派)가 다투었음을 알 수 있다. 주화파(主和派)가 백성들을 설득하여 성이(成已)를 주살한 것으로 보아 그들에게는 그들 나름의 그럴듯한 대의(大義)가 있었을 테지만, 실제로 중요한 것은 그걸 주장하는 본인에게 돌아올 이익이었다. 다시 말해 이계상 삼(尼谿相 參)은 한(漢)의 획청후(澅淸侯)로, 한음(韓陰)은 추적후(萩荻侯)로, 왕겹(王唊)은 평주후(平州侯)로 살아남아 부귀영화를 누리기 위해서 말을 꾸미고 백성을 속였을 뿐이다.

삼국시대 말기의 친당(親唐) 친일(親日)의 대립, 고려조의 친송(親宋)과 친금(親金), 친원(親元), 친명(親明), 이조의 친명(親明)과 친청(親淸), 친청(親淸)과 친일(親日) ― 그러한 것들 역시도 혹은 신의와 실리 혹은 개화와 수구 등의 명분 아래 거창한 주의 주장을 가지고 있었지만 실제로는 다만 본인의 영달을 위한 도구에 지나지 않았다.

이제 공산이다 뭐다 해서 장황하게 떠드는 것 또한 그에 다를 바 무엇이냐? 저들이 아름다운 말로 치장하고, 교묘하게 이로(理路)를 비틀고는 있어도 알고 보면 다만 사대(事大)로 자기들의 이익을 다투고 있을 뿐이다.

그런데도 이 백성이 거기에 뇌동하여 저토록 정신을 잃고 날뛰니, 장차 이 강산에 송장의 산이 솟고 피의 내[川]가 흐른들 누구를 원망하며 누구를 탓할 것이랴."

군용 지프를 타고 서울 거리를 질주하는 미군들을 보며 황제가 한 말도 재미있다.

"『도선(道詵) 비결』에, '푸른 옷을 입고 남쪽으로부터 오니 왜(倭)도 아니고 호(胡)도 아니로다.' 한 구절이나 『서계(西溪) 이 선생 가장결(家藏訣)』 적호(赤虎=丙寅年)조에, '이상한 사람이 남쪽에서 온다, 왜인(倭人) 같은데 왜인은 아니고, 화친(和親)하는 것을 주장으로 삼는다.' 한 것이 매양 뜻을 알 수 없더니 저들을 보니 이제 알겠구나. 진실로 청의이자남(靑衣而自南)이요 비왜비호(非倭非胡)로다……."

황제가 서울에서 그 모든 것을 보고 들을 수 있었던 것은 김광국이 그들 일행을 여관에 머물게 한 며칠 때문이었다. 그사이 어디론가 바쁘게 쏘다니던 김광국은 닷새 만인가 다시 황제 일행 앞에 나타났다. 그리고 그동안 밀린 숙식비를 치른 후 일행을 서울역으로 안내했다.

김광국이 어디서 구했는지 귀한 기차표를 사람 수대로 나누어 주고 함께 기차에 오를 때까지도 사람들은 그가 흰돌머리로 돌아간다는 것을 아무도 의심하지 않았다. 그러나 자리까지 잡아준 후 김광국은 뜻밖에도 황제에게 이렇게 말했다.

"이제 그만 헤어질 때가 온 것 같습니다. 마땅히 흰돌머리까지 모셔 드려야겠지만, 저에겐 마침 해야 할 큰일이 있어서 송구스럽습니다. 차표는 대전까지이니 거기서 흰돌머리를 찾아가는 길은 그리 어렵지 않을 것입니다."

"좌보(左輔)께서는 무슨 말씀을 하시오? 이제 옛 기업(基業)을 찾아 나라를 다시 일으켜보려는 이때에 김공(金公) 같은 유능한 선비가 나를 버리시다니. 이 무엄한 것들 속에 홀로 남으시겠다니…… 실로 청천벽력 같은 말씀이오. 귀가 의심스러울 뿐이오. 좌보, 그러지 말고 기탄없이 말해 주시오. 내가 무얼로 공을 섭섭하게 했는지, 어떤 일로 공을 실망시키고 혹은 노엽게 만들었는지…….”

창황한 중에도 황제는 간곡하게 물었다. 일순 김광국의 눈시울이 불그레해졌다. 그는 잠시 그런 황제를 말없이 바라보다가 이미 시들어가기 시작하는 황제의 두 손을 가만히 감싸 쥐었다.

“어르신네, 저도 할 수만 있다면 어르신네와 함께 그곳에 가서 티 없는 마음과 편안한 몸으로 한 세상을 마치고 싶습니다. 그러나 쓸데없는 것을 너무 많이 알아버린 바람에 그만큼 해야 할 일도 많습니다. 그동안 어르신네에게 진 빚도 크지만, 어르신네를 만나기 전에 진 빚이 많아서 우선 그것부터 갚지 않으면 안 됩니다…….”

그의 목소리와 표정이 얼마나 진지했던지 황제는 그가 무엄하게도 자신을 어르신네라고 부르는 것조차 느끼지 못했다. 그동안 김광국이 주군(主君)이니 주상(主上)이니 하는 호칭을 쓴 적도 없었지만, 맞대 놓고 어르신네라고 부르기도 그날이 처음이었다.

“어르신네는 확실히 하늘이 내신 분입니다. 천명(天命)을 받으신 왕자(王者)이십니다. 그러나 어르신네의 왕토와 백성은 어르신네의 밝고 어지신 마음속의 것이 가장 큰 것입니다. 부디 혼탁한 세상과 간악한 그 백성을 탐내지 마십시오. 이 세상은 역시 저희

같은 무리에게 맡기시고 조용히 흰돌머리에 머무시어 마음속의 크고 거룩한 왕국을 가꾸십시오……."

그리고 아직도 사태가 잘 이해되지 않아 멍한 표정으로 앉아 있는 황제에게 꾸벅 절을 한 후 천천히 기차에서 내렸다.

"저런 무엄한 놈. 감히 주군에게 어르신네라니?"

그때껏 끓어오르는 분노를 억누르고 있던 신기죽이 기어이 분통을 터뜨렸다. 그리고 먼지 낀 차창을 통해 멀어져가는 김광국의 뒷모습을 좇고 있는 황제를 향해 불만스럽게 말했다.

"마땅히 끌어내어 베어야 할 자를 주군께서는 어찌 그리 연연해하고만 계십니까?"

"우보(右輔), 그를 너무 허물하지 마시오. 뜻이 비록 난세(亂世)에 있으나 나에 대한 진정에는 변함이 없소. 오히려 그의 말에 자못 깊은 뜻이 있으니 곰곰이 풀어 생각해 볼 뿐이오."

그렇게 말하면서도 황제의 두 눈은 여전히 형언할 수 없는 애착으로 김광국의 뒷모습을 좇고 있었다. 그렇게 떠나 임정(臨政) 계통의 우익 단체에 뛰어든 그가 오래잖아 건국(建國) 전야의 소용돌이 속에 헛된 피를 뿌리고 죽어갔음을 황제가 알았다면 그 얼마나 가슴 아파했겠으랴.

.

중광(重光) 일 년 백석리 비록 구방(舊邦)이나 그 명(命)은 새롭도다. 국저(國儲)를 폐서인(廢庶人) 하시고 개원(改元)하시다.

그 뒤 황제 일행의 환국(還國)은 자못 처연한 것이었다. 그러나 차츰 흰돌머리에 가까워 오면서 황제의 호기는 서서히 되살아나기 시작했다. 멀리 보이는 낯익은 봉우리와 내와 들 — 누가 뭐래도 흰돌머리는 황제에게 영광과 신화의 터전이었다. 거기서 몸과 마음을 길렀으며, 거기서 하늘의 거룩한 소명(召命)을 받았고, 거기서 수많은 개국의 원훈숙장(元勳宿將)을 얻었다. 첫사랑의 땅이요, 첫 승리의 땅이었으며, 비록 한때의 패배와 오욕이 있었으되, 그 또한 뒷날의 광휘를 더욱 찬연하게 만들어줄 효과적인 배경에 지나지 않았다.

그리하여 고조된 황제의 감정은 차차 엉뚱한 방향으로 비약하기 시작했다. 내 일찍이 포의(布衣)에서 일어나 마침내 한 나라의 주인이 되었다. 옛말에 이르기를 부귀하여 고향에 돌아가지 않는 것은 비단옷 입고 밤길 가는 것과 같다 했거니와, 너무 오래 이 땅을 버려두었구나. 오늘 비록 동북의 땅과 내 백성은 잃었으나 천명이야 변함이 있겠는가. 한 번 크게 잔치를 벌여 백석리의 부형(父兄)을 위로함 또한 뜻 있는 일이리라. — 대개 그런 식이었는데, 그 일은 아마도 한고조(漢高祖)의 고사(故事)를 본받으려 한 것 같다.

하지만 떠나 있는 이십여 년 동안에 흰돌머리는 많이 변해 있었다. 우선 그 이름부터 그간에 있는 몇 차례의 행정 구역 정리에 따라 생판 낯설게 바뀌었는 데다, 마을 앞을 새로 지나게 된 국도(國道) 때문에 모습마저 옛 모습이 아니었다. 국도와 버스 정류소를 끼고 백여 호가 새로 들어앉는 바람에 원래의 마을은 그 이름과 함께 한쪽으로 밀려난 듯한 인상이었다.

사람들도 황제가 떠나던 때의 그 사람들이 아니었다. 도로변에 새로 들어선 마을 주민은 거개가 다른 곳에서 흘러들어온 사람들이라 아무도 황제를 몰랐고, 산기슭의 본마을에도 황제를 기억하는 사람은 얼마 되지 않았다. 다만 황제의 신화와 전설만이 몇 다리 건너는 사이에 완연히 우스갯거리나 심심파적감으로 왜곡되어 이따금씩 노인들 사이를 떠돌 뿐이었다.

따라서 그와 같이 변한 흰돌머리는 애초부터 황제의 환상적인 기대와는 맞아떨어질 수가 없었다. 미리 환국(還國)할 날짜를 알리지 않았으니 십리출영(十里出迎)을 바랄 수는 없다 할지라도, 이미 황제가 마을로 들어서는 데조차 아무도 아는 체를 않는 데는 노여움이 일지 않을 수 없었다. 대전서부터 하루 종일 걸어오느라 지쳐 있기는 했지만, 다른 사람들의 심회 또한 황제와 크게 다를 바 없었으리라.

"정말 너무하는구나……."

작은 저잣거리를 이루다시피 한 국도 변의 마을을 지나면서 황제가 탄식처럼 중얼거렸다. 신기죽 역시 울적한 눈길로 무심히 지나가는 마을 사람들을 쏘아보며 고개를 끄덕였다. 그러다가 미처 그 마을을 다 지나기도 전에 기어이 황제의 노여움은 폭발하고 말았다. 갑자기 황제의 귀에 이런 속삭임이 들려왔기 때문이었다.

"저 영감쟁이들이 좀 이상헌디."

"글씨, 두 줄로 나란히 섰구면."

보니, 당시 흔해 빠졌던 무슨 청년 단체거나 치안대에 속하는 것으로 여겨지는 청년 셋이 길가 주막집 툇마루에 걸터앉아 주고받는 수작이었다. 불그스레한 얼굴이며 게슴츠레한 눈매에 얼큰하게 술이 올라 있었다. 흩어진 차림새나 방자한 몸가짐도 만 리 풍운을 헤치고 돌아온 옛 주인을 맞는 법도와는 거리가 멀었다.

"너 방금 무어라고 하였느냐?"

그들 앞에 걸음을 멈춘 황제는 끓어오르는 속을 억누르며 그중의 하나에게 물었다. 지적을 받은 청년은 두려워하기는커녕 도리어 눈을 치뜨고 일어났다.

"왜유? 지가 뭐라구 했간유?"

"이놈 무어라고 했는지 다시 말해 보라고 하지 않느냐?"

황제는 더는 참지 못해 목소리를 높이며 꾸짖듯 말했다. 그러자 그중에서 비교적 나이 들어 보이는 청년이 끼어들었다.

"우리는 치안대(治安隊)요. 수상한 사람은 검문할 수 있습니다."

"그럼 네놈들 눈에는 우리가 도적 떼로라도 보인단 말이냐?"

"반드시 그렇지는 않습니다만 신분은 밝혀주셔야겠습니다."

그 정도로만 계속되어도 일은 요란스럽지 않게 수습될 수도 있었을 것이다. 그런데 처음의 취한 목소리가 다시 끼어들어 일을 꼬아나갔다.

"하따, 이 영감쟁이가 워찌 이리 딱딱거린대유? 정말 혼쭐이 나봐야 될란가벼."

제 딴에는 한번 을러본다고 한 소리였지만 그게 바로 타는 불에 기름 끼얹는 격이었다. 가뜩이나 울분에 차 있는 신기죽이 그런 오만불손을 용서할 리 있겠는가.

"네, 이 불충한 놈들 — 감히 누구 앞이라고 이토록 방자하게 구느냐? 썩 무릎 꿇고 엎드리지 못할까?"

"워메, 워메, 이젠 마구 호령일세."

그때였다. 황제 일행 중에서 팔팔한 성질에 비교적 공명심이 강한 중늙은이 하나가 대뜸 그 버릇없는 청년을 머리로 받아 넘겼다. 황 진사의 조카뻘 되는 사람으로, 지난번 신의주에서의 충돌 때 우물쭈물하다가 공을 세울 기회를 놓쳐버린 것이 못내 아쉽던 그로서는 절호의 기회를 만난 셈이었다. 약간 취한 데다 워낙 방심하고 있던 터라 받힌 청년은 "에쿠" 하는 소리와 함께 그대로 폭삭 주저앉았다. 그리고 그와 함께 드디어 황제의 추상 같은 명이 떨어졌다.

"여봐라, 이자들을 묶어라. 내 흰돌머리로 끌고 가 왕법(王法)이 두려움을 가르치리라."

신기죽이 뒤이어 재촉했다.

"어서 빨리 주상의 엄명을 받드시오. 하나라도 이자들을 놓치면 뒷날의 추달을 면치 못하리다."

그러자 나머지 일행도 충실하게 황제의 명에 따랐다. 원래의 불 같은 충성심에다 신의주에서 경험한 전화위복으로 고무된 탓이었다. 한동안의 혼전 끝에 결과는 당연히 황제 편의 승리로 끝났다. 셋 중 하나가 재빨리 도망친 바람에, 처음부터 십 대 일의 싸움이 된 것 외에도, 상대가 노인들이라 함부로 주먹을 휘두르지 못한 것과 황제 일행의 태반이 먼 길을 오는 도중 지팡이를 꺾어 들고 있었다는 점이 치안대원 쪽의 결정적인 패인(敗因)이었다. 도리깨질 같은 매에 못 이긴, 두 사람은 결국 두 손이 새끼줄에 묶인 채 의기양양한 황제 일행의 앞장을 서지 않을 수 없었다. 여기저기 멍이 들고 혹이 솟은 처량한 몰골이었다.

하지만 황제 편의 그러한 승리는 오래잖아 중대한 위협에 직면하게 되었다. 도망친 대원의 연락으로 총 든 순경 하나와, 몽둥이를 든 십여 명의 치안대원이 추격해 온 게 그랬다. 옛 흰돌머리와 새로 생긴 국도 변(國道邊) 마을의 중간쯤 되는 논바닥 위에서였다.

"서시오. 움직이면 쏘겠소."

종잡을 수 없는 보고로 잔뜩 긴장한 순경이 총을 겨누며 소리쳤다.

"이놈, 너도 끌려가 친국(親鞫)을 당하고 싶으냐?"

황제가 조금도 두려워하는 기색 없이 돌아보며 호령했다. 그 이글이글한 눈길과 찌렁찌렁한 목소리에 찔금한 순경은 재빨리 기억을 더듬어보았다. 문득 왜경(倭警)에게서 물려받은 기록 중에, 그 부근 출신으로 상해 임정에서 활약한 독립지사 하나가 떠올랐다. 그러나 나이와 인상이 너무 달라 다시 묻지 않을 수 없었다.

"무슨 일로 그 두 사람을 잡아가십니까? 그 둘은 치안대원으로 근무 중이었습니다."

"어느 놈이 그따위로 근무하라고 시켰더란 말이냐? 가서 그놈을 불러오너라. 내 그놈부터 어육(魚肉)을 내리라."

더욱 사람을 헷갈리게 하는 대답이었다. 그러나 어쨌든 예사 인물은 아닌 것 같다는 느낌에 그 순경은 더욱 위축될 수밖에 없었다.

"그럼 우선 존함부터 일러주십시오. 통보해 올리겠습니다."

상대의 정체나 알아낸 후에 일을 해결하기로 작정한 순경은 제법 공손하게 물었다. 그런데 갑자기 신기죽이 끼어들어 다시 일을 헝클어 놓고 말았다.

"이 무엄한 놈 어디서 감히 어휘(御諱)를 묻느냐? 썩 엎드려 무릎부터 꿇지 못할까?"

친국(親鞫)이란 말을 얼른 알아듣지 못해 거기까지 대화를 끌고 간 순경이었지만, 어휘니 엎드려 무릎 꿇으라느니 하는 말은 아무래도 이상했다. 항간의 풍문에도 영친왕(英親王) 전하가 귀국했다는 말은 듣지 못했을 뿐만 아니라, 설령 돌아왔다 하더라도 그 궁벽한 산골을 헤맬 리는 만무하였다. 하지만 그런 말이 가진 어마어마한 무게 때문에 그 순경과 마을 청년들의 혼란은 계속됐다.

그때 알맞게 나타나 헝클어질 대로 헝클어진 국면을 수습한 것이 황제의 둘째 아들 휘(輝=실록의 공식 명칭은 孝明大君)였다. 그날 진작부터 마을 앞 논바닥에서 벌어지고 있는 그 시비를 먼눈으로 살피던 그는 갑자기 이상한 예감이 들어 달려가 보았다. 과연 해방이 되었는데도 반년이 넘도록 돌아오지 않아 애태우던 아버지 어머니와 그 일행이었다. 기쁨과 반가움에 휩싸인 그는 시비곡직(是非曲直)을 물을 틈도 없이 그 가운데로 뛰어들었다.

"아버님 무사하셔서 기쁩니다."

먼저 황제에게 그렇게 문후를 드린 휘는 이어 사 년 동안이나 헤어져 있었던 늙은 어머니를 얼싸안았다.

"어머님, 먼 길에 고생이 심하셨지요?"

황 부인도 그런 아들의 등을 쓸며 줄줄이 눈물을 흘렸다. 아무리 황제인들 천륜(天倫)의 정이야 어쩌겠는가. 황제도 끓어오르는 자정(慈情)으로 조금 전까지의 분노를 억누르며, 그런 모자(母子)를 묵묵히 바라보고 있었다. 냉정한 것은 오직 신기죽뿐이었다.

"대군(大君)의 응대하는 법도가 말이 아니구려. 대군과 주상은 적게는 부자(父子)라도 크게는 군신(君臣)인 것을, 다만 여염의 아녀자처럼 행신(行身)하니 진실로 앞날이 걱정이오."

너무도 왕자(王子)로서의 격식과 위엄을 차리지 못하는 휘(輝)를 나무라는 말이었다. 그러다가 뒤이어 절뚝거리며 달려온 우발산이 젖은 논바닥을 가리지 않고 엎드리자 만족한 듯 찬탄했다.

"오오 요동백(遼東伯). 그대는 아직도 묘정(廟庭)의 법도를 잊지 않았구려."

그러자 언제까지고 그런 것만 따지고 있을 수만은 없었다. 그 한차례의 새로운 소동에 다시 명해 있던 순경이 드디어 정신이 났다는 듯한 얼굴로 휘에게 머뭇거리며 물었다.

"정 형, 그럼 이분이, 정 형의 부친 되시오?"

"그렇소만…… 참, 무슨 일이오?"

그제서야 일의 내막이 궁금해진 휘는 그 순경을 한쪽으로 데려가며 물었다. 부친이나 신기죽의 상태를 잘 알고 있었으므로 그들의 엉뚱한 방해를 받지 않기 위해서였다.

그런데 여기서 잠깐 얘기하고 넘어가야 할 것은 황제의 둘째 아들 휘(輝)의 됨됨이다. 원자(元子) 융(隆)이 이현웅의 영향 아래 정신적 성장을 한 데 비해 그는 다분히 김광국의 영향 아래 자라났다. 그리하여 융이 아버지에 대해 증오와 경멸을 기른 대신 그는 따뜻한 이해와 연민의 감정을 길렀다. 거기다가 기질에 있어서도 그는 형과는 전혀 딴판이었다. 융이 과격하고 감정적인 데에 비해 그는 냉정하고 이성적이었으며, 융이 소영웅주의에 빠져 야심을 불태우는 동안도 그의 눈은 언제나 현실의 기반을 떠나지 않았다. 그런 면에서 흰돌머리의 근거지를 회복하기 위해 황제가 그를 보낸 것은 그야말로 적임자를 보낸 셈이었다. 그는 동장(東莊)에서 빼돌린 여유로 착실한 근거지를 마련했을 뿐만 아니라, 해방을 전후한 혼란을 적절히 이용해서 몇 달 사이에 몇 배로 늘려 놓았다. 그 대표적인 것이 패전의 예감으로 서둘러 귀국한 일인(日人) 지주에게서 수십 마지기의 땅을 헐값으로 사들인 것과 해방 열흘 전에 역시 일인으로부터 거저 얻다시피 정미소 하나를 손에 넣은 일이었다. 거기다가 대인 관계 또한 빈틈없어서 황제가 돌아올 무렵에는 인근에서 누구도 무시 못할 유지가 되어 있었다. 다만 다른 모든 것은 다 회복했으면서도 황제의 신화와 전설만은 회복해 두지 못한 것이 잘못이라면 잘못이었다.

"박 순경, 내 저녁에 올라가 해명해 드리지요. 제발 지금은 그냥 돌아가 주쇼."

몇 마디 듣지 않아 일의 진상을 짐작한 휘(輝)는 낮은 목소리로 그 순경에게 간곡히 부탁했다. 평소 여러 가지 재정적인 후원뿐만 아니라 몇 번 대접까지 받은 처지고 보니 박 순경으로서는 거절할 수 없는 부탁이었다.

"하지만 저 두 사람은?"

"그들은 당장 풀어놓도록 하겠소."

"나야 뭐, 정 형의 안면을 보아 그냥 돌아갈 수도 있는 일이지만, 대원들이 잔뜩 화가 나 있어서……."

"그쪽은 제가 맡지요. 박 순경만이라도 오늘 일은 없었던 걸로 해주쇼."

"알겠소."

그러자 휘는 웅성거리는 치안대원들 쪽으로 갔다.

"여보게들, 우리 부친일세. 오늘 잘못된 일은 운수 탓으로 돌리고 이만들 돌아가 주게. 나중에 톡톡히 한턱내지."

"다친 저 두 사람은 어쩌실려우?"

"개나 한 마리씩 잡아 보신하면 안 되겠나? 그런 염려들 말게. 섭섭하게 하지는 않겠네."

대강 그렇게 무마해 놓고 그는 다시 황제 앞으로 갔다.

"아버님 저 둘은 모두 선량한 이곳 청년들입니다. 어쩌다 술이 과해 저지른 실수이니 이만 용서해 주십시오."

그러다가 황제가 여전히 노여움을 풀지 않자 잊고 지냈던 동장(東莊) 시절의 말투를 되살렸다. 김광국의 가르침을 떠올린 것이었다.

"일찍이 들으니, 임금은 아비요 백성은 그 자식과 같다 했습니다. 그렇다면 아비가 자식을 대함에 사랑보다 더 큰 것이 어디 있겠습니까? 더구나 금의환향의 첫날에 사소한 죄로 이 땅의 자제를 벌하는 것은 어진 군주의 도리가 아니라 생각됩니다……."

그러자 황제도 마침내 노여움을 풀고 그 둘을 놓아주니, 자칫 험악해질 뻔했던 사태는 그로써 일단 해결이 났다.

……전원과 초막은 잡초만 가득하고
내 마을 백여 호(戶)는 동서로 흩어졌다.
산 자도 있으련만 소식이 없고
죽은 자는 모두 흙이 되었다.
싸움에 져 옛 마을로 쫓겨온 이 몸,
해조차 빛을 잃은 빈 동네엔
여우와 삵만 털을 치세워 달려든다…….

이는 오랜 난리를 겪고 고향에 돌아온 옛 시인[두보]의 노래거니와, 기나긴 망명 끝에 흰돌머리로 돌아온 황제의 심회 또한 그와 비슷한 데가 있었다. 그러나 영웅의 기개와 문사(文士)의 감상이 어찌 하나일 수 있으며, 군부(君父)의 경국(經國)과 신자(臣子)의 사환(仕宦)이 또한 같을 수 있겠는가. 황제는 부질없이 비감의 눈물에 젖는 대신 다시 중흥의 의지를 불태우니, 그것은 흰돌머리로 돌아온 지 채 열흘도 안 되어서였다.

황제는 먼저 연호(年號)부터 이미 오욕받은 신천(新天)에서 새로운 웅비를 기약하는 중광(重光)으로 갈았다. 다음은 국시(國是)였다. 그전까지는 오직 일본을 상대로 한 '파왜(破倭)'가 전부였으나 그때부터는 황제에게 대적하는 모든 세력을 중사(衆邪)라 불러 '타중사(打衆邪)'를 국시로 삼았다. 그 중사는 이 땅의 적신(賊臣)들 외에도 그들을 후원하는 소련 중공 기타의 모든 외부 침략 세력과, 황제의 가천하(家天下) 및 천명(天命) 사상을 거부하는 일체의 사상, 종교를 포함하는 개념이었다.

그런 다음 황제는 다시 후한 논공행상(論功行賞)을 통해, 그동안 고락을 함께해 온 신민들을 위로하고 격려했다. 김광국이 떠난 이상 당연히 첫째가 된 신기죽은 원래의 태자소사 문창후(太子少師 文昌侯)에다 광록대부(光祿大夫) 동한개국공(東韓開國公)을 더하고, 우발산 역시 파왜장군 요동백(破倭將軍 遼東伯)에서 행군대사마(行軍大司馬) 무녕후(武寧侯)에 봉했다. 그리고 나머지 노인들도 높게는 공경(公卿)에서 낮게는 대부(大夫)에 이르기까지 골고루 훈작(勳爵)을 내리고 집과 땅을 나누어주었다.

그 마지막이 태자 융(隆)을 폐서인(廢庶人)하고 효명대군(孝明大君) 휘(輝)를 태자로 책봉한 것이었다. 그전에 신기죽이 진시황이나 원소(袁紹)의 예를 들어 적장(適長)의 계위(繼位)를 주장했으나 황제는 단호히 물리쳤다.

"천하에 용서 못할 큰 죄가 둘이니, 그 하나는 불효(不孝)요, 그 둘은 불충(不忠)이다. 융(隆)은 이미 한 몸에 그 두 가지 죄를 겸하였거늘 어찌 국저(國儲＝태자)의 자리가 가당키나 하겠소? 또한 공(公)은 기차(其次＝적장자가 아닌 아들)의 화(禍)를 말하나 하필이면 화뿐이겠소? 중국의 사대(四大) 명군(明君) 중에서 당 태종(唐太宗), 명 성조(明成祖), 청 세종(淸世宗) 세 사람은 모두 장자(長子)가 아니었소. 이미 내 뜻은 정해졌으니 우보는 헛된 이론(異論)을 멈추어 뒷날의 화나 면하시오."

그리하여 흰돌머리의 면모가 일시에 새로워지니 실록의 이른바 '중광유신(重光維新)'이다.

효명태자(孝明太子) 휘(輝)는 이름 그대로 효성스럽고 현명한 태자였다. 그는 여러 가지 구실을 붙여 그 모든 일이 밖으로 새나가는 것만 엄중히 막았을 뿐, 낯빛 한 번 변하는 법 없이 황제의 뜻을 받들었다. 특히 애써 장만한 논밭까지 두말없이 황제가 지정한 대로 나누어준 것은, 실리에 영악한 오늘날의 사람들에게는 그저 감탄스러울 뿐이리라. 비록 토지 개혁의 풍문 때문에 위장으로 분산한 것이 아닌가 하는 의심은 있지만, 어쨌든 그런 그는 그 뒤 이십여 년의 성세(盛世)를 누린 남조선의 중요한 버팀목 중의 하나였다.

— 뒷일이 어찌될지 궁금하거든 다시 다음 토막을 들어보시라
[欲知後事如何 且聽下回分解].

다섯째 권

모반(謀叛)의 세월(歲月)

중광(重光) 오 년 오월. 두 간웅(奸雄)이 서로 다투니 풍우(風雨)가 심하도다. 북적(北賊) 마침내 남쪽을 침노하니 창생(蒼生)이 가련하구나.

병술년의 중광유신(重光維新)은 언뜻 보기에 우연인 듯싶지만 실은 이미 오래전에 이인(異人)의 입을 빌려 예정된 하늘의 뜻을 황제가 이룬 것에 불과했다. 『서계(西溪) 이 선생 가장결(家藏訣)』을 보면 그 논(論)에 이르기를,

"진인(眞人)이 남쪽으로 건너와 순하게 천명을 받는다. 술(戌)년 해(亥)년에 계룡산에서 일어난다." 하였으니,

이는 바로 병술년의 일을 가리키는 것이 아니고 무엇이겠는가.

그러고 보면 당시의 이 나라에 대한 예언도 어지간히 맞아떨어지고 있다. 이를테면 『무학비결(無學秘訣)』의 시(詩)에,

"신유(申酉)에 군사가 사방에서 일어나고 술해(戌亥)에 사람이 많이 죽고, 자축(子丑)에 오히려 (나라 일이) 정하지 못하고, 인묘(寅卯)에 바야흐로 일을 알 수 있다." 한 것은,

갑신·을유(1945년)에 해방을 전후한 전쟁과 무장 단체의 난립을 말하는 것이요, 병술(46년)·정해(47년)년이 나라를 휩쓴 테러리즘과 좌우충돌로 사람이 많이 죽은 것을 말하는 것이며, 무자(48년)·기축(49년)의 혼미한 정국을 암시하는 것이고, 마침내 경인(50년)·신묘(51년)의 6·25 동란으로 인해 협상의 꿈이 깨어지고 남북이 두 쪽으로 갈라서는 것을 나타내는 것임에 분명하다. 또 남격암(南格庵)은 산수십승보길지지(山水十勝保吉之地)를 말하면서 임진(臨津) 이북은 다시 오랑캐의 땅이 될 것을 말하고 있고, 『삼한산림비기(三韓山林秘記)』와 『도선비결(道詵秘訣)』도 남북의 분열과 김일성의 출현을 군데군데서 예언하고 있다.

그러나 황제를 중심으로 보면 그동안은 저 척가장(戚家莊) 시절 못지않은 성세(盛世)였다. 하늘이 정해 준 길지(吉地)답게 그어떤 정치적인 풍파도 휜돌머리에는 미치지 않았으며 전국을 휩쓴 기근과 호열자도 휜돌머리는 피해 갔다. 둘째 휘(輝=효명태자)가 은근히 두려워하던 토지 개혁도 여전히 풍문으로만 돌고 있었고, 그의 빈틈없는 경영과 황제의 충성스러운 신민들의 협조로 황제의 남조선은 그 어느 때보다 기초를 탄탄하게 다졌다. 비 온 후의 땅이 다져지듯 만리 풍운을 헤치고 돌아온 후에 새로이 맞게 된 성세였다.

그리하여 대략 기축년에 이르자 황제의 세력은 척가장 시절을 완연히 넘어서게 되었다. 다시 옛적 흰돌머리 어름에는 황제 쪽의 사람들로만 가득 차게 됐을 뿐만 아니라, 아무것도 모르는 도로변의 마을 사람들도 황제의 세력에 조금씩 위압되기 시작했다. 그 한 증거가 황제에게 제헌국회 의원 선거에 출마하라고 인근 사람들이 권유해 온 일이었다.

"국회의원이라는 게 뭐냐?"

도로변 마을에서 행세깨나 한다는 사람들이 몇 명 황제를 찾아와 입후보할 것을 권했을 때 황제는 그렇게 물었다.

"나라의 기본이 되는 법을 정한다고 합니다."

"군주의 명령이 곧 법이다. 그런데 그 법을 정하는 자를 따로 뽑는다니 도대체 그게 무슨 말이냐?"

"이제 세상은 민주주의 세상이 되었습니다. 왕도 없고 신하도 없으며 오직 국민들이 뽑은 사람들이 여러 가지 다스리는 일을 맡게 될 것입니다."

"그렇다면 이 일을 꾸민 자들은 상해 어디선가 임시정부를 꾸미고 있다던 그 민주(民主) 패거리임에 틀림이 없다. 허울 좋게 백성의 이름을 빌려 천명을 넘보는 자들이다. 잘돼 간다. 북쪽 패거리들은 재물을 가지고 내 백성을 꾀고 남쪽 패거리는 명분으로 내 백성을 꾀니 머지않아 이 땅에 피바람이 일겠구나."

민주주의가 내세우는 자유란 것이 과연 명분이라고만 몰아칠 수 있는지는 알 수 없으되, 공산주의가 주장하는 평등 — 특히 경제적인 분야가 강조된 그 평등을 재물로 백성을 유혹하는 것으로 파악한 것은 자못 예리한 관찰이라 아니할 수 없다. 이어 황제는 또 개탄하였다.

"『서계(西溪) 이 선생 가장결』에 나를 죽이는 자는 누구인가? 바로 소두무족(小頭無足)이라 했으니, 소두무족은 당(黨)의 파자(破字)라 곧 패거리를 이름이다. 내 일찍이 그 구절을 읽어도 뜻이 석연치 않더니 이제 알 만하다. 장차 공산 민주 그 두 패거리[黨]가 반드시 내 백성에게 재앙을 가져오리라."

그리고는 입후보를 권하러 온 사람들을 결연히 꾸짖어 물리쳤다.

"내 이미 하늘의 뜻을 받들어 이(李)씨를 대신하였거늘 어찌 구차하게 백성들에게 아첨할 것이랴. 곡례(曲禮=禮記의 편명)에 이르기를 망령되이 사람을 기쁘게 하는 것을 아첨이라 하였으니, 이제 짐짓 백성의 뜻을 물어 다스리는 자리로 나가는 체하는 것은 다만 백성에게 아첨하는 것에 지나지 않으리라."

이쯤 되니 사람들은 어리둥절하여 물러나지 않을 수 없었다. 평소 왕래가 없었던 그들이라 황제를 잘 이해할 수 없기 때문이었다. 하지만 예나 지금이나 불경스러운 자는 어디에나 있기 마련이다. 그 사람들 중에도 존귀한 것을 함부로 건드리는 것[犯]이 자기를 올리는 길이라고 믿는 경박한 자가 있어 이렇게 말했다고 한다.

"정휘(鄭輝=효명태자) 씨가 아무리 숨기려 들어도 저 영감은 확실히 미치광이여. 자네들은 정말로 출마를 권하러 왔는지 모르

지만 나는 처음부터 그걸 확인하러 왔는디, 이제사 보니 틀림없
구먼."

이미 수십 번 거듭 말해 왔지만, 아아, 그같이 어리석고 속 좁은
무리를 새삼 탓해서 무엇하랴. 다만 그래도 황제를 알아보고 이
나라 곳곳에서 불려온 허다한 인재들을 통해 황제의 위엄이 여전
히 사해에 널리 떨치고 있었음을 확인할 따름이다. 바로 그해 중
광 삼 년, 그러니까 서양력으로는 1948년 대한민국 정부 수립을
전후하여 한때 황제의 심기가 몹시 울적한 적이 있었다. 그것은
대통령에 당선된 이승만 박사가 바로 전주 이씨요, 구 왕가의 종
실이란 사실 때문이었다.

"아아, 하늘이 그 뜻을 이룸이 어찌 이리 더딘가? 백성들의 어
리석음 또한 어찌 이리도 깊단 말인가? 이미 이(李) 왕가에서 왕홀
(王笏)을 거두시면서 하늘은 어찌하여 그런 자를 보내시고, 이 백
성은 또 그자를 그렇게도 쉽게 왕에 갈음한 대통령으로 맞아들
이는가? 북쪽의 김모(金某)를 무찌를 계책만도 막연한 때에 남쪽
에 또한 그런 가왕(假王)이 생겨나니 내 무슨 재주로 그 둘을 함
께 대적하랴. 더구나 어리석은 백성들은 한결같이 저들을 따르는
터에……"

황제가 그런 비탄에 젖어 있을 때 가장 먼저 흰돌머리에 찾아
들어 황제를 위로한 것은 두충(杜忠)이었다. 두충은 혜원(慧元)이
란 법명(法名)까지 지닌 승려였으나 어느 날 홀연 깨달은 바 있어
색의유발(色衣有髮)로 환속한 자였다. 깨달음이란 바로 보리[菩提]

를 막연한 열반정토나 내세에서 구할 것이 아니라 현실 세간(世間)에서 구해야 한다는 것으로, 거기서 그는 제세안민(濟世安民)의 큰 뜻을 품고 하산했다는 설명이었는데 물론 그에 대해서도 약간의 이설(異說)이 있다. 부근 어떤 말사(末寺)에 불목하니로 있다가『정감록』에 홀린 한 지관(地官)의 제자가 되어 계룡산을 헤매던 미치광이라는 게 사람들이 말하는 그의 정체지만 별로 믿을 만한 얘기는 못된다. 그의 높은 안목이나 뒷날의 충성과 헌신으로 보아 그는 분명 하늘이 황제에게 보낸 사람이기 때문이다.

"술년(戌年)에 진인(眞人)이 천명을 받았음을 이미 알고 있었으나, 학문이 모자라 헛되이 산속을 헤매다가 이제야 겨우 용화수(龍華樹) 아래에 이르렀습니다. 곁에 두고 개나 말[犬馬]처럼 부려주신다면 그 위에 더할 영광이 없겠습니다."

누구에게 물을 것도 없이 똑바로 지맥을 밟아 황제의 궁실에 이른 두충(杜忠)은 제지하는 우발산을 가볍게 제치고 황제 앞에 무릎을 꿇으며 그렇게 말했다. 황제가 보니 근골이 든든해 뵈는 데다가 아직 마흔도 안 된 장한(壯漢)이었다.

"좌보(左輔) 김광국을 잃은 터에 문창후 무녕후(武寧侯＝우발산)가 나란히 늙어가매, 안으로는 지혜로운 선비가 없고 밖으로는 범 같은 장수가 없어 매양 근심하였더니, 이제 경이 때맞추어 왔구려. 한눈에 비범한 장재(將材)임을 알겠으되, 출사(出仕)의 연조가 있고 장유(長幼)가 있어 우선 전군교위(前軍校尉)를 내리겠소. 장차 공을 이루면 대장군을 삼고 공후(公侯)에 봉할 것이니 경은 부디 나를 위해 힘과 꾀를 아끼지 마시오."

황제는 그렇게 말하고 두충을 흔연히 수하에 받아들였다.

두충에 이어 두 번째로 나타난 것은 배대기(裵大基)였다. 원래 배대기는 흰돌머리 출신으로, 끝까지 황제 일가에게 충성을 바치다가 그 얼마 전에 죽은 해물 장수 배 서방의 아들이었다. 그 아비와는 달리 어려서부터 불경스럽기 짝이 없던 그는 성년이 되기 무섭게 아비와 그 주인을 버리고 달아났던 것인데 무엇인가에 불려온 듯 다시 돌아왔다. 그 충성은 자못 의심스러우나 이곳저곳 떠돌아다니면서 보고 들은 것이 많아 세상 보는 눈은 지난날의 마숙아를 넘어서는 데가 있었다. 한때는 징용에 끌려가 멀리 일본까지 다녀온 그가 다시 황제의 수하에 돌아오게 된 까닭에는 두 가지 상반된 설명이 있다. 그 하나는 그 아비가 죽기 전에 그를 불러들여 간곡히 황제에게 충성할 것을 유언하였다는 것이고, 다른 하나는 갈수록 심해 가는 황제의 편집증에 장단 맞추는 일에 지친 효명태자 휘(輝)가 그에게 상당한 대가를 약속하고 불러들였다는 뒷말이었다.

하필 황제를 편들기 위해서가 아니라도 첫 번째 설명이 온당함은 금방에 알 수 있다. 늦게 온 배대기가 효명태자로부터 남보다 많은 땅과 여러 가지 정착 과정에서의 우대를 받은 것은 사실이지만, 그것이 다만 미치광이의 장단을 맞추는 어릿광대에게 주어지는 보수로 치기에는 지나칠 뿐만 아니라 그들 셋을 위해서는 너무 잔인한 설명이기 때문이다. 어쨌든 배대기가 참회하는 얼굴로 황제 앞에 엎드리자 황제는 이번에도 관대하게 받아들였다.

"너는 이미 동북(東北=만주) 시절부터의 상민(上民)이다. 너희 선부(先父) 배 아무개[某]는 일생의 충성으로 내 이미 호남후(湖南侯)에 정북장군(征北將軍)을 추증한 바 있다. 너도 대를 이어 충성하여 지하에 있는 선부의 이름을 더욱 드러나게 하라."

그러나 황제가 거둔 그 무렵의 가장 큰 수확은 아무래도 이미 칠십 고령을 바라보는 신기죽을 이어갈 방사(方士) 변약유(卞若維)를 얻은 일이었다. 그해 늦여름 어느 날 무슨 인연에 끌렸던지 연천봉(連天峰, 계룡산 최고봉)의 참문(讖文)을 보러 나간 신기죽은 날이 저물도록 돌아오지 않았다. 방백마각구혹화생(方百馬角口或禾生)이라고 돌에 새겨진 그 참문은 이조가 건국 482년에 망하고 새 나라가 선다는 내용으로 알려져 있었다. 그런데 개국 556년이 되는 그해까지도 여전히 이(李)씨가 대통령이란 이름으로 왕(王)을 대신하고 있는 데에 의문을 품은 신기죽이 다시 한 번 확인하고자 했다. 방(方)은 四를 뜻하고 마(馬)는 십이지지 오(午)로 팔십(八十)의 파자(破字)이며, 각(角)은 둘[二]을 뜻한다면 분명 방백마각(方百馬角)은 482(四百八十二)요, 구혹(口或)은 합치면 국(國)이 되고 화생(禾生)은 합치면 稚가 되어 移의 옛 글자가 되니 합치면 나라가 옮긴다[國移]는 뜻인데도 현실은 그렇지 못하니 혹 그것을 잘못 읽은 것이 아닌가 해서였다.

집을 나설 때부터 신기죽의 늙은 몸을 걱정하던 황제는 해가 서산으로 기울기 무섭게 연천봉 쪽으로 사람을 보냈다. 명을 받고 떠난 사람들은 날이 저물도록 신기죽을 찾다가 어둑할 무렵에야 그 어느 계곡 바닥에서 신기죽을 발견했다. 신기죽은 웬 다친 젊은이를 보살피고 있었다.

"언덕에서 굴러 떨어지는 것을 보고 급히 달려갔더니 이 사람이 정신을 잃고 있었습니다. 가만히 물상(物相)을 살펴본즉 한 가닥 칼 빛 같은 재기(才氣)가 맑은 이마에 서려 있고 익은 복숭아빛 두 볼에는 은은히 선골(仙骨)이 비쳤습니다. 힘들더라도 얻어두면 폐하의 한 팔이 될 것 같아 버리고 올 수 없었습니다."

신기죽은 그 젊은이를 횐돌머리로 옮겨오게 한 후 황제에게 그렇게 보고했다. 비록 차림이 남루하고 몰골이 수척하였으나 황제의 눈에도 그 젊은이에게는 어딘가 비범한 데가 있어 보였다.

그 젊은이가 다시 깨어난 것은 이튿날 오전이었다. 과연 신기죽이 예측한 대로였다.

"소생은 본시 영남 유림의 후예로 일찍이 백가어(百家語)를 두루 읽었으나 한 곳도 마음이 쏠리지 않더니 스물에 노장(老莊)을 접하매 홀연 크고 환한 세계에 다다른 듯 심취하게 되었습니다. 그 뒤 위백양(魏伯陽)의 『참동계(參同契)』와 갈홍(葛洪)의 『포박자(抱朴子)』를 대하자 다시 선술(仙術)로 이끌리어 정기(精氣)를 기르고 단곡(斷穀), 불한(不寒), 안마도인(按摩導引) 등의 여러 법(法)을 십 년간이나 닦아왔습니다. 그러다가 연전(年前) 우연한 기회에 다시 장군방(張君房)의 『운급칠첨(雲笈七籤)』 중에서 『금단경(金丹經)』 한 편을 얻으면서 방약(方藥)에 기울어져 널리 영산(靈山)을 헤매며 영약(靈

藥)을 찾게 되었습니다. 듣기에 이 계룡산은 용이 여의주를 품은 형상이요, 선인지(仙人池)가 있는 곳이라 하니 필시 영약이 있을 것이라 믿고 며칠 전부터 그 계곡을 뒤지다가 그만 실족하여 이 지경이 되고 말았습니다. 다행히 어르신의 구함을 입었으니 이 은혜 무엇으로 갚아야 할지 모르겠습니다……."

대개 그것이 그 젊은이의 감사를 대신하는 자기 소개였다. 진실로 하늘의 뜻이 얼마나 교묘한가. 이미 그 삼 년 전에 원자탄이 히로시마와 나가사키를 잿더미로 만든 터에, 그리고 동양의 지혜와 깨달음은 이놈 저놈에게 업신여김을 당하여 이미 이 땅에서는 숨쉴 곳조차 없는 난세(亂世)에, 그러한 기인(奇人)을 감추어두었다가 황제에게 보내니, 하늘이 무심하다는 말은 정녕 거짓된 것이 아닐수 없다. 거기다가 황제가 자신의 본모습으로 믿는 자미대제(紫薇大帝)는 그 젊은이가 따르는 도교의 북극진군(北極眞君)이니 그 얼마나 기막히게 맞아떨어지는 하늘의 안배인가.

영웅이 영웅을 알아본다고 황제는 단번에 그 젊은이의 비범함에 반해 버렸다. 더구나 김광국을 잃고 신기죽이 늙어가면서 황제는 인재에 기갈을 느껴온 터였다. 이미 오십 고개도 반나마 넘은 황제는, 많은 나이도 고귀한 신분도 잊고 벌떡 몸을 일으켜 아직 몸조차 가누지 못하는 그 젊은이에게 크게 절을 했다.

"내 선생과 같은 학문이 깊고 도력(道力)이 높은 분을 사모하며 기다린 지 오래였소. 부디 이 정모(鄭某)를 어리석다 물리치지 마시고 가르쳐주시오."

오히려 천거한 신기죽이 질투를 느낄 만큼 지나친 존대였다. 그러나 정중하기는 그 젊은이 또한 황제에 못지않았다. 그는 아픈 몸을 억지로 일으켜 세 걸음이나 물러앉은 후에야 대답했다.

"소시(少時)에 『예기(禮記)』를 보니 신분이 같지 않으면 감히 답배(答拜)할 수 없다고 했습니다. 소생은 아직 장(壯=삼십 대)에 있어 나이도 어르신을 따를 수 없고, 학문도 미숙하니 그 또한 어르신네의 원숙함을 따를 길이 없으며, 아무 벼슬도 받은 바 없으니 존귀함으로도 어르신에 미치지 못합니다. 감히 답배하지 못하는 소생을 용서해 주십시오."

그렇게 나오자 황제는 점점 더 열렬해졌다. 두 번 세 번 절하고 눈물을 글썽이며 이렇게 말하는 품은 영락없이 남양(南陽) 초당에 엎드린 유비(劉備)였다.

"대장부가 세상을 평정할 큰 재주를 품고 어찌 임천(林泉) 아래 그대로 늙을 수야 있겠습니까? 부디 선생께서는 천하의 창생(蒼生)을 생각하시어 이 정모(鄭某)의 어리석고 노둔한 점을 깨우쳐 주시기 바랍니다."

그럴듯하기는 그 젊은이도 제갈공명에 못지않았다. 그는 한나절의 현하 웅변 대신 품에서 한 줌의 서죽(筮竹)을 꺼냈다.

"어르신의 뜻이 어디 있는지 알 수 없으나 말씀이 간곡하시니 운세나 한번 알아보겠습니다."

그렇게 말한 젊은이는 두 눈을 지그시 내리깔고 서죽을 가르기 시작했다. 한동안 침묵 속에 괘(卦)를 뽑던 젊은이가 천천히 입을 열었다.

"택수곤(澤水困), 지금 어르신께서는 역(易)의 사대난괘(四大難卦)를 지나고 계십니다. 상(象)은 못에 물이 없듯 곤(困)하나 대인(大人)에게는 길(吉)할지언정 어려움이 없는 괘입니다. 목숨을 걸고 뜻을 일으키시면 마침내 이룰 것이니 너무 상심하지 마십시오."

"선생의 말씀을 듣고 나니 더욱 선생의 재주를 흠모하게 됩니다. 이제 선생께서 정모(鄭某)가 떨어진 처지를 밝게 보셨으니 그 앞길도 인도하여 주십시오."

그리고 황제는 여전히 그 앞에 엎드린 채 지난 일을 소상히 말했다. 황제의 기나긴 얘기가 끝나자 젊은이는 다시 한동안 말없이 황제의 얼굴을 살피다가 사주(四柱)의 간지(干支) 여덟 자(八字)를 물었다. 황제가 그것을 일러주니 그는 손가락으로 육갑(六甲)을 짚기도 하고 찌푸린 얼굴로 천장을 바라보기도 하다가 마침내 탄식처럼 말했다.

"한낱 천한 육신 때문에 신선의 도(道)를 잃게 되었구나. 이 몸을 낳은 것은 부모로되 다시 살린 이가 따로 생겼으니 어찌 차마 그 은의를 저버리랴."

그러고는 아픈 몸을 일으켜 황제를 바로 앉게 한 후 삼배구고(三拜九叩)의 예를 올렸다.

"천자의 상(相)에 제(帝)의 사주(四柱)입니다. 제(帝)는 하늘에 있는 귀신의 우두머리이니 설령 제가 우화등선(羽化登仙)을 이루었다 한들 그 거룩한 명을 거역할 수 있겠습니까? 폐하, 어리석은 신하의 예를 받으십시오."

변약유(卞若維)가 그렇게 하여 황제의 사람이 된 것은 그의 나이 겨우 서른다섯 때였다. 지각없는 무리의 구설(口說)이 어딘들 없을까만, 어쨌든 그를 얻은 것은 황제에게는 그 무렵의 중대한 수확이었을 뿐만 아니라, 일생의 몇 안 되는 중요한 사건 중의 하나였다. 그를 황제보다 몇 배나 심한 미치광이로 보는 사람이야 있건 말건, 그는 길지 않은 생을 마칠 때까지 황제에게 충성을 다했고, 또 뒷날 그가 터득한 여러 가지 재앙과 같은 수련법 때문에 황제의 늙은 몸이 약간 손상을 입게 되었기는 해도 황제가 만년에 도달한 드높은 정신적인 경지에는 분명 한 가닥 그의 영향이 스며 있기 때문이다.

그런데 여기서 한 가지 이상한 것은 황제가 새로 얻게 된 사람들의 성(姓)이다. 배대기(裴大基)야 해물 장수 배 서방의 아들이니 의심할 바 없다 하더라도 두충(杜忠)과 변약유(卞若維)는 어딘가 사성(賜姓)으로 의심 가는 데가 있다. 앞서도 보았듯이 황제에게는 새로 얻은 사람들에게 「감결」이나 다른 비기(秘記)의 구절에 맞추어 성을 내린 것 같은 인상이 있기 때문이다. "계룡산에 개국하면 변(卞) 씨 정승과 배(裴) 씨 장수가 개국의 일등 공신이 될 것이고 방성(房姓)과 우가(牛哥)가 수족처럼 될 것이요……."라든가 "전읍(奠邑=鄭氏)이 바다섬 군사를 거느리고 방(方)성과 두(杜)성 두 장수로 더불어……." 하는 구절이 그것이다.

어쨌든 그렇게 황제의 진용이 새롭게 갖추어져 가는 사이에 무자, 기축년이 지나가고 모반의 세월은 점점 깊어져 갔다. 경인년, 즉 1950년 6월 25일이 가까워오고 있었기 때문이다.

흰돌머리에 처음 6·25 동란 발발의 소식이 전해져온 것은 경인년 오월 초 아흐레 저녁이었다. 큰길가 마을에 나갔던 효명태자가 총총히 돌아와 황제에게 고했다.

"아버님 변란입니다. 북쪽의 군대가 남쪽으로 쳐들어왔습니다."

"내 그럴 줄 이미 알고 있었느니라."

별로 놀라는 기색도 없이 황제가 대답했다.

"이제 「감결」에 이른 대로, 백두산 북쪽에 오랑캐 말이 길게 울고 양서(兩西=황해도와 평안도) 사이에 원통한 피가 하늘에 넘칠 것이다. 한양 남쪽 백 리에 어찌 사람이 살겠는가?"

"어떻게 아셨습니까?"

"작년에 김구(金九)란 자가 암살당했을 때부터 짐작했다. 내 듣기에 그자는 비록 상해에서 가(假) 정부를 꾸미고 천명에 항거한 자이나 백성들의 신망이 상당히 두터웠던 것 같다. 마땅히 하늘이 기억하는 인물일 것이다. 그런데 『남사고(南師古)비결』 경인(庚寅)조에 보면, '금개[金狗]가 알을 떨어뜨리고, 옥첩(玉牒)에서 티끌이 나며, 흰옷이 푸르게 되면, 배꽃[梨花]이 빛을 잃으리라.' 하였다. 금개[金狗]는 김구(金九)로 읽을 수 있으며 알을 떨어뜨린다 함은 그 귀한 것을 잃음이니 곧 목숨을 상한 것이요, 옥첩이란 황실의 계보를 적은 것이니 옥첩에 티끌이 인다 함은 내가 어려움에 처해 있음을 말하는 것이다. 또 흰옷이 푸르게 변한다 함은 전란으로 이 나라 백성이 모두 병정이 되어 푸른 군복으로 갈아입음을 말함이고, 배꽃이 빛을 잃으리라 한 것은 이모(李某=이승만)가 살고 있다는 이화장(梨花莊)이 적도의 손에 떨어질 것을 가리킴에 분명하다.

거기다가 『토정가장결(土亭家藏訣)』에도 경인(庚寅)년의 전란을 말하는 구절이 있다. '경인 신묘의 송백목(松栢木) 운은 벌 떼처럼 일어나는 장수들이 창을 끼고 시국에 응하리라.' 한 것이 바로 이 오늘의 전란을 예언하고 있음이 아니고 무엇이랴."

이미 황제를 익히 알고 있는 효명태자인지라 더 이상 말은 하지 않았지만 듣고 보니 실인즉 이상했다. 경인년(庚寅年)은 역사에 수십 수백 번 계속될 것이고 또 꼭 1950년을 가리키는 것이라는 근거는 없다 해도 60년 만에 한 번 돌아오는 경인년에다 전란의 예언을 몰아둔 것은 아무래도 인간적인 예측력을 뛰어넘는 그 어떤 힘이 작용한 것 같았다. 그러나 무엇보다 더욱 놀라운 것은 황제의 그다음 말이었다.

"그런데 이상한 것은 서계(西溪) 이 선생의 『가장결(家藏訣)』이다. 그 백호(白虎=庚寅)조에 '화(禍)가 교목(喬木)에 미치니 누가 충성을 바치랴.' 하는 구절이 있는데 교목(喬木)이 다리(橋)의 파자(破字)인 것은 알겠으나 전체의 뜻이 종내 석연치 않다."

황제는 그렇게 말하며 고개를 갸웃거렸고, 효명태자는 아버지가 또 허황된 비기(秘記)를 말하는구나, 하는 기분으로 흘려들으며 그 방을 나왔다. 그런데 사흘도 안 돼 기막힌 소리가 들려왔다. 바로 한강 철교 폭파에 따른 소문이었다.

한편으로는 국군의 해주(海州) 점령 소식이 들리고, 다른 한편으로는 녹음 방송으로 정부와 대통령이 모두 서울에 있다고 믿고 있는 사이에 국군은 제2, 제3 방어선을 돌파당한 채 서울로 밀려들었고 정부는 수원으로 피난해 버렸다.

밀려드는 국군과 피난민 행렬로 불안에 떨던 시민들은 6월 28일이 되어서야 피난길에 올랐지만 길이 막혀 절반도 피난하기 전에 한강 철교는 폭파되고 말았다. 수많은 병력과 장비는 물론 태반의 시민들은 한강 북안에 버려졌다. 대개 이것이 그 소문의 전말이었다. 예언의 뜻이 명확해진 셈이었다.

"화가 다리[橋]에 미치니 누가 충성을 바치겠는가……."

6·25 ─ 그 끔찍하면서도 서글프고, 비극적이면서도 교훈적인, 그리고 이 민족의 역사가 계속되는 한 결코 잊히지 않을 그 사건에 대해 진실을 얘기하는 것은 언제나 의미 깊고 흥미로운 일이다. 그리고 근년 들어 몇몇 용기 있고 지혜로운 동료가 그 진상과 민족적인 의의에 대해 사심 없는 노력으로 집중적인 탐색을 시도한 바 있으며, 실제에 있어서도 그들은 상당한 성과를 거두었다. 역사의 왜곡과 세월의 파괴력을 뛰어넘어 진실에 접근하려던 그들의 인내와 고심은 분명 감동적이었다.

하지만 아직도 그 이해 당사자들이 살아 있는 한 어떤 역사적인 사실을 객관적으로 조명하려 드는 것은 위험할 뿐만 아니라 거의 불가능하다. 슬프게도 그런 점에서는 앞서 말한 우리의 동료들도 이렇다 할 예외를 보여주지 못했다.

은연중에 강요된 주관적 사관(史觀)과 몸에 밴 양자택일의 논리로 그 사건에 대한 명쾌한 해설이나 합리적인 기술에 크게 성공하지 못한 동료들조차도 때때로 까닭 모를 악의와 쓸모없는 시비에 말려들어 고통받는 것을 우리는 종종 보아왔다.

거기다가 이 글은 처음부터 우리의 황제를 위하여 시작했다. 어차피 정확하지도 못하면서 쓸데없는 악의나 오해를 일으킬 글을 쓰느니보다는 차라리 초지일관 황제의 입장에서 이 글을 쓰는 것이 나으리라.

황제의 눈으로 보면 남이든 북이든 6·25는 그대로 하나의 거대한 모반(謀叛)이었다. 그러나 증오나 적개심의 크기로 보면 더 강한 적성(敵性)을 지닌 것은 북의 공산비(共産匪)였다. 일찍이 척가장 시절에 신민들을 선동하여 최초의 모반을 꾀한 것도 공산비 이현웅이었으며, 태자 융(隆)을 현혹시켜 마침내 부자 군신의 의를 저버리게 한 것도 바로 그 공산비의 이단적인 이론이었다. 위무 당당한 개선 행렬을 초라한 거지 떼로 만들어 입국하게 한 것도 모택동의 졸개들인 중국의 공산비였고, 야반에 얼어붙은 임진강을 건너게 한 것은 바로 그 북녘의 공산비들이었다. 뿐인가. 오오, 척 귀비(戚貴妃), 그렇게 사랑하던 그녀를 죽인 것 또한 붉은 반도들의 사주를 받은 아라사(俄羅斯)의 공산비들이 쏜 총탄이 아니었던가.

그러나 무엇보다도 동란 초의 황제를 자극한 것은 그들이 사용한 용어였다. 그들이 목표로 한 것은 남조선(南朝鮮)이었고, 그들 군대의 공식적인 명칭도 '남조선 인민 해방군'이란 긴 이름이었다.

"김모(某)가 이 계룡산에 남조선이 있음을 알고 있는 걸 보니, 내가 있음도 알겠구나."

처음 그 말을 전해 들은 황제는 그 남조선이 바로 자신이 세운 '남조선'을 가리키는 줄 알고, 일면 모반을 일으킨 김일성을 나무라면서도 일면으로는 자기를 알아봐주는 데 대해 은근히 흐뭇해했다.

그러나 남하하는 피난민들과 퇴각하는 국군들의 포 소리가 가까워옴에 따라 차츰 그런 기분은 치열한 적개심으로 변해 갔다. 특히 어느 날인가 몸소 도로변 마을까지 나가 몰려오는 피난민들로부터 전쟁의 참상을 들은 후에 황제가 북녘의 반도들에게 퍼부은 질타는 자못 준엄하면서도 예리한 데까지 있다.

"삼국 말 신라가 통일을 빙자하고 수십만 당군(唐軍)을 빌려와 동포를 도륙한 이래, 남의 나라 힘을 빌어 자기 백성을 도륙하는 것은 이 나라 무능한 위정가의 능사(能事)가 되었다. 처음 당군이 덕적도(德積島)에 상륙한 후부터 신라가 기벌포(伎伐浦) 싸움에서 힘겹게 설인귀(薛仁貴)의 당군을 몰아낼 때까지 16년 동안 당군에 도륙된 동포가 적게 잡아 수십만이었다. 또 왕(王)씨의 고려도 그 말년에 원군(元軍)을 불러들여 의로운 삼별초(三別抄) 수만과 그들이 근거한 여러 도서(島嶼)의 수십만 양민을 도륙하게 하였고, 이씨들도 그 말년 동학교도의 창의(倡義)를 맞자 왜병(倭兵)을 불러 들여 수십만 교도를 학살하였다.

이제 공산비(共産匪)가 마치 스스로의 힘으로 남침하는 듯하나 저들이 무슨 대단한 힘이 있겠는가? 보나마나 모가(毛哥)의 중국이나 서탈인(徐奪仁＝스탈린)의 아라사를 믿고 내려오는 것인즉, 힘이 달리면 필시 그들 외족(外族)의 군대를 끌어들여 내 백성을 도륙할 것이다. 동포를 외족의 총칼 아래 내던지는 짓이다."

그러나 황제라도 두 손 처매 놓고 기다릴 수만은 없는 일이었다. 황제는 그날로 동원령을 내리고 대비에 들어갔다. 그동안의 성세에 힘입어 모인 병원(兵員)이 제법 노소(老少) 백여 명이 넘었다. 하지만 세태가 세태인지라 무기만은 전날과 같지 못했다. 군경의 신경을 자극할까 두려워하는 효명태자와 배대기(裴大基)의 만류로 총기(銃器)는 물론 궁시(弓矢)조차 마련할 수 없었다.

"소자를 믿어주십시오. 때가 오면 온 마을 사람들을 무장시킬 수 있는 총과 탄약을 옮겨오겠습니다."

황제가 성화를 부릴 때마다 효명태자는 그렇게 장담하며 황제를 안심시켰다. 황제는 믿기지 않았지만 어찌할 방도가 없었다. 효명태자 나이 이미 서른, 흰돌머리의 모든 실제적인 일은 벌써 오래전부터 그를 중심으로 이루어지고 있었다. 신기죽을 위시해 우발산, 두충, 변약유 등의 측근들도 모두 노신으로 취급되어 실제적으로 흰돌머리 경영에 참가하고 있는 것은 겨우 배대기 정도였다. 따라서 그런 노신(老臣)들이 주동이 되어 해나가는 준비랬자 겨우 마을의 흙담을 좀 높이거나 도끼, 쇠스랑 등의 농기구를 날 카롭게 벼리는 정도였다. 비록 하늘이 돌보고 있다고 해도 강력한 북녘 반도들의 군대에 비하면 아무래도 좀 허술한 대비가 아니었는가 싶다.

중광(重光) 오 년 유월 적구(敵仇) 비록 강성하되 천병(天兵)을 당하랴. 한 소리 사자후(獅子吼)에 두 도적이 일시에 무너지다.

상대적으로야 어떠하건 나름대로의 준비가 갖추어진 후에도 붉은 반도들은 좀체 흰돌머리에 나타나지 않았다. 황제도 이미 오십을 넘어서고 측근들도 모두 노신(老臣)이어서 예전처럼 호전적이지 않은 탓에 싸움은 처음부터 방어전으로 의견이 모아져 있었지만 음력 오월이 다 가도록 적은 그림자조차 비치지 않았다. 어디서나 요란한 것은 풍문뿐이었다. 북쪽의 군대는 곳곳에서 남쪽의 군대를 격파하고, 남쪽 정부는 멀리 대구로 피신했다고 하는가 하면, 어떤 이는 부산이나 제주도로 옮겨갔다고 하기도 했다. 그러나 풍문 중에는 남쪽에 유리한 것도 있었다. 이 박사의 친구들이 많은 미국을 비롯해서 영국, 프랑스 등 태서(泰西)의 수십 나라가 군대와 무기를 보내왔고, 동남아의 여러 나라도 남쪽을 돕기 위해 발 벗고 나섰다는 풍문이 있었다.

그러는 사이에 다시 유월도 초순으로 접어들었다. 오월 말부터 점점 가까워 오던 포성은 그때를 고비로 멀어져 갔다. 알고 보니 적의 선발대는 이틀 전인 유월 초하룻날 대전을 점령하고 큰길을 따라 곧장 남하해 버린 뒤였다. 효명태자는 그 모든 것을 알고 가만히 관망하고 있었을 터이지만, 뒤늦게서야 그런 사실을 알게 된 황제는 그저 어리둥절하였다.

처음 황제는 적도들이 자기가 있는 곳을 모르고 지나친 줄 알았다.

"어리석은 놈들. 남조선(南朝鮮)이 어디 있는지도 모르면서 그 남조선을 해방시키겠다니 가소롭구나."

황제가 그렇게 그들을 비웃자 거기에 자극된 신기죽이 늙은 몸을 결연히 일으켜 출격할 것을 들고 나왔다.

"적은 병법(兵法)의 기초도 모르는 오합지졸에 지나지 않습니다. 상대가 어디 있는지도 모르고 함부로 진격하는 것은 스스로 무덤을 파는 일과 다름없습니다. 서둘러 출격하여 적도를 섬멸함으로써 우리 남조선의 위엄을 떨치시고, 그 수괴를 사로잡아 목을 효수(梟首)함이 마땅할 것입니다."

그러자 이렇다 할 공(功) 없이 흰돌머리에 기식해 온 변약유가 신기죽을 지지하고 나섰다.

"제가 간밤에 천문을 살피니 자미원(紫微垣)에 가득하던 붉은 기운이 말끔히 걷히고 전하의 별에 왕기(王氣)가 매우 성했습니다. 또 가만히 역리(易理)에 물어보니 지금 전하의 괘(卦)는 지뢰복(地雷復), 차차 번성할 운세였습니다. 문창후(文昌侯)의 진언을 따름이 옳을 줄 믿습니다."

참으로 오랜만에 들어보는 통쾌한 논의였다. 병사를 일으켜 천하를 다투는 일이라면 황제 또한 마다할 리 없었다. 그리하여 그 밤 황제를 비롯한 여러 노신(老臣)들의 거병(擧兵) 논의는 활발하게 진행되고, 적도가 너무 멀리 가기 전에 그 덜미를 치자는 데 대체적인 합의를 보았다.

황제는 이튿날 날이 새기 무섭게 효명태자를 불러 약속한 병기와 탄약을 가져오라고 명했다. 장황한 작전 계획과 함께 그와 같이 갑작스런 명을 받은 태자는 잠시 곤혹스러운 표정을 지었다.

"적도는 이곳을 모른 것이 아니라 저희들끼리의 싸움에 바빠 잠시 이곳을 지나쳤을 뿐입니다. 섣불리 군사를 내어 양편에 함께 경각심을 일으키게 하느니보다는 두 호랑이가 싸우게 버려두었다가 그들이 피폐한 틈을 타서 치는 것이 훨씬 상책일 것 같습니다. 부디 헤아려주십시오."

그것이 한동안의 궁리 끝에 태자가 올린 진언이었다. 지난날 김광국이 종종 효과를 보던 것과 비슷한 방식의 진언이었지만, 그걸로 황제와 그 주변의 가열된 전의(戰意)를 진정시키기에는 부족했다.

"대저 하늘이 준 때를 놓치면 다시는 때를 빌 곳이 없으니. 네 군이 반대한다면 내 수하만으로 출병하리라."

황제는 태자의 진언을 단호히 거부하고 그 밤 안으로 출병을 서둘렀다. 그러나 모든 것은 옛날 같지 못했다. 황제와 신기죽, 변약유 등이 아무리 열을 올려도 호응하는 것은 동북(東北=만주) 이래의 노신들 여남은 명뿐이었고 무기도 도끼와 쇠스랑에 죽창이 전부였다.

"흥하고 쇠함이 조석(朝夕)과 같다 하나 너무 참혹하구나."

아마도 그렇게 한탄하는 황제는 척가장 시절의 성세를 떠올렸음이리라. 당장에 비교하면 척가장 시절의 무기와 병원(兵員)은 세계를 대적하기에 부족함이 없을 만큼 훌륭한 것으로 회상되었다. 하지만 우리의 황제가 언제 사람의 많고 적음을 믿고 싸웠던가. 지난날의 그 화려한 승리들이 날카로운 병기(兵器)에만 힘입은 것이었던가. 황제는 조금도 위축되지 않고 천병(天兵)의 기치를 높이 세웠다. 출발에 앞서 변약유가 다시 말했다.

"제가 포의(布衣)로 산수 간을 노닐 때에 보니 논산(論山) 남쪽에 한 벌판이 있어 천군만마가 달리는 기세가 있었습니다. 바로 옛적 백제의 명장 계백이 오천 결사대와 함께 피를 뿌린 곳으로 아직도 병기(兵氣)가 요요(妖妖)히 떠돌고 있었는데, 가히 진법(陣法)을 펴볼 만한 땅이었습니다. 적이 한밭[大田]을 지나갔다 하나 아직 그곳을 넘지 못하였을 것이니 그곳에서 통쾌히 일진(一陣)을 겨루시는 것이 좋겠습니다."

사실 황제를 위하여 참아왔지만, 이 변약유는 아무래도 좀 이상스러운 데가 있음을 시인하지 않을 수 없다. 뒷날 보게 될 놀라운 선술(仙術)을 빼면, 그가 한낱 서광(書狂)이요, 과대망상증 환자에 불과하다는 세상 사람들의 평이 옳을 것 같기 때문이다. 그 출전 때만 해도 그렇다. 적은 군사와 빈약한 무기로는 험준한 산곡에 의지해 유격전을 펴기도 힘드는데, 그는 엉뚱하게도 평원에서 진법(陣法)을 펴자고 나왔기 때문이다. 아무리 그를 총애하는 황제이지만, 명백히 잘못된 진언을 받아들여 죄 없는 신민들을 상케 할 만큼 어리석지는 않았다.

"변(卞)공의 늠름한 기상은 가상스러우나 적은 군사로 대군을 넓은 벌판에서 맞는 것은 병가(兵家)들이 입을 모아 꺼리는 바요. 더구나 적은 그 예봉이 날카로운 데다 승세를 타고 있으니 자칫 그렇게 하면 그야말로 섶을 지고 불에 뛰어드는 격이 되리다. 우리는 따로이 마땅한 험지(險地)를 찾아 기(奇)로써 정(正)을 눌러야 할 것이오."

그리하여 선택된 결전지는 논산 북쪽의 한 작은 봉우리였다.

한편으로는 국도(國道)를 내려다보며 은근히 억누르고 다른 한편으로는 곁의 조그만 야산과 이어져 작은 산구비를 가볍게 에워싼 듯한 곳으로 언뜻 보기에는 제법 복격전(伏擊戰)에 맞을 법한 지형이었다.

우발산 노인의 증언에 따르면 그때 출격한 인원은 황제를 비롯하여 우발산, 두충, 변약유에 척가장 시절부터의 노신(老臣) 십여 명이었다고 한다. 하지만 배대기는 이런저런 핑계로 빠졌고, 신기죽도 노환으로 흰돌머리에 남겨졌다. 무기는 모두가 도끼나 죽창 같은 것들이었고 황제만이 옛집 광바닥을 파 찾은 삭다 남은 환도 한 자루를 차고 있었다고 한다. 그런데 변약유의 솜씨임에 분명한 실록의 해당 구절을 찾아보자.

  '중광 오 년 유월 초사흘, 침노해 온 적구(赤寇)를 격멸하려 왕
사(王師)를 내시다. 어리석은 신민들이 혹은 적도의 무위에 눌리고
혹은 천명이 이르렀음을 믿지 않으매 동북(東北) 이래의 구장(舊將)
들만 이끌고 출격하시다. 그 수 겨우 기백(幾百), 창검과 궁시 또한
오랜 전역(戰役)을 거쳐 낡고 해졌으나, 오방(五方) 지신(地神)과 이
십팔 수(宿) 천장(天將)이 삼천 신병(神兵)으로 옹위하니 위엄이 오
히려 우내(宇內)에 떨치다.
  인시(寅時)에 신무산(神武山) 봉상(峰上)에 도달하여 막 영채를
세우려 하실 제 홀연 함성 소리 울리며 총포 소리 천지간에 가득
하였다. 척후를 놓아 살피니 남북의 반적들이 서로 엉켜 싸우는
것이 바야흐로 두 마리 호랑이가 다투는 것 같았다. 하늘이 찢어
지고 땅이 갈라지며 원통한 백성의 피가 내를 이루어 흐르니 황제
의 민천지심(旻天之心)에 어찌 비감이 없으시랴. 비록 천명을 몰라
딴 주인을 섬기고 있되 그 산하를 흐르는 피 또한 황제의 어여쁜
백성들이 흘린 피가 아니고 무엇이랴.
  가만히 기다려 한 호랑이가 죽고 한 호랑이가 피폐할 때 들이
치시면 두 호랑이의 가죽을 다 얻을 수 있을 것이나 황제가 어찌
승리에만 집착하여 이 백성의 원통한 죽음을 방관하고 계시겠는
가. 홀연히 보도를 빼 드시고 가까운 암상(岩上)에 오르시어 한 소
리 크게 외치시니 그때가 묘시(卯時)였다.

"네 이놈들 왕사(王師)가 이미 이르렀으니 어서 총질을 멈추지 못하겠느냐?"

손책이 한 소리로 번능(樊能)을 말에서 떨어뜨리고, 장비가 한 소리로 유대(劉岱)를 사로잡았다 하지만 우리 황제의 사자후(獅子吼)에 어찌 비기랴. 삽시간에 총성이 멎고 산곡(山谷) 간이 무인지경처럼 조용해지다. 이때 다시 요동백(遼東伯) 우발산이 나서서 산 아래를 향해 꾸짖다.

"적도들은 스스로를 결박지어 대죄(待罪)하지 못할까."

양편 적도가 함께 놀라 산위를 바라보니 신장(神將)과 더불어 우뚝 선 황제와 삼엄한 도산검림(刀山劍林)이라 잠시 망연자실하였다가 일시에 흩어지니, 바로 마른 마당에 쏟아진 콩 사발과 다르지 않았다. 이에 황제 천병(天兵)을 거두고 개선하시다⋯⋯.'

그 살벌한 6·25 동란 중에 이렇게 유쾌한 막간극이 과연 있을 수 있었겠느냐는 의문이 없지 않겠지만, 그 엉뚱한 승리에 대한 한 가지 유력한 방증이 있다. 면밀히 조사한 결과, 실록에 신무산(神武山)이라고 이름 붙인 논산 근교의 한 야산에서 황제가 출병한 당일 정말로 국군과 인민군 사이에 소규모 전투가 있었다. 퇴각하는 국군 소총 소대와 인민군 첨병 분대 간의 조우전이었는데, 국군 소총대는 대전 전투에서 타격을 입어 실제 병력이 분대를 넘지 않았다고 한다. 퇴각 부대나 전진하는 부대의 첨병들이나 겁 많고 혼란돼 있기는 비슷하다. 거기다가 조우전(遭遇戰)이라 훨씬 혼란돼

있는 상태에서 갑자기 고지(高地)에 피아(彼我)를 알 수 없는 병력
이 나타나니 양편 모두 겁을 집어먹었을 것은 당연한 이치였다. '마
른 마당에 콩 사발 쏟아지듯' 흩어졌다는 실록의 기록과 관련 있
을 것으로 믿어진다. 물론 어떻게 꼭 그 시간에 황제의 군대가 나
타날 수 있었는지 그리고 또 어떻게 양편 모두의 눈에 띄지 않고
고지(高地)에 오를 수 있었는지는 여전히 의문으로 남지만, 우리의
황제에게는 '천명(天命)'이 있지 아니한가.

그러나 그 찬란한 승리도 흰돌머리에는 큰 변화를 가져오지 못
했다. 기고만장해진 것은 황제와 출전했던 여남은 명의 늙은 측
근들뿐, 얼떨떨한 가운데 그들을 보내고 하룻밤을 불안과 초조로
지샌 후, 다시 얼떨떨한 가운데 기고만장하게 돌아온 황제 일행을
맞게 된 젊은 축은 뭐가 뭔지조차 잘 알 수가 없었다. 다만 지난날
에도 여러 번 황제를 도와온 원인 모를 행운을 보거나 들어온 효
명태자만이 아직도 끝나지 않은 황제의 행운을 확인하고 다시 한
번 가슴을 쓸었을 뿐이었다.
하지만 그런 모험이 두 번 다시 성공할 수 없을 만큼 그 전란이
살벌함을 잘 알고 있는 태자는 황제가 개선한 다음 날부터 배대
기를 통해 새로운 정보를 흘렸다. 황제와 측근들을 흰돌머리에 묶
어두기 위한 방책의 하나로, 가까운 면소재지까지 다시 새로운 적
도가 몰려왔다는 정보였다. 실은 북에서 내려온 내무서원들과 몇
몇 당(黨) 일꾼 및 면 인민위원회 조직책들을 엄청나게 과장한 것

에 지나지 않았다.

내막을 알 리 없는 늙은 황제와 측근들은 아연 긴장했다. 그 소문을 듣자마자 다시 논의에 들어가 한나절을 갑론을박한 끝에 이번에는 멀리 출격하는 대신 제자리에 앉아 먼 길을 달려오느라 지친 적을 기다리기로 했다. 변약유를 제외하면 대개 육십이 넘는 그들이라 아직 지난 출전의 피로에서 벗어나지 못한 탓도 있었다. 다만 전과 달라진 것이 있다면, 환도 몇 자루가 더 벼려짐으로써 농기구와 죽창이 전부였던 병기가 약간 더 증강되었다는 정도였다.

적도들은 생각처럼 빨리 오지 않았다. 흰돌머리에도 총 든 내무서원과 함께 당 일꾼들이 와서 이동(里洞) 인민위원회나 민청(民靑), 여맹(女盟) 따위를 조직해야 했지만 이번에도 효명태자가 적절한 수완을 부려 막은 덕분이었다. 한동안 관망하던 그는 저들의 점령 정책이 시작되자마자 재빠르게 공산당에 입당한 후 흰돌머리에서의 모든 위원회와 동맹 조직을 자진하여 떠맡았다. 그리고 용케 그 일을 승인받자 황제와 그 측근들 몰래 젊은이들을 모아 대충 필요한 몇 개의 이동(里洞) 조직을 만들어 그걸로 내무서나 면 인민위원회의 직접적인 개입을 뿌리칠 수 있었다.

모든 일에 그렇게도 철저하고 악착스러웠던 공산당에게 그처럼 어수룩한 구석이 있다는 것에 의심은 가지만, 당시의 흰돌머리를 알 수 있다면 어느 정도 이해가 될 것이다.

흰돌머리가 워낙 오지인데다가 여느 마을과는 달리 그곳에서는 단 한 사람도 자발적인 공산주의자가 생겨나지 않아 군당(郡黨)에서 속사정을 잘 알 수 없었던 까닭이었다. 실로 황제의 전설에 어울릴 만큼 특이한 일이었다.

경위야 어쨌건, 긴장하여 기다리던 적이 오지 않자 황제와 측근들은 다시 들뜨기 시작하였다. 그런데 그때 돌연히 흰돌머리에 나타나 들뜬 분위기를 잠시 바꾸어 놓은 것이 세 사람의 국군 낙오병이었다. 아마 그 세 사람은 군인으로서는 대단히 성실했던 것 같다. 금강(錦江) 전투에서 낙오한 그들은 사방에 깔린 적군들을 피해 남하하느라 지치고 굶주렸지만 병기만은 철저히 지켜오고 있었다. 그들은 소위 하나와 사병 둘로 세 자루의 미제 소총과 백여 발의 탄알과 수류탄 다섯 개, 그리고 권총 한 자루를 감추고 흰돌머리에 나타났다.

처음 그들이 어둠을 틈타 마을로 스며들었을 때 황제는 북쪽의 반도(叛徒)들에 못지않은 반감을 나타냈다. 다시 말하지만, 황제의 입장에서 보면 그들 역시도 다른 주인을 섬기는 반도들에 지나지 않은 탓이었다. 그러나 그들의 무기를 탐낸 신기죽의 만류를 받고서야 태도를 약간 누그러뜨렸다.

"너희가 이미 따로이 주인을 정하여 섬기고 있으니 우리 남조선으로 보아서는 또한 반적(叛賊)이다. 천명에 항거한 죄 마땅히 저잣거리에 목을 매달 것이나 무지가 무슨 죄가 되랴, 지금이라도 천명이 이른 곳을 깨달아 투항한다면 모두 대장군 만호후(萬戶後)에 봉하여 중히 쓰리라."

오랜만에 푸짐한 식사를 하고 감격한 표정으로 앉아 있는 그들 세 사람 앞에 황제가 나타나 그렇게 말하자 그들 셋은 그저 어리둥절했다. 거기다가 다시 변약유가 나타나 설득한답시고 거들었다.

"여기 계신 전하께서는 북극진군(北極眞君) 자미대제(紫微大帝)의 현신으로 이 땅에 이르셨소. 이미 수백 년간이나 해동의 신민들이 애타게 기다려온 계룡산 정 진인(鄭眞人)이 바로 이분이오. 지난 갑술년 동북의 호지(胡地)에서 남조선을 일으키신 이래 십수 년, 남정북벌 천하를 종횡하셨으나 아직 천시(天時)가 이르지 못해 지금과 같이 삼국(三國)의 난립을 보게 되었소.

하지만 사필귀정(事必歸正), 머지않아 남북의 거적(巨賊)들은 모두 하늘의 주살(誅殺)을 면치 못할 것이오. 장부로 태어나 한 번 정한 주인을 배반하는 것은 괴로울 터이나, 이왕 바른 일월(日月)을 뵙게 된 이상 마땅히 천명을 따르시오. 뒷날 왕사(王師)가 이르면 옥석(玉石)이 함께 태워질[俱焚] 것이매 뉘우쳐도 이르지 못하리다. 부디 소소한 신의에 매달려 패역의 누명 아래 몸과 이름을 망치는 일이 없도록 하시오."

그제서야 그들 세 사람은 대강 일이 돌아가는 상태를 짐작할 수 있었다. 한 끼를 잘 대접받고 푹 쉰 것까지는 좋았으나, 앞일이 참으로 난감하였다. 그들의 제의를 받아들였다가는 무슨 꼴을 당하게 될지 알 수 없었고, 몸을 빼쳐 떠나자니 그것도 곧 쉬울 것 같지는 않았다. 그런 그들의 난처한 입장을 구해 준 것이 뒤늦게 나타난 효명태자였다.

"소자가 어리석으나 이들 셋을 한번 득실로 달래보겠습니다. 소자에게 맡겨주십시오."

그렇게 황제를 달랜 후에 그들 셋을 넘겨받은 태자는 한적한 곳에 자리를 잡자마자 설득에 들어갔다. 어차피 황제나 변약유와 같은 방법으로는 어렵다는 것을 아는 그는 솔직히 털어놓고 협조를 구했다.

"보셨다시피 제 부친은 평생을 『정감록』의 미망에 홀려 지내오신 분입니다. 지금까지는 운 좋게 보내왔습니다만 앞날이 걱정입니다. 방금도 저는 부친과 그 추종자들을 구하기 위해 이동(里洞) 인민위원 겸 민청(民靑) 위원장을 맡아 적도들에게 협조하고 있습니다. 다행히 아직 이 마을에서는 단 한 건의 인민재판도, 단 한 명의 의용군 징집도 없었습니다만 저들의 성화가 여간 아닙니다. 곧 대한민국에 죄가 될 만한 협조를 하지 않을 수 없을 것 같습니다.

제가 특히 세 분께 부탁드리고 싶은 것은 여기에 피신하고 계시다가 뒷날 국군 선발대가 오면 어려운 저희 입장을 좀 변호해주십사는 것입니다. 세 분께서 지금 떠나신다 해도 전선이 낙동강에 교착되어 있어 원대로 돌아가기는 힘들 것입니다. 이곳에서 국군의 반격을 기다리는 것이 세 분께도 낫고, 저희로서는 큰 다행이 되겠습니다."

그와 같은 말을 들은 세 사람의 낙오병은 한동안의 상의 끝에 태자의 권유를 받아들였다. 국군이 이미 낙동강을 건너버려 원래의 부대를 찾아가는 것이 어렵게 되었을 뿐만 아니라 그중의 한 사람은 꽤 심한 부상을 입었기 때문이었다. 그리하여 젊은 소위만 민간인 복장으로 남하하고 부상당한 일등 중사와 그의 고향 친구인 상등병은 무기와 함께 흰돌머리에 남게 되었다.

남은 그들의 현실적인 계산이야 어떠했건 그들을 받아들인 흰 돌머리의 사기는 드높았다. 그들이 가지고 온 무기도 대단했지만 그보다는 투항자가 있었다는 점에서 자못 정신적인 고무를 받게 된 까닭이었다.

중광(重光) 오 년 팔월 침입한 적구(赤寇)를 물리치셨으나 천시(天時) 불리하여 다시 파천(播遷)길에 오르시다.

뜻밖의 투항자들로 모든 것이 잘될 것 같았지만, 흰돌머리 바깥의 일까지 유리하게만 돌아간 것은 아니었다. 다부동(多富洞), 기계(杞溪)의 전투를 고비로 차츰 비세에 몰리게 된 북적(北賊)들은 후방의 점령 지역에서도 초기의 관대함을 잃어갔다. 특히 흰돌머리가 차츰 그들의 신경을 건드린 것은 언제나 말만의 충성과 협조뿐 칠월이 다 가도록 의용군 한 명 내보내주지 않는 점이었다. 효명태자의 능변에 넘어간 내무서원들도 칠월을 넘기면서 쑤군대기 시작했다.

"이보라우, 흰돌머린가 뭔가 하는 구석배기 뭣 좀 알아봤음?"

"샹 간나들, 서원(署員) 아이덜 몇 번 보내봤지만 통 입들을 열
어야디."

"날래 알아보라우. 뭐가 있을 꺼이야. 접때 토지 분배 때도 도통
돌아하는 기색이 없었으니까니."

"위원장이라는 빠질빠질한 동무두 좀 이상해. 악질 반동 색출
도 한 건 없고, 두 달이 가깝도록 의용군 하나 안 보내면서도 말
은 그저……."

대개 그렇게 돌아가다가 총 든 내무서원 하나와 젊은 당 일꾼
둘이 흰돌머리로 찾아든 것은 칠월 하순, 양력으로는 구월 초순
어느 날이었다. 무엇보다 의용군 모집에 대한 불 같은 독촉에 못
이겨 직접 찾아보기로 작정하고 나선 참이었다. 마침 그들이 흰돌
머리에 도착한 것은 효명태자와 배대기가 무슨 일인가로 잠시 마
을을 비운 때였다. 그 때문에 처음부터 순탄할 수 없었던 그 방문
은 더욱 고약하게 꼬여들기 시작하였다.

그들은 찾고 있던 이동(里洞) 인민위원이 없자 민청(民靑), 여맹
(女盟) 하는 순서로 간부들을 찾기 시작했다. 인민위원 한 사람을
제외하고는 대부분 마을에서 없어졌거나 노망난 할머니로 간부
명단이 차 있는 것을 보자 그들의 의심은 점점 커갔다. 그러나 당
장에 급한 것은 의용군 모집이었다.

그들은 그 일부터 해결할 양으로 사십 대 이하의 남자면 모조
리 마을 앞 공터에 모이라고 지시했다. 그마저도 잘 통하지 않았
다. 한두 명 어슬렁거리고 나타나는가 하면 금세 없어져 버리고,

나중에는 총대를 앞세우고 억지로 잡아들였지만 그래도 모인 것은 열 명이 넘지 않았다. 그러자 화가 난 내무서원은 하늘에다 두어 방 공포를 쏜 후 외쳤다.

"모든 남성들은 이리루 모이시오. 여기 모여 사상 교양을 받지 않으면 모두 악질 반동으로 취급하겠소."

그제서야 겁먹은 마을 사람들 몇 명이 더 모였지만 그 공포(空砲)가 바로 자기들의 재앙을 불러들이고 있다는 것을 아는 사람은 아무도 없었다. 마침 신기죽의 병상 곁에서 변약유 등과 함께 청담(淸談)을 나누고 있던 황제의 귀에도 총소리가 들렸기 때문이었다.

"웬 놈이 내 땅에서 총질이냐?"

황제가 괴이쩍은 표정으로 묻자 우발산이 절룩거리며 일어났다.

"제가 알아보고 오겠습니다."

"요동백, 그럴 것 없소. 함께 가봅시다."

그 갑작스런 총소리가 몹시 궁금했던지 황제가 기다리려 하지 않고 일어나자 측근들도 우루루 따라나섰다. 황제 일행이 공터에 이르렀을 때는 젊은 선동원이 몇 안 되는 마을 젊은이들을 상대로 한창 열을 올리고 있었다.

"영용(英勇)한 우리 인민해방군은 곳곳에서 영웅적인 전투를 감행하여 남조선 해방을 목전에 두고 있소. 머지않아 남조선 괴뢰들과 미제국주의자의 앞잡이들을 부산 앞바다에 쓸어 넣고 제주도 한라산까지 붉은 깃발을 펄럭이게 할 것이오. 동무들, 망설이지 말고 신성한 혁명 전선으로 달려갑시다. 승리와 영광은 동무들의 것이오……."

그러나 그 어떤 황제의 신민들인가. 묵묵히 듣고 있는 가운데 문득 사십 대에 가까운 우물 겯집 김 서방이 퉁명스레 말했다.

"이미 다 된 일에 또 뭐하러 우리가 가누?"

"승리가 눈앞에 있으니 더욱 가야 하오. 이 영광스러운 전열(戰列)에 참여할 기회는 앞으로 영영 오지 않을 것이오……."

그때였다. 사람들을 헤치고 그 선동원 앞에 나타난 황제가 냉엄하게 물었다.

"너 방금 남조선 뭐라고 하였느냐?"

"남조선 괴뢰라고 하였소."

"그리고 또 미제국주의자 뭐라고?"

"미제국주의자들의 앞잡이라 했소."

그러자 황제는 몸을 부르르 떨며 세차게 따귀를 올려붙였다.

"네 이노옴, 그렇게 나를 능멸할 수 있느냐? 내가 어찌 꼭두각시며 양놈들의 앞잡이란 말이냐?"

그리고 너무도 뜻밖의 사태에 어리둥절해 있는 그들 셋에게 호령했다.

"무고한 내 백성을 충동질하여 이 땅을 피바다로 만든 것도 용서하지 못할 일이거늘 감히 내 근거지까지 넘보다니, 무엄한 놈들."

그제서야 먼저 정신을 수습한 내무서원이 험악한 얼굴로 따발

총을 꼬나들었다. 하지만 우발산의 무쇠 같은 팔뚝인들 모양을 내기 위해서만 달려 있는 게 아닐 바에야 뜻대로 될 리가 없었다. 어느새 놈의 팔을 비틀고 총을 뺏으니 어린아이 손에 쥐어진 물건 취하듯 했다.

그 나머지는 더 장황히 얘기할 필요가 없으리라. 우리는 황제에게 불경한 자들이 겪어야 할 낭패는 신의주를 비롯한 곳곳에서 여러 번 보았다. 그날 오후 늦게나마 효명태자와 배대기가 나타나 준 것만 해도 그들에게는 불행 중 다행이었다. 몇 군데 찢어지고 부러지긴 하였지만 그래도 제 발로 기어 면소재지로 돌아갈 수 있었으니 말이다.

실록에는 '침입해 온 적구(赤寇)를 격퇴하시고 다수한 무기를 노획하시다.' 어쩌고 하는 승리의 기록이 하나 늘게 되었지만, 효명태자의 마음은 암담하였다. 그동안 공들여 지켜온 노릇이 흰돌머리를 비운 한나절 동안에 완전히 허사가 되어버린 것이었다.

새로이 흰돌머리와 그 부친을 구할 계책을 마련해야 했지만 도무지 마땅한 계책이 떠오르지를 않았다.

그 사건이 있고부터 흰돌머리의 모든 일이 황제와 그 측근들에게 주도된 듯한 인상을 주는 것은 아마도 그런 태자의 막막함 때문인 것 같다. 태자는 거의 자포자기적인 심경으로 한동안 황제와 그 측근들이 일을 몰아가는 대로 보고만 있었다.

황제와 그 측근들은 신이 났다. 그들은 어리둥절해 있는 마을 사람들을 몰아 적도의 반격에 대비했다. 마을 동서남북에 보루를 만들어 네 정으로 불어난 소총을 걸고 여기저기 목책을 둘러 흰돌머리를 제법 요새처럼 만들었다.

그런데 이상한 것은 적도들의 반응이었다. 당연히 보복하러 올 줄 알고 기다렸으나 사흘이 지나고 닷새가 지나도 적도들은 오지 않았다.

"전하의 신위(神威)에 겁을 먹은 것임에 분명합니다."

변약유는 그렇게 단정했으나 그게 아님은 오래잖아 판명되었다.

그 사건이 있고 불안과 긴장의 열흘이 지난 날 밤이었다.

요란한 말굽 소리와 함께 적도의 군관(軍官) 하나가 어둠 속을 달려 흰돌머리로 들어왔다. 그는 흰돌머리를 환히 알고 있는 듯 똑바로 효명태자의 거처로 말을 몰았다.

"휘(輝)야, 휘 있니?"

자기 이름을 부르는 귀에 익은 목소리에 태자가 놀라 문을 열었다.

"나를 알겠느냐?"

"형님."

태자가 맨발로 달려나갔다. 바로 폐서인(廢庶人) 된 원자(元子) 융(隆)이었다. 그러나 달려나오는 휘에 비해 그는 깎은 듯 말 위에 앉은 채였다.

"형님 안으로 드시지요."

"그럴 시간이 없다. 내 말을 잘 듣고 시키는 대로 해라."

"무슨 말이십니까?"

"우리는 북으로 퇴각한다. 나는 이제 더 이상 너희들을 보호해 줄 수가 없다."

"그럼 형님께서……?"

"그렇다. 나는 이곳 출신이어서 이 일대에서 정치 공작을 하도록 명령받았지. 너희들의 터무니없는 짓도 보고로 이미 알고 있었다."

"고맙습니다, 형님……."

"그러나 내가 너희들을 돌볼 수 있는 것도 한계가 있다. 명령 계통이 살아 있는 한 어떻게 해볼 수 있지만, 이제 총퇴각이 시작되었으니 남은 것은 격앙된 감정뿐이다."

"총퇴각이라니요?"

"미군이 인천에 상륙했다. 독 안에 든 쥐라더니 우리가 그 꼴이 됐다. 그러나 독 안에 든 쥐는 고양이도 문다. 빨리 이곳을 피해라."

"……."

"남쪽으로 피난하는 것은 위험하다. 우선은 북쪽으로 피해라, 그러다가 뒤따라 오는 국군을 만나거든 다시 이곳으로 돌아오너라."

"형님……."

"나는 이만 간다. 그러나 우리는 반드시 돌아올 것이다. 훌쩍일 시간 없다. 빨리 이 밤 안으로 이곳을 떠라. 곧 무자비한 숙청이 시작될 거다."

그리고 그는 말머리를 돌리더니 북쪽을 향해 황급히 달려갔다. 십수 년을 공산주의자로 떠돌아도 혈육에 대한 정만은 어쩔 수 없었던 듯했다. 하기야 그런 점이 결국 공산주의자로서 그의 앞길을 비참한 실패로 몰아넣을 것이지만…….

잠시 형제간의 그런 기구한 해후로 비감에 젖어 있던 효명태자도 이내 서두르기 시작했다. 그런데 문제는 황제였다.

"그놈은 이미 내 아들이 아니다. 적괴(敵魁) 김모(金某)에게 빌붙어 이 아비를 거역한 난신적자다. 그런 놈의 말에 속아 기업(基業)을 버리느니 차라리 내 백성들과 더불어 이곳에서 죽겠다."

황제는 그렇게 말하면서 더한층 사수(死守)의 결의를 굳게 했다. 그때 태자의 머리에 퍼뜩 떠오른 것이 신기죽이었다. 그 얼마전부터 자리에 누워 있던 신기죽은 그 무렵 왠지 깊은 침묵에 잠겨 있었다. 사람들은 그가 말할 기력조차 없어진 것으로 생각하고 있었지만 태자만은 그 원인을 알고 있었다. 죽음을 앞두고 심기가 맑아지자 문득 황제와 나눌 대화가 없어져 버린 까닭이었다. 태자는 곧바로 그가 앓아 누운 곳으로 찾아갔다. 마침 주위에는 아무도 없었다.

"저를 알아보시겠습니까?"

방 안으로 들어가자 인기척에 눈을 뜨는 그를 보고 태자가 나직이 물었다.

"알아보고 말고……."

"제 아버님은 아시겠습니까?"

"좋은 분이시다."

"그분이 천명을 받으신 것은? 남조선은?"

"글쎄…… 그건 모르겠다."

그러다가 이상한 듯 물었다.

"너는 내가 정신이 돌아온 걸 어떻게 알았느냐? 지금은 또 무엇 때문에 갑자기 그런 걸 묻느냐?"

"아직도 아버님을 좋아하십니까?"

"그건 변함없다."

"그럼 됐습니다. 아버님을 위해 한 가지 일만 해주십시오."

그리고 태자는 융(隆)이 다녀간 일을 말했다. 말없이 듣고 있던 신기죽은 한동안 깊은 생각에 잠겼다 깨어나며 말했다.

"먼저 변약유를 들여보내라. 그리고 곧 아버님도 이리로 드시도록 해라."

태자는 신기죽이 시키는 대로 했다. 잠시 후 황제가 신기죽의 방에 들어갔을 때, 신기죽은 멀쩡한 사람처럼 이불을 개고 변약유와 단정히 마주 앉아 있다가 몸을 일으키며 황제를 맞았다.

"문창후(文昌侯), 병세가 위중하다더니 어찌된 일이오?"

신기죽이 병자답지 않게 맑고 잔잔한 목소리로 대답했다.

"전하, 듣기 거북하실지 모르겠으나 자칫 병든 노신(老臣)이 먼저 전하를 조상(弔喪)하게 될 것 같아 이렇게 몸을 일으켰습니다."

"문창후가 먼저 나를 조상하게 될 것 같다니 그 무슨 말씀이오?"

"신이 조금 전 비몽사몽간에 이상한 광경과 소리를 보고 들었습니다. 말 한 필이 방으로 뛰어들면서 괴이하게 생긴 자가 거기 타고 외치기를, 나는 적제(赤帝)다, 이제 백제(白帝)의 운수가 다했으니 그 목을 취하러 왔다고 했습니다. 모골이 송연하여 깨어난 후 변약유를 불러 물었더니 또한 해몽이 매우 심상치 않았습니다."

그러자 황제는 곁에 앉은 변약유에게 물었다.

"그게 무슨 징조요?"

"전하께서 즉시 이 땅을 피하시라는 하늘의 뜻입니다."

"문창후가 기(氣)가 허해서 가위눌린 것일 수도 있지 않소? 한낱 흉몽에 수십 년 기업(基業)을 버리라니 지나친 것 같소."

"그렇지 않습니다. 제가 좀 전에 천문을 보니 다시 한 줄기 맹렬한 화기(火氣)가 다시 전하의 자미원(紫微垣)을 범하고 있었습니다. 또 역(易)에 물으니 전하에게는 팔방이 다 사지(死地)요, 오직 간방(艮方=東北)만이 구명지지(救命之地)로 나왔습니다."

변약유까지 그렇게 나오자 완강하던 황제도 뜻을 굽히지 않을 수 없었다. 두 번째의 쓰라린 파천(播遷)이었다.

태자는 마을 사람들을 불러 모아 각자 피난할 것을 지시하고 자신도 가재도구와 가족들을 수습했다. 아직 홀몸이어서 가족이랬자 황제 내외가 전부였지만 거기에 우발산, 변약유, 두충, 배대기, 신기죽 등이 덧붙으니 이끌고 떠나야 할 가족이 열 명이 넘었다. 뒷날을 위해 일껏 구해 준 국군 낙오병들과는 아무런 기약 없이 헤어지지 않을 수 없었다. 그날 밤 일행은 자시(子時)가 넘어서야 용케 구한 소달구지 하나에 병든 신기죽과 가재도구를 싣고 나머지는 걸어서 동북방을 향해 길을 떠났다.

그 신산스러운 피난길에 대해 구구하게 늘어놓는 일은 그만두자. 지난 고초를 되살리는 것은 그것을 거울로 앞날의 경계를 삼는다는 이로움도 있지만 황제의 거룩한 위엄에 손상을 가져올 위험 또한 없지 않기 때문이다. 따라서 여기서는 황제의 일생을 얘기함에 있어 꼭 필요한 두 가지만을 얘기하기로 한다.

그 하나는 문창후 신기죽의 죽음이었다. 황제의 설득에 너무 많은 기력을 소모한 탓인지 피난길에 오르면서부터 말문이 막힌 신기죽은 끝내 그 밤이 새기 전에 유언 한마디 없이 낯선 길 위에서 죽었다. 그의 빼어난 문장과 경륜으로 보아 와석종신했다면 길이 남았을 것임에 분명한 그의 유언을 볼 수 없는 것은 실로 유감스럽다. 황제의 애통은 곁에서 보기에도 눈물겨웠다.

"어려운 시절에 만나 함께 천하를 종횡하기 삼십여 년, 이제 대업(大業)을 이루어 영영토록 공(公)과 더불어 부귀영화를 누리고자 하였더니 이렇게 먼저 가는구려. 이 막막한 천애에 나만 홀로 남겨졌구려. 아아, 이제 나는 누구를 의지한단 말이오? 어디서 다시 공의 수려한 용모를 대하며, 어디서 공의 충성스런 음성을 듣겠소? 누가 빼어난 공의 문장을 대신하며 누가 그 크고 넓은 경륜을 고쳐 말하겠소?……"

그렇게 통곡하며 관곽조차 마련하지 못해 길가에 임시로 묻은 신기죽의 묘를 떠날 줄 몰랐다. 그리고 가열된 유엔군의 공습으로 측근에 의해 끌려가듯 자리를 떠나면서 애절한 시 한 수를 잊지 않았다.

신공(申公)의 큰 이름 우주에 드리웠네

[申公大名垂宇宙]

충신의 남은 모습 엄숙하고 청고하다

[忠臣遺像肅淸高]

삼분(三分)천하의 얼크러진 계책이여

[三分割據紆籌策]

구름 가득한 하늘에 한낱 깃털이로구나

[萬古雲霄一羽毛]

신기죽의 죽음을 조상하는 데 일만 자의 만사(輓詞)인들 지나치랴만, 사람이 슬픔이 지극하면 문리(文理)마저 막히는 법이라 두보(杜甫)의 절구 한 수(首)를 빌린 것이었다.

그 피난길에 있었던 일로 또 하나 기록해야 할 것은 사십 년 전 눈물로 헤어진 윤 규수와의 해후였다. 흰돌머리를 떠난 지 사흘째 되던 날 공습과 포격에 쫓겨 산길로 접어든 일행은 어느 조그만 산사에서 밤을 새우게 되었다. 얼른 보기에 폐사(廢寺) 같은 그곳에서 밤이슬을 피하려고 기웃거리던 그들은 갑작스러운 인기척에 놀라 법당 쪽을 바라보았다. 깨끗하게 늙은 오십 대의 여승 하나가 공손히 합장하며 그들을 맞았다.

"노니(老尼) 홀로 지키는 황폐한 곳에 어인 일들이십니까?"

그리고 고개를 들어 일행을 살피던 여승의 눈길이 황제에게 머물자 돌연 그 얼굴에 놀란 표정이 떠올랐다. 그때 태자가 나섰다.

"지나가던 피난민들입니다. 하룻밤 밤이슬이라도 피할 곳을 찾고 있습니다."

"그 일이라면 저 아래 선방(禪房)이 모두 비어 있으니 편할 대로 하십시오."

여승은 그렇게 말하고 안으로 사라졌다. 잠시 후 다시 나타난 여승은 홀로 절 마당을 걷고 있는 황제에게 다가가 공손히 합장하며 물었다.

"저를 알아보시겠습니까?"

쓸쓸한 감회에 젖어 있던 황제는 눈을 들어 늙은 여승을 바라보았으나 막연히 낯익다는 느낌뿐 얼른 알아볼 수 없었다. 여승은 다시 말했다.

"옛적 흰돌머리에서 함께 자랐던 윤 산인(尹山人)의 못난 여식입니다."

그제서야 황제도 그녀를 알아보았다.

"오오, 윤 규수……."

황제는 희미하게 떠오르는 사십 년 전의 아픔을 억누르며 그녀를 살펴보았다. 무정한 세월은 지난날의 가인(佳人)을 볼품없는 노파로 바꾸어 놓았지만, 그래도 곱게 늙은 그녀의 얼굴 그늘에는 몇 군데 지난날의 자색이 엿보였다.

"끝내 불문에 몸을 의탁하였구려. 내가 못나 규수를 이런 꼴로 만들었구려……."

"나무아미타불, 부처님의 대자대비하심을 함부로 말하셔서는 아니됩니다."

"그래 어떻게 이 길로 들게 되었소?"

"첩 박명(薄命) ― 세간의 일을 새삼 일러 무엇하겠습니까만, 일신의 운명이 기구하여 지아비를 만나니 지아비가 죽고, 자식을 낳으면 자식이 죽어 의지할 데가 없다가 다행히 삼보(三寶)에 인연을 얻어 부처님께 귀의한 지 이십 년이 됩니다."

그러고는 가벼운 탄식과 함께 잠시 입을 다물었다가 물었다.

"시주(施主)께서는 뜻하는 바를 이루셨는지요?"

그 말을 듣자 황제는 숙연한 기분이 되어 지난날을 대강 이야기했다. 그리고 아무래도 그녀가 애처로운지 자신과 함께 하산할 것을 권했다.

"이미 끊어진 세간의 인연입니다. 이제 얼마 남지 않은 삶, 부처님께 향이나 사르며 보내겠습니다."

미미한 웃음기를 띤 채 황제의 회고담을 듣고 있던 그녀는 하산(下山) 권유에 그렇게 대답하며 서둘러 자리를 떴다. 그리고 다음 날 아침까지 자취를 나타내지 않다가 황제 일행이 산문을 나설 때야 멀리서 그 뒷모습을 눈물 어린 눈으로 바라보며 이렇게 탄식했다고 하는데, 그걸 확인할 길은 없다.

"미망(迷妄)이로구나, 깨어야 할 미망이로구나……."

중광(重光) 오 년 유월 남쪽에서 사람이 오니 왜(倭)도 아니고 호(胡)도 아니로다. 양이(洋夷)의 군대를 접견하시고 주육(酒肉)을 내어 호궤(犒饋)하시다.

북적(北賊)의 발악적인 마지막 보복을 피해 급한 김에 우선 북쪽으로 피난길을 잡은 황제 일행은 허물어진 산사에서 윤 산인(尹山人)의 딸을 만난 후로도 열흘이 가깝도록 인근 산곡 간을 헤맸다. 가열되는 유엔군의 공습과 뜻밖의 조우전(遭遇戰)에 끼어드는 것을 피하기 위해 되도록이면 큰길을 멀리한 탓이었다.

그러나 전쟁의 흉터는 어디에서도 눈에 띄었다. 불탄 집들, 부서진 자동차와 버려진 녹슨 장비들, 뒹구는 철모······. 그중에서도 가장 황제를 가슴 아프게 하는 것은 거두어주는 사람 없이 여기저기서 썩어가는 시체들이었다. 남이건 북이건, 민간인이건 군인이건, 그리고 그 사상이 붉건 희건, 이 땅의 피를 받은 자는 그 누구든 황제의 어여쁜 백성이 아닌 자 있으랴. 그래서 그 피난길 내내 황제가 신음처럼 읊은 것들 중의 하나는 옛 싸움터[古戰場]를 노래한 이화(李華)의 문류(文類)였다. 실록에는 그 전문이 실려 있으나 자칫 지루할까 두려워 특히 애절한 뒷부분만 옮긴다.

"······검푸른 머리의 뭇백성들[蒼蒼烝民] 누군들 부모가 없으리오. 이끌고 어루고 안고 업어 기를 제 그 자식이 오래 살지 못할까를 근심하였다. 누군들 형제가 없으리오. 서로가 손발처럼 도와가며 자랐다. 누군들 지아비 지어미가 없으리오. 서로 손님처럼 존중하고 친구처럼 다정하였다.

그들이 살아 있을 때 나라는 무슨 은혜를 입혔으며, 이제 싸움터에서 죽게 됨은 무슨 허물에 의한 것인가. 그들이 살았는지 죽었는지조차도 그들의 집에서는 알지 못한다. 어쩌다 전하는 사람이 있어도 믿어야 할지 의심해야 할지……. 마음과 눈은 항상 근심과 슬픔에 잠기고 잠들거나 깨어 있거나 그들의 모습을 본다.

죽은 것으로 여겨 제물을 차려놓고 술잔을 기울일 제 소리 내어 울며 아득한 하늘가를 바라보면, 하늘과 땅은 수심에 젖어 있고 초목조차도 아파하고 슬퍼하는 듯하다. 조제(弔祭)가 지극하여 이르지 못하면 죽은 이의 혼백은 그 의탁할 곳을 찾지 못하리라.

듣기에 큰 싸움 뒤에는 반드시 흉년이 든다 했으니, 이제 살아남은 백성들은 또 이리저리 흩어져 흘러다닐 것이다. 오호라, 슬프도다. 이것이 시절 때문인가, 천명 탓인가, 옛적부터 이러해 왔건마는 어찌할 바를 알 수 없구나……."

하지만 산곡 간을 다닌다고 해서 반드시 황제 일행이 안전했던 것은 아니었다. 때로는 허겁지겁 북상하는 패잔병들과 만나기도 하고, 때로는 북으로의 퇴각을 단념하고 입산하는 패거리들과 맞닥뜨리기도 했다. 그 어느 쪽이든 모두 제정신들이 아니어서 잔인성과 흉포함이 극에 달해 있었던 점을 생각하면, 황제 일행이 무사했던 것은 효명태자 휘(輝)의 재치와 기지 이상 하늘의 도움이 있었다고 할 수밖에 없다.

그러다가 그들이 유엔군과 처음 만나게 된 것은 팔월도 다간 구월 초순의 어느 날이었다. 마침내 식량이 떨어져 산골짜기에서는 더 이상 어찌해 볼 도리가 없자 천안(天安) 부근의 대로(大路)변으로 나오게 된 것인데 거기서 북진하는 유엔군의 후속 부대를 만나게 되었다. 전위 부대가 그곳을 지난 지 열흘 이상이 된다는 얘기고 보면, 황제 일행은 공연히 산곡 간을 헤매느라 그만한 시간을 헛고생한 셈이었다.

그러나 효명태자나 배대기의 입장에서는 유엔군을 만났다는 것만으로 고생스러운 피난길이 끝났다고는 할 수 없었다. 언제 터질지 모르는 시한폭탄과 같은 황제와 그의 충복들을 데리고 아직은 전장의 살기에 차 있는 유엔군과 국군의 후속 부대 사이를 지나 안전한 흰돌머리까지 돌아가야 하기 때문이었다.

실제로도 처음 유엔군 부대와 만났을 때 황제의 눈길은 자못 험악했다고 한다. 남쪽도 하나의 반적(叛賊)으로 여기는 황제에게 그 편을 돕고 나선 유엔군이 곱게 비칠 까닭이 없었다. 그런 황제의 기색을 살핀 효명태자와 배대기는 속으로 애가 탔다. 황제가 또 무슨 엉뚱한 생각으로 유엔군에게 공격을 명하고, 턱없이 충성스럽기만 한 우발산, 변약유, 두충 등과 동북(東北) 이래의 구신(舊臣)들이란 몇몇 늙은이가 그 명을 따라 공격에 나선다면 정말 큰일이었다. 사람의 혼백을 산산이 흩트려 놓는 공습이나, 고성능의 자동화기 또는 지축을 뒤흔드는 탱크의 위력보다도, 동양인 특히 한국인의 사고에 익숙하지 못한 그들 외국군의 사정없는 반격 자체가 두렵기 짝이 없었다.

하지만 참으로 다행하게도 황제의 얼굴에 떠올랐던 흉한 기색은 차츰 스러지고, 대신 무언가를 깊이 생각하는 표정으로 바뀌었다. 효명태자와 배대기는 가만히 가슴을 쓸며 그다음 변화를 기다렸다. 예상대로 한동안을 무언가 깊은 생각에 잠겨 있던 황제는 갑자기 효명태자를 불러 물었다.

"태자는 지금부터 힘써 모은다면 얼마만 한 가축과 곡식과 술을 거두어올 수 있겠느냐?"

"금붙이와 돈이 약간 남았지만 지금은 난중(亂中)이라 크게 많이 모을 수는 없을 것입니다. 그런데 갑자기 주육(酒肉)과 곡식을 거두어서 무엇에 쓰시렵니까?"

그때껏 한 번도 일행이 먹을 식량에 대해 입에 담아본 적이 없는 황제였기 때문에 태자는 의아한 듯 물었다. 그러나 황제는 대답 대신 우발산과 변약유를 위시한 자기 사람들을 불러 모았다.

"이미 대가를 주고 주육(酒肉)과 곡식을 사들일 수 없다면 백성들에게서 꾸어오는 도리밖에 없다. 제공(諸公)들은 지금 당장 인근의 민가로 흩어져서 소와 돼지와 닭이며, 술과 곡식을 거두어 오시오. 과인의 이름으로 거두되, 난이 끝난 후에는 본래의 열 배로 그 값을 치르리라는 약조를 반드시 문서로 써주어야 하오. 백성들이 모두 피폐해 있어 과하게 거두어들일 수는 없다 해도 일여(一旅)의 군사들을 배불리 먹이고 취하도록 마시게 할 만큼은 되어야 할 것이오."

말하자면 전시 징발(戰時徵發)을 명한 셈이었는데 뒤이어 밝힌 세목(細目)은 소 두 마리, 돼지 다섯 마리, 술 오십 말, 백미 서른 가

마였다. 평상시에 충분한 돈을 가지고서라도 짧은 시간 내에는 쉽게 마련할 수 없는 규모였다. 그러나 명령을 받은 우발산과 변약유, 두충 등은 조그만 망설임이나 의혹도 없이 바로 떠날 기세들이었다. 장강(長江)의 뒷물결이 앞물결을 밀어낸다더니 그들의 충성과 믿음이 참으로 그러했다. 지난날 한 몸의 충성과 믿음으로 실록에 아름다운 이름을 길이 남긴 사람들 — 마숙아, 김광국, 신기죽은 물론 황 진사나 정 처사가 살아온들 이들 후인(後人)들을 능가할 수는 없으리라. 궁금하면서도 다급한 것은 다만 효명태자뿐이었다. 그는 막 떠나려는 황제의 충복들을 제지하며 황제에게 물었다.

"아버님 도대체 그 많은 술과 고기를 어디다 쓰시렵니까?"

"내 저들을 호궤(犒饋)하고자 한다."

그런 황제의 대답은 너무도 당당했다.

"저들을…… 호궤하다니요?"

"수륙 만리 먼 길을 온 저들 양이(洋夷)의 군사들을 배불리 먹이고 위로하여 이 땅의 왕화(王化)를 입히고자 한다. 너는 이 길로 가서 저들의 행군 대총관(行軍大摠官=원정군 사령관)이 누구인지 알아 오너라."

그제서야 태자도 황제의 뜻을 어렴풋이 짐작했지만 그런 결정을 내리게 된 마음속의 동기는 여전히 짐작할 수 없었다. 그걸 보고 황제는 심대한 계획을 일러주듯 태자에게 속으로 뜻하는 바를 들려주었다.

"옛적에 한고조(漢高祖)는 민월(閩越=東越, 중국 남방의 오랑캐)과

동구(東甌=역시 중국 남부의 오랑캐)의 오랑캐들을 끌어들여 항우(項羽)를 깨뜨리는 데에 썼고 그 후손 경제(景帝) 역시 월(越)의 오랑캐를 불러 오왕(五王) 비(濞)의 반란을 진압한 적이 있다. 비록 내 스스로 불러들이지는 않았으나 저들 서양 오랑캐들의 힘을 빌려 무도한 북적(北賊)을 진압하기로소니 무에 그리 허물될 게 있으랴.

또 한(漢)은 북방의 거적(巨賊) 흉노(凶奴)를 격멸함에 다른 오랑캐인 오환(烏桓), 선비(鮮卑), 월지(月氏) 등을 이용하였으며, 당(唐)은 옛 주인 돌궐(突厥)을 경략하는 데 역시 또 다른 오랑캐인 철륵(鐵勒), 회흘(回紇) 등을 동원하였다. 이른바 이이제이(以夷制夷)가 바로 그것이다.

내 보니 이제 비록 북적(北賊)들이 패퇴하고는 있지만 순순히 항복할 것 같지는 않다. 「감결(鑑訣)」의 '백두산 북쪽에 오랑캐 말이 길게 운다.'는 구절이 그걸 가리키니, 적도는 반드시 되[胡]나 아라사의 공산비(共産匪)들을 불러들일 것이다. 내가 애써 저들과 화친하려는 것은 바로 서양 오랑캐의 힘을 빌려 북방의 오랑캐를 치고저 함이다. 어찌 이이제이(以夷制夷)가 한족(漢族)들만의 전유물이겠느냐?"

그 말을 들은 태자는 잠시 아득하였다. 황제에게는 웅대하고 심원한 구상이 될는지 모르지만 태자에게는 그런 구상으로 닥치게 될 갖가지 혼란과 어려움을 미리 막는 것이 당장 발등에 떨어진 불이었다. 말이야 바른 말이지만, 사실 그 무렵의 황제는 그를 사랑하는 이들에게조차 지나치게 비현실적이란 느낌을 줄 때가 많았다.

"먼 길을 싸우러 온 군사에게는 반드시 그 구하는 바 전리(戰利)란 게 있습니다. 만약 저들이 북적(北賊)과 그를 돕는 호로(胡虜)들을 모두 물리친 후 그 전리품으로 이 땅마저 차지하려 들면 어쩌시겠습니까?"

태자는 그래도 행여 황제가 허황된 계획을 그만둘까 하는 바람으로 그 점을 지적하였다. 그러나 황제는 거기에도 대답을 준비하고 있었다.

"양이(洋夷)가 강성하다 하나 모가(毛哥=모택동)나 아라사의 군대 또한 녹록치는 않을 것이다. 무사히 그들을 이겨낸다 해도 양이의 군대 역시 만신창이가 될 것이다. 아무리 그 고기가 탐난다 한들 빈사의 호랑이가 무슨 수로 힘찬 사슴을 쫓겠느냐? 쓸데없는 걱정이다."

"속담에 고래 싸움에 새우 등 터진다는 말도 있지 않습니까? 흉맹한 두 오랑캐가 이 땅을 전장으로 싸우면 그 틈에서 상하는 천하의 가엾은 생명들은 어쩌시겠습니까? 이 백성들끼리 싸울 때는 그래도 그 손길에 한 가닥 인정이라도 남게 되지만, 저들 오랑캐에게는 그나마 기대할 수 없을 것입니다."

"가엾기는 하나 저희가 반역의 무리를 잘못 주인으로 택하여 불러들인 화(禍)니 난들 어쩌겠느냐? 오히려 이 기회에 톡톡히 쓴맛을 보아 다음에는 저희끼리 불목(不睦)이 있더라도 나라 밖의 오랑캐를 불러들이는 일이 없기를 바랄 뿐이다. 나는 일찍이 나라안의 싸움에 외족을 끌어들임이 불가함을 말한 적이 있거니와, 지금은 이왕에 그들이 왔으니 잠시 권도(權道)를 빌려 그들을 내게 이롭게 쓰고자 할 따름이다."

태자로서는 더 이상 어떻게 따져볼 여지가 없다는 생각이 들만큼 흔들림 없는 황제의 대답이었다. 그러나 태자의 침묵을 감탄과 이해로 잘못 단정한 황제는 다시 변약유 등을 재촉했다.

"무엇들 하시오? 제공(諸公)들은 빨리 민가로 내려가 양이의 군사들을 위로할 주식(酒食)을 거두어들이도록 하시오."

효명태자와 배대기는 여전히 아득한 기분이었지만 황제의 명을 받아 흩어지는 그들을 더는 말리지 않았다. 어쨌든 식량은 황제 일행에게도 필요한 것이었고, 또 그것을 구하는 데도 지금까지처럼 자기들 둘만이 힘겹게 뛰어다니는 것보다는 여러 사람이 나서면 더 수월할 것 같기 때문이었다. 그들이 식량을 구해 오기만 한다면 그것을 유엔군에 전하는 척하며 빼돌릴 길은 얼마든지 있었다. 오히려 다행으로 여겨지는 것은 황제가 자기 사람들에게 턱없는 분노로 유엔군을 공격할 것을 명하지 않은 점이었다.

한편 황제는 우발산, 변약유 등 그의 사람들이 각기 명을 받들고 흩어지자 자기가 할 일을 시작했다.

"저들의 대총관(大摠官)이 누구라더냐?"

그렇게 물어 먼저 유엔군 사령관의 이름을 알아낸 황제는 그 난리중에도 용케 지니고 있던 먹통과 지필(紙筆)을 꺼내 글을 닦았다. 서투른 대로 그 내용을 옮겨보면 대략 다음과 같다.

'미(美) 한국 원정군 사령관 맥아더는 삼가 보시라(亞美利堅 神丘 道行軍大摠官 伯雅德 謹啓).

만리 험해(險海)를 헤치고 이 땅에 이르러 다시 무인지경 달리 듯 모진 도적을 내몰고 일시에 잃은 땅 천 리를 회복하니, 장군의 큰 이름 일월처럼 빛나고 이룬 공은 태산보다 우뚝하다. 옛적 위장 군(衛將軍=衛青) 곽표기(霍驃騎=霍去病)가 되살아난들 장군의 위용 을 당하며 제갈무후의 신산묘책(神算妙策)인들 장군을 넘어서랴.

과인과 천하 일을 논하는 날은 장차에 있으려니와, 이에 우선 약 간의 예물과 주육을 내려 원로(遠路)의 의로운 군사를 위로하노라.

좌(左)

황우(黃牛) 2두, 성돈(成豚) 5두, 토주(土酒) 50말(斗), 백미(白米) 30석.

우좌(又左)

황금 100근, 채견 200필, 명주(明珠) 3두(斗)

단, 우좌(又左)는 적도(敵徒)의 소혈을 평정한 후 대례(大禮)로 서 사(賜)할 것임…….'

요새 말로 하면 예물은 외상으로 한 셈이었는데, 그나마 황제 의 사람들이 돌아온 후에는 물목(物目)을 고치지 않을 수 없었 다. 기껏 구해 온 것이랬자 우발산의 말고기 두어 근과 두충의 좁 쌀 한 되에다 늙은이 하나가 주워온 죽은 까치 한 마리가 전부였 기 때문이다. 우발산의 말고기는 폭사(爆死)한 군마(軍馬)에서 흘 러나온 것이었고 두충의 좁쌀 한 되는 금니를 빼주고 바꾸어온 것이었다.

"소인은 재물을 주고받고 군자는 의(義)를 주고받는다 했다. 한 나라의 장수쯤 되면 분명 소인은 아닐 터인즉 물목(物目)의 더하고 덜함이 무슨 상관이겠는가."

다소 마음에 걸리긴 하지만 어쩔 수 없다는 듯, 황제는 그렇게 말하며 물목을 실정에 맞게 고쳐 썼다. 그리고 봉함을 한 후 역시 정성 들여 꾸린 기묘한 봉물과 함께 어디 있는지도 모르는 유엔군 사령부로 보낼 준비를 했다. 황제가 그 사자(使者)로 변약유를 지목하고 막 떠나보내려 할 때에야 그때껏 암담한 얼굴로 보고만 있던 효명태자가 나섰다.

"이같이 중대한 일에 한낱 문관(文官)을 보내는 것은 예(禮)가 아닐 듯싶습니다. 소자가 친히 저들을 위로하고 돌아오겠습니다."

듣고 보니 그것도 그럴듯한 말이었다. 황제는 기꺼이 허락하고, 태자는 배대기를 종사관으로 삼아 끊임없이 이어진 유엔군 차량들 사이로 사라졌다.

"비록 양이의 피를 받았으나 대총관이란 자는 확실히 군자였습니다. 봉서에 몹시 감격하면서 답례로 이것들을 보냈습니다."

한식경이나 지난 후에 돌아온 태자는 그렇게 말하면서 한 아름이나 되는 레이션과 통조림, 초콜릿 같은 것들을 내려놓았다. 그 움직일 수 없는 증거에 황제 역시 기꺼웠다.

"그것 보아라. 내 무어라고 하더냐? 가히 더불어 천하의 일을 논할 만한 그릇이리라 하지 않더냐?"

하지만 이 일에 대해서는 다른 유력한 추측이 있다. 태자는 결코 유엔군 사령부나 휘하 부대의 지휘소를 찾은 것이 아니며, 기껏 가져간 말고기와 좁쌀로 암거래 물품과 바꾼 것에다 자기들이 유엔군 병사에게서 구걸한 것을 보태어 왔으리란 추측이 그것이다. 아무렴 어떤가. 이제니까 고백하는 바이지만, 이 이야기는 황제와 유엔군 사이의 어떤 실제적인 관계를 밝히기 위해서가 아니라, 어려움 중에서도 굴하지 않는 황제의 기백과 줄어듦이 없는 국량(局量)을 보여주기 위해서였을 뿐이다. 만약 더 이상 그 일로 황제와 유엔군 사이에 어떤 동맹 같은 것이라도 맺어지기를 바랐다면, 그리하여 거기에 의지해 앞날의 국면에 무슨 큰 변화라도 있기를 기대했다면, 미안하다, 독자 여러분. 일후 우리의 황제는 영영 그들과 다시 만나지 않을 것이기 때문이다.

중광(重光) 육 년 정월(正月) 장송(長松)이 홀로 의연하고자 하되 모진 바람이 비쳐가지 않는구나. 남당(南黨) 마침내 용납하지 않으니 태자(太子) 휘(輝) 지향 없는 망명(亡命)길에 오르다.

되풀이가 되겠지만, 우리의 황제에게는 남한 역시 한 반적(叛賊)에 불과하고, 실록도 남비(南匪) 또는 백적(白賊)이란 명칭을 쓰고 있다. 이왕에 이 글이 그런 황제에게 바쳐지는 이상 마땅히 그렇게 불러야 하나, 우리가 그 법과 통치 아래 살고 있는 국가의 신성과 존엄을 위하여 여기서는 다만 남당(南黨) 정도로만 완화시켜 부르기로 한다.

잘 보아온 것처럼, 남당과 황제 사이의 관계는 그때까지는 비교적 부드러운 편이었다. 황제가 모반자라고 부르는 것과는 상관없이, 남쪽의 죄라면 기껏해야 천명(天命)을 알아보지 못하는 정도였는데, 한 번도 직접적인 충돌이나 피해를 입힌 적은 없었다. 그런데 이제 운명은 황제와 남쪽 사이에도 쉬이 메울 수 없는 원한의 도랑을 파기 시작했다.

그 첫 번째는 역시 중광 오 년 구월 어느 날 유엔군에 뒤이어 만나게 된 국군과의 뜻하지 않은 충돌이었다. 유엔군과 화친을 도모한 후 남하하던 황제 일행은 잔적(殘賊)을 소탕하며 천천히 북진하던 대대 정도의 국군 병력이 쉬고 있는 들판에서 함께 잠시 쉬게 되었다. 때가 올 때까지, 다시 말해서 남당의 국군이 공산비를 모조리 쳐 없애고 자신도 기진맥진할 때까지는, 결코 본색을 드러내서는 안 된다는 효명태자의 당부에도 불구하고 황제는 처음 국군을 대하면서부터 좀이 쑤시기 시작했다. 이렇게도 젊고 환한 젊은이들이, 내 사랑하는 백성의 아들들이, 진정한 주군(主君)인 이 나를 몰라보고 엉뚱한 주인을 섬겨 천명(天命)을 거스르고 있다. ― 대개 그런 느낌에서 온 어떤 안타까움 때문이었다. 그런데 일이 되려고 그랬는지 마침 부근에서 쉬고 있던 젊은 대위 하나가 황제 일행에게 다가왔다. 실록은 황제를 감돌고 있는 비범한 기운에 이끌려온 것이라고 설명하고 있지만, 생각하기에는 전란으로 고통받는 동족에 대한 안쓰러움 때문이었던 것 같다. 결과적으로는 재앙을 불러들이는 것과 다름없이 된 친절이었다.

"어르신네, 그간 고생이 심하셨지요? 하지만 이젠 다 끝났습니다. 머지않아 빨갱이 놈들은 모조리 붙들리거나 압록강 너머로 도망칠 겁니다. 곧 남북이 통일되어 자유롭고 행복하게 살 날이 올 겁니다……."

진정으로 동정과 위로가 담긴 말씨였다. 황제는 왠지 오 년 전에 아쉽게 헤어진 김광국이 떠오르며 눈시울이 화끈해졌다. 포연에 그을고 격전의 피로로 수척해 있긴 해도 그 대위는 모습마저 김광국을 몹시 닮아 있었다.

"내가 부덕한 소치이니 누구를 탓하고 누구를 나무라겠소? 가엾은 것은 오히려 두 적도(賊徒) 사이에 끼어 어육(魚肉)이 난 이 백성과 그대들 젊은이들이오. 꽃다운 목숨이 얼마나 많이 전장의 이슬로 사라졌는지……."

"당연히 저희들이 해야 할 일이지요. 죽은 전우들에게 이렇게 살아 있는 게 미안할 뿐, 이긴 지금은 한도 원도 없습니다."

황제의 대답이 어딘가 이상하다고 느끼면서도 그 젊은 대위는 여전히 공손하게 말했다. 그러나 뒤이은 황제의 말은 더욱 이상해졌다.

"다스리는 이의 잘못을 따지지 않는 것이 충성의 시작이오, 그 명에 따라 목숨을 던지는 것이 충성의 끝이라 하였으나, 이모(李某)는 정말로 좋은 신하를 두었구려. 참으로 부럽소……."

"옛? 무슨 말씀이십니까?"

"그대들의 주인인 자를 두고 한 말이오. 대통령인가 뭔가 하는 이름으로 왕가를 대신한 이 아무개 말이오."

만약 그때 효명태자나 배대기만 곁에 있었어도 황제에게서 그런 말이 나올 때까지 가만히 보고만 있지는 않았을 것이다. 그런데 그 둘은 얼마 전에 식량을 구하러 가고 그 자리에 없었다.

"그럼, 이 대통령 각하를……?"

젊은 대위가 이상한 눈길로 황제를 바라보며 말끝을 흐렸다. 그러나 워낙 태연한 황제의 표정이고 보면 의심되는 쪽은 자신의 귀였다. 무얼 잘못 들은 것이나 아닌가 해서였다. 그때 다행히 연락병이 그 젊은 대위에게 달려와 경례를 했다.

"중대장님, 대대장님께서 찾으십니다."

"어디 계시냐?"

"저쪽 이동 씨피(C·P)에서 기다리고 계십니다."

그 연락병의 갑작스러운 출현은 그들의 대화를 그쯤에서 끝내기에 충분한 계기가 됐지만, 일은 오히려 거기서 엉뚱하게 전개됐다. 연락병이 말한 중대장이란 호칭 때문이었다. 저렇게 젊은 사람이 벌써 대장 중의 하나라니. ─ 국군의 계급 체제를 잘 모르는 황제는 중대장(中隊長)도 대장(大將)의 하나로 알고 감탄의 눈길로 다시 한 번 그 젊은 대위를 뜯어보았다. 볼수록 탐이 나는 인물이었다.

"유비가 공손찬의 조자룡을 탐했은들 이보다 더했으랴. 실로 이대로 보내기에는 너무 아까운 장재(將才)로다······."

황제는 속으로 가만히 탄식했다.

"안녕히 계십시오, 어르신네. 저는 이만 가봐야겠습니다."

그런 황제의 속마음에는 아랑곳없이 젊은 대위는 가벼운 인사
와 함께 돌아갈 채비를 했다. 조금 전에 들은 말이 마음에 걸리긴
했으나 그보다는 대대장의 호출이 급했기 때문이었다. 그러자 황
제는 까닭없이 다급해졌다. 본색을 숨겨야 한다는 효명태자의 다
짐 따위는 이미 까마득히 잊은 채였다.

"존공(尊公), 존공. 잠깐 기다리시오."

"······?"

막 자리를 뜨려던 그 젊은 대위는 갑작스레 다급해진 황제의
목소리를 의아롭게 여기며 걸음을 멈추었다. 그걸 본 황제는 스스
로 다급함을 억제하며 목소리를 가다듬었다.

"이모(李某)에 대한 공(公)의 충성은 사람을 깊이 감동시키는 바
가 있소. 또 이토록 젊은 나이에 벌써 장령(將領)의 서열에 이른
것을 보니 공의 출중함은 물론 이모가 공을 대함에 소홀하지 않
았음도 짐작하겠소이다. 그러나 봉황은 나뭇가지를 가려서 깃들이
고, 현자(賢者)는 주인을 가려 섬기는 법이오. 이모가 구(舊) 왕가의
종실(宗室)이고, 비록 대통령이란 이름으로 은연중에 그 대통(大統)
을 잇고 있지만 천명은 이미 이씨들을 떠난 지 오래됐소이다. 이모
의 세월도 앞으로 십 년을 결코 넘기지 못할 것이오."

전에 없이 정중한 말씨였다. 그 젊은 대위는 아마도 몹시 참을

성이 있거나 유별난 호기심을 가진 사람으로 보인다. 전쟁터와 다름없는 곳에서 대대장의 호출을 받고 있으면서도 황제에게 묻기를 그만두지 않았다.

"무슨 말씀이신지요? 도대체 어르신네께서는 뉘십니까?"

"나는 지금 천명(天命)을 말하고 있소이다. 하늘은 이씨들을 버리고 우리 정씨를 택한 지 오래요. 계룡산의 정씨 팔백 년이 이미 시작된 것이오."

그때까지만 해도 그 젊은 대위에게는 아직 사태가 명확하게 파악되지 않았다. 한 방향으로 의심을 모으기에는 황제의 말과 행동이 너무도 무게 있고 의젓한 탓이었다. 그런데 이때 곁에 있던 변약유가 거들고 나섰다.

"이것 보시오 젊은이, 이미 전하께서 당신을 알아보셨는데, 당신은 어째서 머뭇거리고만 있소? 한달음에 주군을 영접하여 천병(天兵)의 기치 아래 싸울 생각은 않고 반적의 거짓 벼슬에만 연연하고 계시오?"

그제서야 대위는 비로소 어렴풋하게나마 황제와 변약유를 알아보았지만 무어라고 대답할 틈은 생기지 않았다. 황제가 점잖게 변약유를 타이르며 말을 받았기 때문이었다.

"변공(卞公)은 천하 대사를 섣불리 입에 담지 마시오. 지금 저들의 군사가 이 들판에 가득한데 어찌 쉽게 그 전열을 이탈하여 내게로 올 수 있겠소? 이제 내가 공과 더불어 기약하고자 하는 바는 다만 앞날에 있을 뿐이오."

그리고 이내 그 젊은 대위 쪽으로 돌아서며 더욱 은근한 목소리로 말했다.

"이왕 저 변공이 발설하였으니 숨김없이 털어놓으리다. 여기 선이 정모(鄭某), 과분하게도 하늘의 부르심을 받아 계룡산에 터전을 잡은 지 이미 여러 해가 되었소. 그러나 이 몸이 노둔하고 부덕한 소치인지 아니면 하늘의 뜻이 달리 있는지 종내 세력을 떨치지 못하다가 방금과 같은 천하대란(天下大亂)을 맞게 되었소. 이제 나라는 파망(破亡)하고 백성들은 병화(兵火)에 그을리고 있으되, 그래도 나는 굳게 믿고 있소. 한 번 나뉜 것은 반드시 합쳐지게 되는 법. 지금 두 호랑이가 피투성이 싸움을 벌이고 있지만 언젠가 한쪽은 쓰러지고 남은 쪽도 지치기 마련이오. 하늘은 그때를 기다려 천하를 이 정모의 손에 부치려 하심에 틀림이 없소. 공(公)도 일찍이 몸을 빼쳐 반적의 그늘을 벗어나지 못한 채 그날을 맞게 되면 죽어도 묻힐 땅이 없으리다.

옛날에 이르기를 천하의 대세를 알아보는 자가 영웅이라 했소. 구구한 옛정에 매여 이름과 몸을 함께 망치는 것은 소인이나 할 짓이오. 어떻소? 이 정모를 도와 난마같이 헝클어진 삼한 땅을 바로잡고 저 팽월(彭越), 경포(鯨布)나 오삼계(吳三桂)의 영화를 누려보지 않겠소?"

팽월이나 경포는 본시 항우의 사람으로 한고조에게 투신하여 나중에 양왕(梁王)과 회남왕(淮南王)에 봉해졌으며, 또 오삼계는 명(明)의 장수로서 청(淸)에 항복한 후 남명(南明)을 진압하여 평서왕(平西王)에까지 봉해진 사람이다. 그러나 결국 팽월은 주살(誅殺)당해 그 고기가 소금에 절여졌고, 경포는 처남 오신(吳臣)의 배신으로 자향(慈鄕)의 민가에서 암해(暗害)를 입었으며, 오삼계는 호남(湖南)에 몰려 울적하게 병사(病死)한 것과, 그 원인이 모두 모반 때문이었다는 점에서는 그리 합당한 예가 되지 못한 듯싶다.

다행히도 그 젊은 대위에게 그런 일은 별문제가 못 되었다. 그는 황제와 변약유의 정체를 알아차린 후부터는 얘기에 귀 기울이는 대신 딴 일에 정신이 쏠려 있었다. 곧 자신이 아무런 곤란 없이 그 자리를 뜰 수 있도록 황제와 변약유를 달래거나 붙들고 있어 줄 사람을 찾는 일이었다. 그러다가 그는 말없이 황제 곁에 서 있는 두충을 그 적임자로 지목하고 나지막한 목소리로 부탁했다.

"저 두 분은 이번 난리 중에 크게 상심할 일을 당하신 모양이군요. 안됐습니다. 하지만 성한 분들이 잘 돌보셔야겠습니다. 지금 저희 대대는 적의 발악적인 저항 때문에 신경이 날카로울 대로 날카로워져 있어요. 만약 빨갱이로 오인이라도 받게 되면 정말 큰일입니다."

그 같은 난리통에서는 보기 드문 침착이요 너그러움이었다. 하지만 그 말이야말로 그대로 벌집을 쑤신 격이었다. 그러지 않아도 젊은 것이 너무 뻣뻣이 군다고 내심 괘씸하게 여기고 있던 변약유가 그 말을 듣고 불끈했다.

"이놈, 네 불손함이 너무 심하구나. 전하께서 그토록 간곡히 권하셨는데도 어찌 이리 무례하단 말이냐?"

믿고 부탁했던 두충도 뜻밖의 호령으로 나왔다.

"뭐라고? 이 발칙한 놈. 난리 중에 어쩌구 어째? 여기 계신 전하로 말할 것 같으면 일찍이 천군만마 사이를 무인지경 가듯 하신 분이다. 하늘이 무너지고 땅이 뒤집히는 것 같은 격전장도 눈 한 번 깜짝 않고 종횡하셨거늘, 너희들의 하찮은 불장난 따위에 심기를 잃으시겠느냐? 아무래도 네 놈 눈은 가죽이 모자라 찢어진 모양이로구나. 잘못 보아도 크게 잘못 보았다."

우발산도 말은 없었으나 얼굴에는 역시 흉흉한 기색이 떠올랐다. 곁에 있던 몇몇 늙은이들의 얼굴도 그 점에서는 우발산과 별로 다르지 않았다. 불안한 얼굴로 사방을 돌아보며 누군가를 기다리고 있는 것은 황씨 부인 즉 의명왕후(懿明王后)뿐이었다.

일이 그쯤 되자 그 젊은 대위의 얼굴에 잠시 곤혹스러운 표정이 떠올랐다. 그러나 이내 쓰게 웃으며 아직까지 사태가 잘 파악되지 않아 멍청히 서 있는 연락병을 재촉했다.

"장 하사, 더 상대하지 말고 이만 뜨자. 이건 모두들 완전히 돌았어."

아마도 대위는 그때까지도 사태를 지나치게 낙관한 것 같았다. 그러나 어떤 황제며 어떤 신하들인가.

"게 섰거라!"

먼저 변약유의 고함이 터지고 이어 우발산이 비호같이, 그래봤자 저는 다리로 좀 서둘렀다는 정도였지만, 내달아 떠나려는 둘의 앞길을 가로막았다. 그제서야 젊은 대위와 연락병의 얼굴에도 성가시다는 듯한 표정이 떠올랐다. 하지만 변약유는 그런 둘을 완전히 무시한 채 그 일련의 사태를 보고만 있는 황제에게 큰 소리로 소견을 밝혔다.

"이미 전하의 본색을 드러낸 이상 저들을 이대로 놓아 보내는 것은 위험천만한 일입니다. 저자들이 돌아가 그 우두머리에게 우리 일을 고해 바치면 필시 대군을 몰아올 것인즉 그때 무슨 재주로 당하시겠습니까? 저자들을 우리 사람으로 만들지 못할 바에는 차라리 영영 입을 봉해 후환을 없애는 편이 나을 것입니다."

말하자면 죽여버리자는 뜻이었다. 가까운 곳에 대대 병력이 널려 있는 들판에서, 그것도 총을 든 중대장과 연락병을 죽여버리자는 제안은, 자칫 어림없다 못해 우습게까지 들릴 테지만, 그걸 웃으려고만 들다가 낭패를 본 사람이 어디 한둘이었던가. 적어도 이쪽은 하늘의 택함을 받은 사람과 그 열렬한 추종자들이었다.

그러나 너그럽고 자비로운 황제는 그 젊은 대위에게 한 번 더 기회를 주었다.

"네 들었느냐? 이제 너는 우리에게 사로잡힌 바와 다름이 없다. 어느 쪽을 택하겠느냐? 걸(桀)은 유민(有緡=종족 이름)을 이겼어도 자기 나라를 잃었으며 주(紂)는 동이(東夷)를 이겼으면서도 자기 몸을 지키지는 못했다. 끝내 걸(桀), 주(紂) 같은 반적들에게 가담하여 몸과 이름을 망치겠느냐? 아니면 나를 도와 부귀와 공명을 누리겠느냐?"

황제의 어조에는 서릿발 같은 위엄이 실려 있었지만 듣는 쪽으로 봐서는 다만 어이없어 막막할 뿐이었다. 그도 그럴 것이 비록 손에 무기를 들고 있다 해도 변약유를 빼면 대개 오십이 넘는 늙은이들과 황씨 부인을 비롯한 노파까지 끼여 있는 양민들에게 무기를 함부로 휘두를 수는 없는 일이었다. 거기다가 멀지 않은 곳에 대대 병력이 있는 들판 가운데에서 맨손으로 총 든 자기들을 죽이겠다고 나서는 것으로 보아 그들의 정신 상태도 분명 정상은 아니었다. 하지만 둘이서 맨손으로 당하기에는 황제 일행의 수가 너무 많았다.

짧은 시간이었지만 그 젊은 대위는 한없이 고민했다. 처음 자신이 황제에게 말을 걸던 순간이 저주스럽게 떠오르고, 그 기묘한 불행 속으로 자기를 몰아넣은 그날의 일진이 원망스럽기도 했다. 그러다가 마치 무슨 계시처럼 퍼뜩 머리에 떠오르는 묘책이 있었다. 삼십육계였다.

"장 하사, 상관 말고 튀어!"

그 젊은 대위는 그렇게 비명처럼 외치고는 가로막는 우발산을 피해 냅다 뛰었다. 장 하사란 연락병도 더 이상 좋은 생각이 나지 않는 듯 그 말을 듣기 무섭게 소총을 안고 뛰기 시작했다. 그렇다고 순순히 보내줄 황제 일행인가.

그리하여 그 들판에서는 곧 괴상한 추격전이 벌어졌다. 정신없이 뛰는 젊은 중대장과 그 연락병을 대부분 늙은이인 황제의 신하들이 고래고래 소리치며 뒤쫓는 진풍경이었다. 한 가지 다행한 것은 황제 쪽의 결연한 의사와는 달리 거기에 어떤 살의나 유혈(流

154

血)의 낌새가 비치지 않는 점이었다. 그 바람에 들판 가득히 널려 구경하던 군인들은, 내용이 궁금해 고개를 갸웃거리는 몇몇을 제외하고는 먼저 웃음부터 터뜨렸다. 그 몇 달 살벌한 전장을 헤쳐 온 그들에게는 흔치 않은 일이었다.

그러나 처음부터 결과가 뻔한 경주였다. 워낙 젊고 단련된 군인들이라 오래잖아 황제 일행과 그 둘 사이의 거리는 가망 없을 정도로 벌어져버렸다. 대신 그제서야 어디선가 나타난 효명태자와 배대기가 황제 일행을 뒤쫓음으로써 일은 그 정도로 일단 마무리져가는 것처럼 보였다.

그런데 다시 뜻밖의 사람들이 나타나 일을 이상한 방향으로 끌고 갔다. 지프차로 그곳을 지나던 헌병 분대가 그 광경을 보고 개입하게 된 게 그랬다. 헌병들은 처음 그 젊은 중대장과 연락병이 몹쓸 민폐나 끼치지 않았는가 의심하여 먼저 그 둘부터 정지시켰다. 그리고 뒤이어 몰려온 황제 일행과 그 둘을 대질시켰는데, 거기서 일의 진상이 밝혀질 때까지 벌어졌던 갖가지 희비극과 진풍경은 얘기로 듣지 않아도 충분히 상상할 수 있을 것이다.

어쨌든 두 시간에 가까운 우여곡절 끝에 당시로서는 목숨까지 걸린 몇 가지 끔찍한 혐의에서 간신히 벗어난 황제 일행은 무사히 석방되었다. 그러나 단 한 사람, 효명태자 휘(輝)만은 끝내 헌병들의 손을 벗어나지 못했다. 그 같은 비상시국에 아직 서른도 안 돼 뵈는 젊은 남자가 입영은 물론 방위군이며 흔한 보국대조차 나가지 않고 피난민 틈에 끼어 있다는 것은 아무래도 이상했기 때문이다. 가장 나쁘게는 적군 패잔병일 수도 있고, 좋게 보아도 기피자 혐의는 벗어날 길이 없었다. 거기서 효명태자를 끌고 가려는 헌병대와 황제 일행 사이에 또 한 번의 유감스러운 충돌이 있었고, 결말은 태자가 현지 징집 형태로 끌려가는 것이 되고 말았다. 그러나 우리의 황제가 대한민국을 남비(南匪) 또는 백적(白賊)이라고까지 낮춰 부를 정도로 원한을 품게 된 사건은 정작 흰돌머리로 돌아간 뒤에 있었다.

비운 지 채 한 달도 못됐건만 흰돌머리는 얼른 알아볼 수 없을 만큼 참화를 입고 있었다. 집들은 태반이 불타고, 성한 집들도 산산이 깨어지고 흐트러진 가재도구들로 도깨비굴 같은 형상이었다. 미처 피난하지 못해 숨어서 전말을 본 마을 사람에 따르면, 흰돌머리를 습격한 것은 월북을 단념하고 입산하던 내무서원과 민청(民靑), 여맹(女盟) 등의 현지 동조자들이었다고 한다. 그들 중에는 얼마 전 의용군을 끌어내리려고 흰돌머리로 왔다가 황제에게 톡톡히 맛을 본 자들이 섞여 있어 동료들을 선동한 탓이었다. 그러나 모두 피난해 버려 분풀이할 상대가 없자 엉뚱하게 집을 불사르고 가재도구를 부순 것 같았다.

그런 적구(赤寇)의 만행에 대한 황제의 분노가 얼마나 컸던지 흰돌머리로 돌아온 후의 얼마간은 끌려간 효명태자의 안위조차 잊을 지경이었다. 그러나 황제 일행과 그사이 돌아온 마을 사람들이 우선 성한 집에 짐을 풀고 흰돌머리 재건에 들어간 지 채 사흘도 안 돼 이번에는 남쪽에 의한 수난이 시작되었다. 부역자를 색출하러 경찰이 온 일이 그랬다. 먼저 배대기와 몇몇 마을의 젊은 이들이 끌려갔다가 이틀 만에 초죽음이 되어서 돌아왔다. 다급한 북적(北賊)들이 문서를 제대로 태우고 가지 않아 인민위원회나 각종 동맹의 명단이 경찰의 손에 넘어갔는데 거기에 그들의 이름이 실려 있었던 탓이었다. 당한 사람들로 보아서는 억울하기 짝이 없었다. 배대기는 어느 정도 낌새라도 알고 있었겠지만, 나머지는 대개 자신도 모르는 사이에 예비 당원이나 민청(民靑) 간부가 되어 있었기 때문이었다. 효명태자가 적도들의 눈을 속이기 위해 엉터리로 꾸민 각종 명단에 운 나쁘게 끼게 된 결과였다.

황제는 황제대로 크게 분노했다. 자신의 근거지에 무단으로 침입한 것도 분하려니와 그렇게 끌고 간 백성들을 빨갱이로 모는 것은 더욱 참을 수 없었다. 황제의 충성스러운 신민들이 가장 미워하는 것이 바로 그 공산비(共産匪)들이 아닌가.

"『회남자(淮南子)』설산훈(設山訓)에 이르기를, 나라를 다스리는 자는 밭에서 김을 매는 것과 같으니, 곡식 모종을 해치는 잡초만 제거하면 된다(治國者若耨田 去害苗者而已) 하였고, 대우모(大禹謨=書經의 篇名)에는 차라리 법을 어길지언정 무고한 자를 죽이지 말라(殺不辜 寧失大經) 하였다. 그런데 무고한 내 백성을 하필이면 극악한 공산비로 몰아 마구 죽이려 드니 저들이 어찌 흥성하기를 바라겠느냐?

또 관자(管子)는 말하기를, 형벌은 그 뜻을 두렵게 할 수 없고 살육은 그 마음을 복종하게 할 수 없다(刑罰不足以畏意 殺戮不足以

服其心) 하였고, 『좌전(左傳)』에는 헐뜯으면서도 본받으면 죄가 더욱 크다(尤而效之 罪又甚焉) 하였다. 그런데 백성을 형벌과 살육으로만 다스린 적도들을 그토록 헐뜯어 놓고 이제 그 잘못을 본받으니 어찌 저들의 의(義)를 백성들이 믿을 수 있겠느냐? 저들로 미루어 그 우두머리 된 이모(李某)의 험한 끝을 눈앞에 보는 듯하다……."

황제의 그런 비난이 반드시 정확하다고 할 수는 없다 해도 수복 직후의 경찰이 승자로서의 관대함이나 절제와 이성을 어느 정도 잃고 있었던 듯하다. 그 무렵 대단찮은, 그리고 대부분은 적도의 강요에 따라 어쩔 수 없이 말려든 부역 때문에 호된 대가를 치러야 했던 사람들의 이야기는 오늘날까지 우리들 주위를 떠돌고 있다. 한 번의 혼찌검으로 끝난 사람들은 그래도 운이 좋은 편이며, 어떤 사람은 거듭하여 몇 번이나 시달렸다는 것이 대개 그 내용이다. 하지만 어쩌랴. 그때의 경찰은 방금 생사를 건 싸움터를 헤쳐왔고, 또 그들 중에 적지 않은 수가 적도에게 부모나 처자를 살육당한 직후였으니. 아니, 그 이상, 이 땅 전체가 미친 피바람에 휩싸여 있었고 사람들은 모두 불같은 증오로 눈멀어 있었으니……. 따라서 뒤이은 황제의 개탄은 다만 모든 시대에 통하는 원론적인 것으로만 들어두자.

"다스린다는 것은 하늘을 대신한다는 뜻이다. 그래서 그 다스림을 맡은 자를 특히 천리(天吏)라고 한다. 또 덕은 다스림의 근본(德者爲理之本也)이라고 『충경(忠經)』에도 나와 있다. 그런데 저들은 그 모든 것을 잊고 있다. 『서(書)』에 이른바 '천리(天吏)가 덕을 잃으면 맹화(猛火)보다 더 매섭다.' 한 것은 바로 저들을 가리킨 말이다. 만약 저들이 그 다스림의 도(道)를 바로잡지 않으면 머지않아 이 백성들은 일손을 놓고 노래할 것이다.

'이날이 언제 다해 나와 네가 함께 망하려노(時日曷喪 予及汝皆亡)……'"

하지만 그 맹화(猛火)는 황제에게도 덮쳤다. 경찰이 드디어 황제와 그 측근인 우발산, 변약유를 잡아들인 까닭이었다. 일종의 연좌제를 적용한 셈인데, 사실 거기에는 그럴 만한 이유가 있었다.

부역자 조사에 들어가면서 경찰이 아무래도 이해할 수 없는 것은 흰돌머리의 부역자 명단이었다. 우선 가장 중요한 리(里) 인민위원회부터가 이상했다. 여섯 명의 인민위원 중 둘은 이미 죽었으나 아직 사망 신고가 나지 않은 노인들이었고, 둘은 동란 전에 마을을 뜬 사람이었으며, 서기장(書記長)은 완전히 가공인물이었다. 결국 실존 인물은 위원장인 효명태자 정휘(鄭輝) 하나뿐인 셈이었다. 민청(民靑)도 상태는 비슷했다. 입대했거나 외지에서 돌아오지 않은 청년들이 아니면 누가 보아도 반편이거나 호적이 잘못된 노인이 전부였다. 여맹(女盟)도 마찬가지였다.

경찰도 처음에는 그런 현상을 좋게 이해하려고 애썼다. 다시 말해서 정휘란 사람이 이런 사태를 예견하고 마을 사람들을 위해 홀로 십자가를 졌으리라는 해석이었다. 하지만 그 경우에도 두 가지 의문은 남아 있었다. 하나는 만약 그가 추측대로 죄 없는 사람이라면 왜 자취를 감추었는가 하는 것이었고, 다른 하나는 아무리 흰돌머리가 면소재지에서 떨어진 궁벽한 산골이라 해도 어떻게 그 영악스러운 적들의 눈길을 그토록 감쪽같이 속일 수 있었던가였다.

그런데 매에 못 이긴 배대기가 일을 그르치고 말았다. 황제에게는 북(北)에 남은 아들이 하나 있다는 것, 그 아들은 적군 상위(上尉)의 복색을 하고 있었으며, 부근에서 점령 정책을 펴는 데 관여했다는 것, 총퇴각 전날 흰돌머리를 찾아와 아우 정휘를 만났으며, 그 자리에서 무언가를 주고받은 직후 흰돌머리 사람들도 피난길에 나섰다는 것, 그러나 피난길은 북으로 잡았으며, 천안(天安) 부근까지 올라갔다가 유엔군을 만나 되돌아왔다는 것 따위였다. 언제나 효명태자와 붙어 지내던 그는 폐태자(廢太子) 정융(鄭隆)이 다녀가는 것을 알고 있었던 듯했다.

배대기의 진술을 들은 경찰은 아연 긴장했다. 여러 가지로 종합해 봐서 정휘란 자는 시골 지서로서는 좀체 다룰 기회가 없는 거물로 여겨졌다. 물론 배대기는 정휘가 헌병대에 끌려갔으며, 실제로 그때까지만 해도 태자는 제주도에 있는 신병 훈련소로 가기 위해 부산 부두에서 다른 장정들과 대기 중인 신세였지만, 경찰은 도무지 그쪽으로는 신경을 써주지 않았다. 그들에게는 다만 그런 거물을 반드시 체포해야 한다는 강박 관념과 조급한 공명심뿐이었다. 그리고 그걸 위해서는 일단 심문 대상에서 빠져 있던 황제와 그 측근을 취조해 봐야 한다는 데 의견의 일치를 보았다.

경찰 및 그들을 지원하는 면(面) 치안대가 황제와 그 측근들을 지서로 소환하는 과정에서 있었던 옥신각신은 애써 들으려 하지 않기로 하자. 지금까지로 미루어 그런 경우면 으레껏 벌어질 장면을 상상하는 것은 어렵지 않거니와, 사실에 있어서도 얘기해서 재미날 것은 별로 없었다. 황제가 심문받는 과정도 그렇게 신나서 떠들 만한 기분은 아니다.

동문서답, 황제의 분노, 그 대답인 폭행, 그리고 그것들의 악순환, 황제의 기력 쇠진, 경찰의 포기…… 그런 것들을 늘어놓는 것은 지루할 염려도 있지만, 그보다는 황제의 위엄과 권위를 위해서이다. 거물 빨갱이의 행방을 쫓는 심문과 황제의 위엄이 어찌 양립할 수 있겠는가. 다만 그 일로 황제의 늙은 가죽과 뼈가 상당히 상했으리라는 짐작은 해도 좋다. 사흘 만에 흰돌머리로 떠메이듯 돌아온 황제는 그 뒤 보름 동안이나 자리보전을 해야 했기 때문이다.

그러나 그보다 훨씬 더 괴롭고 슬픈 일은 이듬해 중광 육 년 정월, 즉 양력으로는 1951년 2월에 있었던 효명태자와의 짧은 재회와 기약 없는 이별이었다. 헌병들에게 끌려갔다가 뒤늦게 입영 장정이 된 태자는 용케 제주도로 가는 배를 타기 직전에 몸을 빼쳐 나왔다. 하지만 어떤 본능적인 공포로 흰돌머리를 멀리한 채 이리저리 떠돌다가 황제와 헤어진 지 꼭 석 달째 되는 이듬해 정월 초순에야 흰돌머리로 돌아왔다. 그것도 거의 자정이 가까운 시각에 산을 타고 남몰래 마을로 들어온 것이었다.

근엄한 황제도 그날 밤만은 태자의 손을 부여잡고 울었다. 잃었던 줄 알았던 아들이 돌아온 기쁨과 그가 떠난 뒤의 급속한 영락을 돌아보는 슬픔이 함께 뒤섞인 눈물이었다. 태자도 울었다. 겨우 석 달 만에 몰라보게 늙고 쇠약해진 황제보다도 한때는 민망하게 여기기까지 했던 그 패기와 신념이 드러나게 줄어든 게 슬펐다.

하지만 흰돌머리는 결국 효명태자가 머물 수 있는 곳은 못 되었다. 뒤이어 불려온 배대기로부터 그간의 사정을 들은 태자는 안색까지 하얗게 질렸다. 이곳저곳 떠돌아다니면서 눈먼 증오를 여러 번 보아온 탓도 있지만, 그보다는 터무니없는 배대기의 과장 때문이었다. 배대기는 만약 태자가 잡히면 그 자리에서 즉결될 것이라는 거짓말까지 꾸며댔는데, 그런 그의 검은 속셈은 뒤에 차차 알게 된다.

"아버님 이제는 더 이상 어찌해 볼 수 없는 난세(亂世)입니다. 그리고 그런 난세에는 우선 성명(性命)을 보존하는 것이 가장 큰 지혜입니다. 소자는 이제 지향 없는 망명도생(亡命圖生)의 길을 떠나거니와, 아버님께서도 이후로는 한낱 야인(野人)으로 물러나시어 소자가 돌아올 때까지 자중하십시오……."

배대기의 얘기가 끝나기 무섭게 황제를 향해 그렇게 작별을 고한 태자는 그 밤으로 온 길을 되짚어 흰돌머리에서 사라졌다. 그 뒤 황제는 종종 그 밤이 무슨 꿈이나 아니었던가 하고 의심했을 정도로 허망한 만남과 헤어짐이었다. 그리고 그렇게 헤어진 그들 부자는 끝내 이 세상에서는 만나지 못하도록 운명 지어져 있었다.

진실로 왕자(王者)의 길은 험하여라…….

중광(重光) 팔 년 맹동(孟冬). 다할 줄 모르는 모반(謀叛)의 세월이여, 배대기(裵大基) 끝내 남당(南黨)과 내통하여 천명(天命)에 역(逆)하다.

　효명태자가 떠나간 후 한동안 황제는 정말로 천하에 뜻을 잃은 야인(野人) 같았다. 애써 위엄을 지키려 하지도 않고 열 올려 천명을 얘기하는 일도 없었다. 근심하느니 오직 태자의 안위였고, 슬퍼하느니 또한 오직 불우한 세월이었다. 사실 효명태자는 황제에게는 유일한 혈육과 다름없었다. 맏아들 융(隆)이 공산비 이현옹의 꼬임에 넘어가 떠난 외에, 황제가 없을 때 태어나 불경한 자들은 우발산의 자식으로 의심하는 셋째 아들 모(模) 또한 동북(東北) 시절 어린 나이에 이미 병들어 죽어버린 탓이었다. 황제는 한때 척 귀비(戚貴妃)에게 왕자를 기대한 적도 있었지만, 서시(西施)나 양귀비 같은 지난날의 가인(佳人)들처럼 그녀 역시 석녀(石女)로 끝내 소생 없이 죽었다.
　"듣기에 하늘은 쓸모없는 자를 기르지 않는다(天不養無所用者) 했습니다. 여항의 필부필부(匹夫匹婦)도 그 쓸데를 가리어 저같이 기르시거늘, 장차 대위를 이으실 태자를 하늘이 차마 버리시기야 하겠습니까? 오히려 전하께서 먼저 슬퍼하실 일은 이 땅이 백 가지 오랑캐의 각축장이 된 일이요, 근심하실 일은 나날이 해이해지는 백성들의 기강입니다."

보다 못한 변약유가 그렇게 황제에게 간(諫)했다. 이 땅이 백 가지 오랑캐의 각축장이 되었다 함은 중공군이 참전하여 싸움은 중공군과 유엔군의 엎치락뒤치락으로 변한 것을 말하는 것이었고, 나날이 해이해지는 백성들의 기강이라 함은 피난과 효명태자의 망명 후로 눈에 띄게 줄어드는 흰돌머리 사람들의 충성과 복종심이었다. 그러나 소용없었다.

"다 하늘이 정하신 일이오. 『삼한산림비기(三韓山林秘記)』에 보면 '삼국이 통합한 뒤 천여 년에 땅이 다시 쪼개져서 서로 발해(渤海)로부터 남으로 웅진(熊津)에 이르기까지 다시 말갈(靺鞨)의 지경(地境)이 되고, 중국군 사십 만이 청해(靑海)에 이르면 임금과 신하가 세 번 파천(播遷)하는 화란을 당할 것이다. 태백산 밑 육호동토(六戶東土)에 천성(天星)이 한 바퀴 돌면 세 대장(大將)이 바다 가운데서 나와서 간사한 도둑들을 없애나 세 대장 또한 몸을 보전하지 못하리라.' 하였소. 뜻이 애매한 대로 방금의 시국과 부합되는 데가 있고, 또 남격암(南格庵)의 『산수십승보길지지(山水十勝保吉之地)』에 '임진(臨津) 이북은 다시 오랑캐의 땅이 될 것이니 그쪽 두 지방은 보신(保身)을 말할 수 없다.'라고 한 구절도 마찬가지로 오늘의 형세를 말하고 있는 것이오. 이미 하늘이 정한 일을 내가 슬퍼한들 무슨 소용이겠소?

백성의 기강이 해이해짐 역시 다를 바 없소. 계량(季梁=魯桓公 때의 신하)의 말에 백성은 신의 주인이다(民神之主也)라 하였고 주

(周)의 무왕(武王)도 백성이 원하는 바는 하늘도 따른다(民之所欲 天必從之) 했소. 이제 그 백성이 버리는데 내가 어찌하겠소?"

황제는 그렇게 말하고 다만 길게 탄식할 뿐이었다. 지난날의 하늘을 찌를 듯하던 호기와 바위같이 흔들리지 않던 신념에 비하면 엄청난 변화였다.

"하늘이 만든 화(禍)는 가히 피할 수가 있지만 스스로 부른 화는 피할 길이 없다란 말도 있습니다. 전하께서는 어찌 가히 피할수 있는 화만을 무겁게 말하시어 피할 수 없는 화를 스스로 부르려 하십니까? 제가 보기에 정말로 큰 화는 천하를 돌보시지 않는 전하의 마음에 있습니다."

변약유가 지지 않고 거듭 황제의 분발을 촉구했으나 한 번 움츠러든 패기와 신념은 그 겨울이 다하고 봄이 깊도록 되살아날줄 몰랐다.

그사이 일어난 사건이 이승만 정부의 몇 가지 실책 중의 하나로 지탄받는 이른바 농지개혁이었다. 뻔한 것을 이 핑계 저 핑계로 오 년 동안이나 질질 끌어 대지주에게 소작지 처분의 여유를 준 것, 지가증권(地價證券)이란 것이 대지주에게는 귀속 사업체 등과 환가성(換價性)을 가졌지만 중농층을 형성할 소지주에게는 휴지와 다름없어 결국 중농층만 피해를 입은 것, 그러나 무엇보다도 수혜 대상인 소작농의 보호에도 실패하여 결과적으로 소작농은 과중한 현물 상환 규정 때문에 이전의 부당한 소작료에 못지않은 고리채(高利債)의 부담을 안게 된 것 따위가 그 지탄의 이유였다.

"『역(易)』에 이르기를, 진정한 손(損)은 밑의 것을 덜어 위에 보태는 것[損下益上]이라고 했다. 만약 이모(李某)가 들리는 바와 같이 없는 자의 이름을 빌려 가진 자를 더 많이 가지게 했다면 그의 날은 머지않을 것이다."

황제가 그 개혁을 그렇게 말했을 때만 해도 황제는 앞서 든 당시의 일반적인 비난을 편드는 것처럼 보였다. 그러나 기실 황제가 더 큰 혐의를 가진 것은 질질 끌어오던 그 개혁안을 그 같은 전쟁통에 졸속으로 시행하게 된 것이 북적(北賊)들의 본을 뜬 게 아닌가 하는 점이었다. 다시 말해 유상이건 무상이건 토지의 재분배 자체를 부인하는 셈이었다.

"힘으로 억누르는 것과 마찬가지로 재물로 백성들을 달래는 것은 다스림의 바른 도리가 아니다. 백성들이 한 번 재물에 맛을 들이면 세상은 걷잡을 수가 없어진다. 사람의 물욕은 끝이 없을 뿐만 아니라, 언제든 다른 자가 더 큰 재물로 유혹하면 백성은 또 그 자에게로 넘어갈 것이다. 『서(書)』에, 도리를 어겨가며 백성들의 칭송을 구해서는 안 된다(罔違道以干百姓之譽)란 말이 그래서 나왔다. 북적의 수괴 김모(金某)가 토지로 내 백성을 유혹하더니 이제 남(南)의 이모(李某)까지 그 본을 뜨는구나. 다스림의 근본은 인의(仁義)요, 토지로 얻은 것은 마침내 그 토지로 잃게 될 것임을 어찌 모르는가?"

인의와 덕을 내세운 점에서는 황제다운 말이었지만 옛날의 엄격하던 가천하(家天下) 사상과는 멀었다. 만약 투지와 패기에 찬

시절 같으면,

"하늘 아래 땅치고 왕의 땅이 아닌 것 없다. 그런데 누가 감히 멋대로 주고 함부로 받는단 말이냐?" 하며,

어떤 형식으로든 그 개혁에 저항하여 싸웠을 것이다. 황제에게 적의를 품은 사람들에겐 설령 한바탕의 희극으로 보일지라도.

그런데 황제는 다만 앞서의 몇 마디로 입을 다물고 다시 자신의 애틋한 근심과 슬픔 속으로 돌아가고 말았다. 깊은 동면(冬眠)과도 같은 침묵과 무위(無爲)였다.

하지만 그 같은 황제의 침묵과 무위는 결과적으로 배대기의 음모를 도운 꼴이 되었다. 효명태자 정휘(鄭輝)가 다시 나타났을 때 그를 설득하여 자수시키는 대신 위험을 과장하여 흰돌머리에서 내쫓으면서부터 배대기의 가슴속에는 시커먼 역심이 움트기 시작했다. 김광국이 빼돌린 동장(東莊)의 여유를 바탕으로 정휘가 몇 해에 걸쳐 힘들여 이룩한 재산을 가로채려는 마음이었다. 면소재지에 있는 정미소와 위장된 채 분산되어 있는 수십 마지기의 논이며 만여 평이 넘는 밭은 황제의 기업(基業)으로는 초라했지만 한 사람이 차지하면 대단한 재산이 될 수 있었다. 사실 환국(還國) 뒤의 황제가 그만한 위엄이라도 되찾을 수 있었던 것이나, 황제를 위시하여 우발산, 변약유, 두충 및 의지할 데 없는 몇 사람의 늙은이를 부담없이 부양할 수 있었던 것도 모두 그 재산 덕분이었다. 황제와 측근들을 갈데없는 미치광이로 여기면서도 배대기가 천명을 믿고 황제에게 충성하는 듯이 가장해 온 까닭도.

그런데 그 재산은 정휘만 없으면 임자 없는 재산과 다름없었다. 황제는 물론 그 측근의 누구도 정상적으로 재산을 관리하기에는 포부와 이상이 너무 컸기 때문이다.

배대기는 농지개혁을 황제의 재산을 가로챌 둘도 없는 기회로 삼았다. 그는 먼저 최근까지 객지를 떠돌다가 전쟁으로 재산과 처자를 잃고 늙은 부모를 의지 삼아 흰돌머리로 돌아온 중년의 건달 하나를 자기 편으로 끌어들였다. 일이 잘되면 한몫 나누어주겠다는 조건이었는데 처음부터 농사에 뜻이 없던 그 건달은 군말 없이 동의했다.

그리하여 중광 육 년 삼월, 그러니까 양력으로는 1951년 4월 28일 농지개혁법 시행 규정이 농림부령 제18호로 발효된 날 저녁, 배대기는 황제의 소작인들을 모두 자기 집으로 불러 모았다. 소작인들이라고는 하지만 진작부터 그런 개혁을 예상한 정휘가 교묘하게 지주로 위장시켜 놓은 사람들이었다. 즉 땅의 명의는 소작인들 앞으로 해두었으되, 그 땅에는 땅값을 웃도는 채권 저당을 설정하는 방식이었다.

"남조선이니 『정감록』이니, 하는 것을 더 이상 믿고 계시는 분은 안 계신다고 보아 의논을 드리겠습니다……."

사람들이 모이자 배대기가 헛기침과 함께 허두를 꺼냈다. 만약 전쟁 전만이었더라도 배대기의 그런 불경스러운 말에 모인 사람들의 절반쯤은 놀라움과 두려움을 느꼈을 것이다. 그러나 참혹한 전란의 경험과 흰돌머리의 정신적 지주였던 정휘(鄭輝)의 부재(不在)

가 사람들의 충성심과 믿음을 뿌리째 뽑아버린 뒤였다. 그리하여 황제로 보아서는 폭민(暴民)과 다름없이 된 그들은 놀라거나 두려워하기는커녕 도리어 키들키들 웃으며 대답했다.

"언젠들 그런 걸 믿은 적이 있었것소? 그저 목구멍이 포도청이라 땅뙈기 몇 마지기 얻어 부치는 재미루다…… 그런데 배 선생 무신 일이슈? 이번 토지개혁에 우린 어떻게 되는 거유?"

그들도 짐작은 한다는 투였다. 평소의 배 서방 대신 배 선생이라고 불러주는 데 힘을 얻은 배대기는 수염도 없는 턱을 한 번 쓸고서는 본론을 끄집어냈다.

"정휘란 사람은 빨갱이짓을 하다가 기약 없이 쫓기는 몸이 됐시다. 어쩌면 벌써 붙들려 총살이나 당하지 않았는지 모르겠소. 그런데 지난 정월에 그 양반이 다녀가면서 모든 일을 내게 맡겼소이다. 여러분도 알다시피 그 집 재산을 이만큼이라도 일으켜준 건 이 배대기의 공이 아니겠소? 거기다가 이번에 나는 상당한 돈을 주고 모든 것을 샀소이다. 도망다니려면 무엇보다 필요한 게 돈이니까. 그는 미치고 늙은 아비만 내게 부탁하며 모든 재산을 기꺼이 넘겼소."

그리고 배대기는 위조한 양도 서류와 함께 자기가 맡았던 정휘의 문서 보따리를 풀어놓았다. 사람들은 아무도 배대기의 말을 믿지 않았지만 그 움직일 수 없는 물증에 눌려 묵묵히 배대기의 다음 말을 기다렸다. 배대기는 계속했다.

"따라서 지난날 정휘가 가졌던 모든 재산은 이 배대기의 것이

됐소. 그런데 문제는 여러분과 나와의 관계요. 이번의 토지개혁은 여러분과는 상관없소. 여러분은 처음부터 그 땅의 임자였고, 나에게는 다만 이 문서에 씌어 있는 빚을 진 것밖에는 없소."

그리고 배대기는 문서 꾸러미를 들었다 놓았다.

"또 천만번 양보하여 여러분이 부치고 있는 땅이 이번의 토지개혁에 해당한다 해도 여러분은 앞으로 5년 동안 매년 수확의 3할씩을 정부에 상환하지 않으면 안 되오. 하지만 농사를 짓고 계시는 여러분은 잘 알 것이오. 종자값과 품삯, 비료대, 세금 따위를 다 털고 나면, 그리고 거기다 흉작이라도 끼면 여러분이 매년 바쳐야 하는 수확의 3할은 사실상 여러분의 평균 순수입일 것이오. 그걸 바치고 난 후 여러분은 무얼로 먹고 입고 하겠소? 하지만 나는 괜찮소. 여러분에게 흩어져 있는 땅을 모두 셈해 보니 논이 스물한 마지기 밭이 일만 육천여 평이었소. 그것으로 받는 지가 증권(地價證券)이면 반반한 적산(敵産) 공장 하나는 불하받을 수 있을 거요……"

들고 보니 사실이 그랬다. 어쨌든 그들이 덕을 보는 길은 배대기의 손에 달렸을 뿐이었다. 그중의 하나가 비굴한 웃음과 함께 말했다.

"우리가 구린 입이나 뗐간유? 어서 배 선생님 말씀이나 계속혀 봐유."

그러자 배대기가 만족한 미소와 함께 말했다.

"여러 가지로 궁리해 본 결과 나는 이렇게 결정했소. 비록 돈을 주고 샀지만 하도 창졸간이라 나도 충분한 값을 치르지는 못했소. 그래서 여러분에게도 싼값으로 넘길 작정이오. 지금 여기 여러분이 정휘 그 사람에게 써준 차용 증서가 있는데, 나는 그 금액을 삼분의 일로 줄이고 삼 년간 이자를 면해 주겠소. 결국 여러분은 시가의 절반도 안 되는 값으로 그것도 삼 년 후에나 갚으면서 지금 부치고 있는 땅을 가지게 됐소. 그런데 한 가지 조건이 있소."

잘되었다 싶어 좋아하던 소작인들은 조건이 있다는 배대기의 말에 잠깐 긴장했다. 배대기는 이번에 새로 위조한 자기 문서를 펼쳤다.

"정휘와 나 사이에 이루어진 이 문서는 오 년 전의 날짜로 되어 있소. 분배 대상이 된 토지는 매매가 금지돼 있기 때문에 그 이전의 날짜를 잡은 거요. 여러분은 이것을 사실로 토지위원회에 가서 증거를 서 주셔야겠소. 만약 여러분이 이 배대기를 믿지 않는다면 증거를 서 주지 않아도 좋소. 이까짓 문서야 있건 없건 배대기는 정휘의 땅을 계속해 관리해 갈 것이고, 또 그의 대리인으로서 여러분의 이 차용 문서들을 집행할 수 있으니까……."

정말 빈틈없는 사람이었다. 징용으로 멀리 바다 건너 오사카[大阪]까지 끌려갔다 온, 그야말로 산전수전 다 겪어 세상일에 밝은 사람인 줄은 짐작하였지만, 이 정도인 줄은 그를 끌어들인 정휘(鄭輝)조차 짐작하지 못했을 것이다.

"자 어떻게 하시겠소?"

배대기가 약간 굳은 얼굴로 대답을 재촉했다. 사람들은 여러 가지로 생각해 보았지만 결국 그를 따르는 수밖에 없었다.

거기서 흰돌머리의 새로운 질서가 성립되었다. 결과 배대기는 정휘를 대신하여 흰돌머리 최대의 실력자로 등장하고 황제와 측근들은 한낱 배대기의 식객(食客) 신세로 변하고 말았다.

하지만 흰돌머리같이 작은 마을에서 그런 일이 끝까지 비밀로 지켜질 수는 없는 일이었다. 그 일에 이해관계가 없는 사람들에 의해 배대기의 모반은 곧 황제와 그 측근의 귀에까지 들어갔다. 노한 황제는 그 소문을 듣기 바쁘게 우발산과 두충을 시켜 배대기를 잡아들이게 했다.

배대기는 과연 능수능란한 사나이였다. 술을 빚고 돼지를 잡아 기다리다가 우발산과 두충을 맞은 그는, 우발산에게는 술통을 메게 하고 두충에게는 삶은 돼지고기를 들게 한 채 한달음에 달려가 황제를 뵈었다.

"불충한 신(臣) 배대기가 문후드립니다. 전하께 올리려고 술을 빚고 돼지를 삶는 중에 마침 왕사(王使)가 이르렀기에 미처 신 끈을 맬 틈이 없이 이렇게 달려와 뵙습니다. 전하께서는 무슨 일로 이 어리석은 배대기를 찾으셨습니까?"

한편으로는 술과 고기를 벌여놓고 다른 한편으로는 그렇게 능청을 떠니, 천 길로 솟구치던 황제의 노기는 삽시간에 눈 녹듯이 사라졌다. 지난 반년간은 얼마나 쓸쓸한 세월이었던가? 몇몇 측근을 제외하고는 어느 누가 그처럼 황제를 위해 주었던가.

그러나 이왕 부른 다음이니 들은 말의 옳고 그름을 알아보지 않을 수는 없었다.

"듣자니 네가 모반하였다 하는데 어찌된 일이냐?"

황제는 짐짓 엄한 표정이었지만 목소리는 이미 봄바람처럼 온화하였다.

"신이 모반하였다니 천만부당한 말씀입니다. 모두 신을 미워하는 무리의 참소입니다. 전하께서는 지난날 어가(御駕)를 호위하여 적진 만리를 헤치고 다닌 이 배대기의 충성을 하마 잊으셨습니까?"

그렇게 말하는 배대기의 목소리는 의심받는 신하의 슬픔과 원망이 가득 서린 듯하였다. 한결 황제의 엄한 표정이 풀렸다.

"그럼 네가 내 땅과 백성을 도적질해 갔다는 것은 무슨 말이냐?"

"그 말을 듣고 보니 짐작되는 바가 있습니다. 지금 이모(李某)의 무리는 농지개혁이라는 이름으로 전하의 왕기(王畿=왕의 직할령)를 노리고 있습니다. 저는 월전 떠나가신 태자 저하의 밀명(密命)을 받들어 그 땅을 보호하고자 문서의 이름을 바꾸고, 넓이를 줄이어 잠시 저들의 눈을 속였을 뿐입니다……."

"뭣이? 태자라고?"

태자라는 말이 나오자 황제는 펄쩍 뛰듯이 물었다. 그러나 배대기는 여전히 딴전을 피웠다.

"……그런데 참소하는 무리의 말을 믿으시어 이 몸을 의심하시니 참으로 원통합니다."

"태자가 한 달 전에 다녀가기라도 했단 말이냐?"

"차라리 자진하여 이 몸의 결백을 증명하고 싶을 따름입니다
……."

"배공(裵公), 내 잘못했소. 참소하는 무리의 말을 그릇 믿었는가
보오. 공의 선고(先考)는 이미 동북(東北) 시절부터 나의 상민(上民)
이요, 지하에 들어서는 정북장군(征北將軍) 호남후(湖南侯)를 추증
(追贈)한 바 있소. 내 어찌 공을 의심할 리 있겠소? 그래, 공은 태
자를 만나셨소?"

드디어 황제의 목소리는 사정 조가 되었다. 의명왕후(懿明王后
＝황씨 부인)도 부엌에서 배대기의 말을 듣고 주르르 달려 나와 울
며 물었다.

"배 서방, 그래 우리 아들 휘(輝)가 정말로 살아 있수? 그 애를
보았수?"

그제서야 배대기는 약간 심각한 얼굴이 되어 청했다.

"그 이야기라면 우선 좌우를 물려주십시오. 지금 저들은 혈안
이 되어 태자 저하를 찾고 있습니다. 말이 새어 나가면 저 한 몸
죽는 것이야 억울할 것도 없지만, 만에 하나라도 태자 저하께 누
를 끼치게 될까 두렵습니다."

번연히 그 자리에는 황제 부처와 변약유, 우발산, 두충밖에 없
는 줄 알면서도 능청을 떠는 소리였다. 그리하여 기어이 황제 혼
자만 남게 한 후에야 한동안 낮은 소리로 무어라고 수군댄 후 돌
아갔다.

배대기의 멋진 한판 연극이었다. 과연 그 뒤로는 누가 무슨 소리를 해도 황제는 믿지 않았다. 아니 그 이상 그 앞에서 배대기의 모반을 말하는 것조차 용서하지 않았을 뿐만 아니라 태자의 얘기조차 꺼내기를 꺼렸다. 짐작컨대 배대기는 자기가 한 일이 태자의 밀명(密命)에 따른 것이라고 둘러대었거나 태자의 안위를 구실로 황제를 위협하여 그 입을 봉한 것임에 틀림이 없다. 그 무렵 견디다 못해 일본으로 가는 밀항선을 타고 불안하게 현해탄을 건너던 효명태자 휘(輝)가 그 일을 알았으면 얼마나 분했으랴.

배대기의 모반은 분명 중광 육 년의 일이었음에도 실록은 팔 년의 일로 적고 있다. 그것은 그의 모반이 그해에 가서야 그 끔찍한 모습을 드러내고, 황제는 걷잡을 수 없는 영락의 수렁으로 떨어지게 되는 까닭이었다.

용의주도한 배대기는 그 교묘한 연극이 있고도 거의 삼 년이나 별 불평 없이 황제와 그 측근을 돌보았다. 태자의 갑작스러운 귀환에 대비함과 함께 아직은 불안한 자기의 재산권을 지키기 위해서였다. 비록 문서상으로는 별 하자가 없고 증인도 충분히 확보하고는 있었지만, 황제와 그 측근들이 결사적으로 나서게 되면 어떤 위험한 일이 발생할지 모르기 때문이었다.

그러다가 중광 팔 년이 되어 어느 정도 그의 재산권이 기정사실로 되고, 그 자신도 그걸 활용해서 근처에는 행세깨나 하는 유지가 되자, 배대기는 본색을 드러내기 시작했다. 차츰 황제와 그 측근들에 대한 지급을 아까워하였을 뿐만 아니라, 우발산과 두충을 들로 끌어내어 머슴처럼 부려먹었다. 그리고 나머지 노인들은 무슨 수를 썼는지 각기 가까운 피붙이에게로 돌려보내고 말았다. 쌀 한 톨이라도 아끼는 동시에 혹시라도 있을지 모르는 황제의 반격에 대비해 미리 그 힘을 줄여놓기 위해서였다.

황제는 그런 배대기의 횡포를 묵묵히 참았다. 역시 사랑하는 태자의 밀명(密命)이 있었던 걸로 속았거나, 자칫 배대기의 감정을 거스르면 태자에게 피해가 갈까 두려웠던 까닭이리라. 그러나 황제도 더는 참을 수 없는 날이 왔다. 배대기가 황제 부처마저 들에 나가 일하기를 종용했을 뿐만 아니라 일할 수 없는 변약유를 내쫓으려 들었기 때문이었다.

"내가 골육의 정에 빠져 수족 같은 신하를 너무 잃었다. 자식은 다시 낳으면 될 일, 차마 변공(卞公) 같은 인재를 어찌 보내리오."

분노한 황제는 드디어 일어섰다. 들에서 지쳐 돌아온 우발산과 두충은 물론 문약한 변약유까지 무장시키고 스스로 앞장서서 배대기를 토벌하러 나섰다. 하지만 모든 것이 전만 같지 못했다. 무기도 무기다운 것은 우발산이 든 도끼와 자신의 은장도 정도였고, 무엇보다 병사들이 너무 늙어 있었다. 가장 젊은 변약유가 사십 대, 두충이 오십 대였고, 자신과 우발산은 이미 육십이 넘어 있었다.

"태자가 시켰다면 그 근거를 대라. 너만 만나지 말고 나도 만나게 해달라는 뜻이다. 이 명을 어기면 네 크게 다치리라."

그런 호통까지는 좋았지만 결과는 비참했다.

"이 영감쟁이가 미쳤나? 오갈 데 없는 걸 먹여주고 재워주었더니 이제는 빨갱이질 하다가 어디서 뒈진지도 모르는 자식 새끼까지 내놓으라는군."

그렇게 내뱉은 배대기가 끌어내라는 눈짓을 하자 젊은 머슴과 정미소 기사가 비호처럼 덮쳐왔다. 우발산은 도끼 한 번 제대로 휘두르지 못한 채 젊은 머슴의 몽둥이에 가슴팍을 맞고 주저앉았고, 두충과 변약유는 황소 같은 정미소 기사에게 고목나무의 매미처럼 매달렸다가 한꺼번에 문밖에 내동댕이쳐졌다. 황제 또한 바로 그 배대기의 손아귀 힘에 은장도를 떨어뜨리고 수염이 잡혀 볼품없이 문밖으로 끌려나오고 말았다. 진실로 옛사람의 슬픈 노래가 절로 떠오르는 참상이었다.

천지가 바뀜이여, 해와 달도 뒤집혔구나
[天地易兮日月翻]
만승의 자리를 잃음이여, 물러나 한낱 번(藩)을 지키네
[棄萬乘兮退守藩]
신하의 핍박을 받음이여, 목숨조차 오래지 못하겠구나
[爲臣逼兮命不久]
대세 이미 가버렸음이여, 부질없이 눈물만 흐르네
[大勢去兮空淚潸]

그러나 더욱 처량한 일은 그다음 날에 있었다. 배대기가 어떤

죄목을 걸었는지 황제를 위시한 세 사람이 일어나지도 못하고 있는 방에 지서 순경 하나가 찾아들었다. 아무리 황제이지만, 이미 배대기 같은 난신적자에게 봉욕을 당한 터에 경찰의 소환을 어찌 거부하겠는가.

다행히 경찰은 그사이 많이 진정되고 여유를 회복해 있었다. 주거침입, 상해 미수, 협박 등 황제와 그 측근들에게 붙여질 죄목이 결코 가볍지 않은데도 나이들을 생각했음인지 한나절의 조사 끝에 다음과 같은 말과 함께 내보내 주었다.

"영감님, 다시는 배대기 씨네 집에 함부로 몰려가서서는 안 됩니다. 다음에 또 가시면 저희들도 더 어떻게 봐 드릴 수 없어요."

그러나 황제 일행이 돌아오니 이번에는 몸담을 집이 없었다. 그들이 살던 집조차 배대기의 명의로 되어버린 지 오래였기 때문이다. 배대기의 핍박에 못 이긴 의명왕후 황씨는 마을 뒤 숯막으로 거처를 옮겨 있었다.

다음은…… 아아, 차마 끔찍하여 더 말하고 싶지 않다. 그러나 이 이야기의 연결과 그 무렵의 어두움을 어렴풋이나마 드러냄으로써 뒷날의 영광을 더욱 찬연히 만들기 위해 대강만은 말하기로 하자.

첫 번째의 참담한 패전 후에도 황제와 그 측근들은 몇 번인가 '배대기 토벌'의 기치를 높이 올렸으나 끝내 도둑맞은 기업(基業)을 되찾을 수는 없었다. 무력 충돌뿐만 아니라 송사(訟事)에서도 마찬가지였다. 황제는 굴욕감을 무릅쓰고 남쪽의 경찰과 법에 호소해 보았지만, 무엇이든 문서와 증거로만 해결하려 드는 그들로서는 황제를 도우려야 도울 수가 없었다. 실록에 배대기가 '남당(南黨)에 의지'했다 함은 아마도 그 법이 언제나 문서와 증거에서 우세한 배대기 편에만 서 있었음을 가리키는 말이리라.

하지만 기업을 되찾는 데 실패했다고 해서 황제와 측근들이 처음부터 뒷날과 같이 험한 꼴을 보게 된 것은 아니었다. 마을 사람들 중에는 그래도 황제에게 동정하는(실록에는 충성이라고 했지만) 사람이 더러 있어 먹을 것이며 옷가지를 보살펴준 덕분이었다. 그러나 이윽고 그들마저 지쳐 손을 끊자 황제 부처와 그 측근들은 차츰 작은 거지 떼로 변해 갔다. 우발산과 두충은 품을 팔기도 하고 이삭을 줍기도 했지만 그것으로도 모자라면 이웃 마을을 돌며 구걸까지 해서 황제를 봉양했다. 그리고 변약유는 변약유대로 언제나 황제 곁에 붙어 앉아 위로와 격려의 의무를 다했다. 배가 뒤집혀 봐야 헤엄 잘 치는 이를 알 수 있고, 나라가 망해 봐야 참다운 충신을 볼 수 있다는 말은 바로 그들 세 사람을 위한 것이리라.

그런데 여기서 하나 밝혀두고 싶은 것은 그들이 그처럼 어려움을 겪으면서도 끝내 흰돌머리를 떠나지 않은 이유이다. 황제께서 하늘의 택하심을 받은 땅, 일찍이 그 기업(基業)으로 주어졌으며 앞날의 제도(帝都)로 예정된 땅 ─ 그러나 무엇보다도 완강히 그들을 흰돌머리에 잡아둔 것은 돌아올 효명태자였다. 황제는 언젠가 반드시 그가 돌아와 지난날의 성세(盛世)를 되살리리라는 것을 굳게 믿고 있었으며, 그것은 또 무슨 신앙처럼 그 측근에게까지 전파되었다. 언젠가는 돌아오리라. 돌아와 사방의 적도들을 평정하고 황제의 기업을 크게 일으키리라. 그리하여 그 무렵 흰돌머리에서 볼 수 있던 쓸쓸한 광경 중의 하나는, 해 질 녘 늙은 황제 부처가 야트막한 둔덕에 나란히 서서 국도로부터 마을로 들어오는 소로(小路)를 하염없이 내려다보며 돌아오는 태자를 기다리는 모습이었다. 한 번 흥하게 하시고, 어찌하여 다시 망하게 하시는가. 아아, 하늘이여, 하늘이여.

— 뒷일이 어찌 되는가를 알고 싶거든 다음 회를 기대하시라
[欲知後事如何 且聽下回分解].

여섯째 권

최후(最後)의 승리(勝利)

중광(重光) 십 년 하늘의 그물이 넓고 넓으나, 성기어서 새게 함이 없느니라. 교활한 도적 마침내 천주(天誅)를 당하다.

　무력으로도 실패하고, 구차하게 남당(南黨)의 법에 의지한 것 역시 효과가 없었으나 배대기에 대한 황제의 투쟁은 그 뒤로도 간단 없이 계속됐다. 그 뚜렷한 자취가 실록에 남아 있는 「혈지(血旨)」와 「토배적격문(討褒賊檄文)」이다.
　「혈지」는 황제가 흰돌머리에 남아 있는 충의열사에게 손수 써서 내린 밀조(密詔)로서 글의 말미에서 그 이름을 딴 듯하다. 서투른 대로 옮겨보면 대강 다음과 같다.
　'짐은 포의로 태어났으나 하늘의 부르심과 백성들의 원망(願望)에 힘입어 동북의 호지(胡地)에서 나라를 연 지 이에 이십유여 성상(星霜)이 흘렀다. 때에 밖으로 나선(羅禪) 만청(滿淸) 도왜(島倭) 등의 강성한 적도 있고, 안으로 천명을 모르는 불충(不忠)의 무리가 들끓었으되, 또한 충지(忠志)의 사(士)는 밖에서 그 몸을 잊고, 시위(侍衛)의 신(臣)은 안에서 게으르지 않으매 국기(國基)의 든든함이 마치 반석 위에 선 듯하였다.

바야흐로 요순(堯舜)의 성세(盛世)와 삼성(三聖)의 예악이 해동(海東)을 되비추이는가 싶더니, 오호라, 팔백 년 천수(天數)의 기틀이 험난함이여. 어렵게 대적(大敵=일본)을 쳐부수었으나 간사한 무리가 저마다의 주장으로 또다시 외이(外夷)를 끌여들여 마침내는 저 참혹한 천하대란을 겪게 되었다. 땅이 쪼개지고 물이 끓기를 삼 년, 원통한 피는 내를 지어 흐르고 애절한 호곡 소리는 하늘에 사무쳤다.

주시는 것도 하늘이요 거두시는 것도 하늘이며, 기르시는 것도 하늘의 뜻이요 쇠하게 하심 또한 그 뜻이매, 잠시 영산(靈山) 기슭에 움츠려 뒷날을 기약하려 할 제 이 무슨 변괴인가, 홀연 배적(裵賊)이 나타났다. 그 아비는 동북(東北) 이래의 상민(上民)이요, 짐 또한 저를 대함에 박하지 아니하였으되, 나라가 파망(破亡)하고 국저(國儲)마저 기약 없는 망명길에 오르매 시커먼 역심(逆心)이 동하였음이라. 한편으로는 달콤한 말로 내 백성을 현혹하고 다른 한편으로는 비루하게 남당(南黨)에 빌붙어, 겨우 남은 왕기(王畿) 천리를 도적질하니 해와 달이 빛을 잃은들 이보다 더 기막히랴. 짐은 일시에 갈 곳 없이 떠도는 한낱 궁한 늙은이가 되고 말았도다.

내 듣기에 배가 뒤집혀 봐야 헤엄 잘 치는 이를 알 수 있고, 나라가 망해 봐야 충신을 알아볼 수 있다 하였다. 가만히 비분한 마음을 달래며 이르노니, 지금이 바로 이 나라의 위급존망이 걸린 때라. 짐이 비록 부덕하고, 시대와 나라가 다르나, 이 땅엔들 어찌 곽자의(郭子儀) 사가법(史可法) 같은 충지(忠志)의 사(士)가 없으며, 맹분(孟賁)·하육(何育), 형가(荊軻) 같은 열혈의 남아가 없으랴. 바라노니 힘이 있는 자는 힘을 아끼지 말고, 지혜로운 자는 지혜를 다하여 저 흉악무도한 배적(裵賊)을 토벌하고 흔들리는 국기(國基)를 바로잡을지어다. 중광 구 년 맹춘(孟春)에 피로 써서 조(詔)한다…….'

　문장이 자못 처연하나 황제의 의연한 기상만은 여전함을 알 수 있는 밀지(密旨)였다. 또 「토배적격문(討裵賊檄文)」은 그런 「혈지(血旨)」에 짝을 이루는 글로서 짐작컨대 변약유의 솜씨인 듯하다. 역시 옮겨보면 대강 다음과 같다.

　'대저 나라가 위태로움을 보면 목숨을 던지는 것이 선비의 바른 도리요, 군부(君父)의 욕됨을 보면 살아남기를 기약하지 않는 것이 신자(臣子)의 충(忠)이라. 작금 천하대란으로 나라가 피폐한 터에 역신(逆臣) 배대기가 왕기(王畿)를 찬탈함에 나라는 위태롭고 군부는 욕됨에 처한 지 여러 해 되었다. 이 어찌 선비 된 자의 부끄러움이 아니며 신자(臣子)의 불충이 아니랴.

　옛말에 이르기를 한 삼태기의 흙도 여럿이 모이면 태산을 이루고, 어리석은 꾀도 여럿을 맞추면 장량(張良)과 한신(韓信)의 묘책을 당한다 하였다. 어찌 구차한 골짜기와 숲에 숨어 한 몸의 무력함과 어리석음을 한탄하고만 있을 것인가.

이제 위로는 천명에 의지하고, 아래는 군부(君父)의 밀지(密旨)에 힘입어 배적(裵賊) 토벌의 기치를 높이 세우나니, 천하의 충의지사와 열혈남아들아, 죽기로 싸워 위태로운 종묘사직을 구하고 먹구름에 가린 일월이 다시 이 땅을 밝게 쪼이도록 하라……'

읽어보면 그 또한 뜻 있는 이의 마음을 흔들 만하였다.

그러나 유감스럽게도 흰돌머리에는 황제가 기대하는 충의의 선비나 열혈의 남아가 없었던 듯하다. 충직한 우발산과 두충이 각기 앞의 두 글을 품고 마을을 돌았건만 충지(忠志)의 선비도 근왕(勤王)의 의병도 모여들지 않았다.

그 사정을 잘 말해주는 것이 그 뒤 한동안 실록 여기저기에서 보이는 고천문(告天文)들이다. 끝내 사람의 힘으로 잃은 땅을 되찾기를 단념한 황제가 하늘에다 배대기의 죄상을 일러 그 벌[天誅]을 구하는 내용이었다. 너무 여럿이고, 내용도 점차 산만해져서 이곳에 옮기는 것은 피하지만, 거기에 담긴 비원(悲願)은 읽기에 처절한 데마저 있었다. 어쩌면 황제와 그 측근이 이듬해 있은 배대기의 급사(急死)를 바로 하늘이 내리신 벌이라고 믿는 것은 당연한 일인지도 모를 일이었다.

한편 배대기는, 약간의 우여곡절을 겪기야 했지만, 갈수록 번창해졌다. 황제에게서 가로챈 재산만도 상당한 데다가 그 뒤 그걸 불려나가는 수완 또한 비상했다. 그리하여 중광 십 년에 들면서부터는 흰돌머리뿐만 아니라 면(面) 전체에서도 몇 손 안에 드는 유지가 되어 있었다. 면소재지의 장터거리에 커다란 상회를 열고 거기에다 젊고 예쁜 첩을 들어앉힌 것도 그 무렵이었다. 십 년 전 빈손으로 들어왔고, 그 뒤로도 몇 년간은 정휘(鄭輝)의 마름[舍音]에 불과했던 그로서는 실로 놀라운 성공이 아닐 수 없었다.

하지만 그에게도 고민은 있었다. 그것은 재산이 늘고, 먹는 것 입는 것이 편해지자 끊임없이 비대해지는 몸이었다. 처음에 살이 오를 때는 그게 자기의 행운을 말해 주는 것으로 여겼으나, 점차 몸놀림이 불편하고 숨까지 가빠오자 그는 은근히 근심이 되기 시작했다. 육식을 피하고 먹는 것을 줄여도 소용없었다.

그해 유월 어느 날이었다. 유난히 더운 날씨 때문에 방 안에서 숨만 헉헉거리고 있는 그에게 흰돌머리 사람 하나가 찾아왔다. 땅마지기나 얻어 부치고 잡일이나 거들며 살아가는 탓에 배대기를 상전 모시듯 하는 사람이었다. 처음에는 본처가 보내서 왔는가 싶었으나 그게 아니었다.

"배 슨상(선생)님, 아무래도 그것들 가만둬서는 안 되겠이유."

"그것들이라니?"

"숯막에 사는 그 미친 늙은이들 말이유."

"그 사람들이 또 무슨 일을 저질렀소?"

전년에 우발산과 두충이 괴상한 편지를 들고 마을을 돈다는 소문을 들었을 때, 그는 혹시 무슨 진정서나 탄원서에 서명을 받으러 다니는 것이나 아닌가 해서 잠시 긴장했었다. 이미 기정화된 사실을 그따위 진정서나 탄원서가 뒤집을 수는 없다 하더라도 한 차례 말썽은 피할 수 없었기 때문이었다. 그러나 그것이 마을 사람들로서는 거의 아무도 알아볼 수 없는 무슨 밀지요 격문이란 것을 알고는 웃어넘기고 말았는데, 이제 일 년 만에 다시 그들의 소식을 듣게 된 것이었다.

"무슨 일이라기보다는……."

배대기가 진지하게 묻자 상대는 왠지 머뭇거리다가 대답했다.

"작년의 그 일 이후 그 미친 것들은 연일 제문(祭文)을 사르며 배 선생께 천벌이 내리기를 빌었슈."

"천벌이라, 거 좋지."

듣고 보니 재미있다는 식으로 배대기가 웃었다.

"웃을 일이 아니우, 지금은 그냥 보아 넘길 수 없게 됐는게."

"웃을 일이 아니라니?"

"배 선생 허수아비를 만들어 불사르지를 않나, 대못을 그 가슴에 박지를 않나……."

그제서야 배대기도 왠지 가슴이 서늘해지며 물었다.

"직접 보았소?"

"여부가 있간유? 한 번도 아니고 여러 번이유. 배 선생도 보실 뜻이 있으면 오늘 저녁에라도 당장 보실 수 있구먼유."

물론 뱃심 좋은 배대기가 천벌이니 저주를 믿을 리는 없었다. 그러나 다름 아닌 자기 자신을 겨냥해서 그 허수아비를 불사르고 가슴에 못을 박는다니 마냥 모르는 척 넘길 수도 없는 일이었다.

그날 밤이었다. 비둔한 몸을 움직여 흰돌머리로 돌아간 배대기는 날이 어둡기를 기다려 황제와 그 측근들이 몸을 의탁하고 있는 숯막으로 가보았다.

아직 밤이 깊지도 않았는데 벌써 숯막 앞 공터에서는 기괴한 의식이 벌어지고 있었다. 풋과일 약간과 절어 빠진 어포로 차린 제상 위에서는 촛불이 일렁거리고, 그 앞 또 다른 상 위에는 짚으로 만든 제법 큰 인형(제웅)이 반듯이 눕혀 있었는데 하늘을 우러러 무어라고 중얼거리는 것은 늙은 황제였다.

"……성인(聖人)은 난신괴력(亂神怪力)을 말하지 않는다 하였으되, 천청(天聽)이 적무음(寂無音)하여 응답이 없으매, 잠시 방술(方術)에 의지해 간사한 도적을 주(誅)할까 하나이다. 바라건대 황천후토는 굽어 살피소서."

그걸로 보아 그 일장의 기묘한 제례는 황제의 뜻에서 비롯된 것이 아닌 것 같았다. 이어 검정 옷에 산발을 하고 향이 새어나오는 호리병을 찬 방사(方士) 하나가 무어라고 알 수 없는 주문을 외며 걸어 나왔다. 변약유(卞若維)였다. 언제나 병색(病色)에 몽롱한 눈길로 허황된 말이나 지껄이는 그밖에 본 적이 없는 배대기에게는 그의 신기(神氣)가 번뜩이는 눈초리나 이상한 위엄과 자신에 차 있는 듯한 거동이 가슴 서늘할 만큼 새롭게 비쳤다. 특히 그의 손에 들린 날카로운 칼은 금세라도 자신의 가슴에 날아들 듯 섬뜩하게 느껴졌다. 어디서 주웠는지 모르지만 군용 대검을 개조한 것이었는데 손잡이에는 제법 멋진 수술 장식까지 달려 있었다.

제상 앞에 선 후에도 변약유의 주문은 한동안 계속됐다. 구천응원뢰성보화천존(九天應元雷聲普化天尊) 상천영보천존(上天靈寶天尊) 대청도덕천존(大淸道德天尊) 만법교주(萬法教主) 동화교주(東華教主) 대법천사(大法天師)…… 가만히 들으니 사십팔 신장(神將)을 한꺼번에 불러내는 소리 같았다. 그리고 이어 다시 무엇인가 간절한 목소리로 읊더니 푸른 종이에 쓴 것을 꺼내 읽었다. 배대기의 죄상을 조목조목 열거한 후에 천벌을 비는 내용이었다.

이윽고 읽기를 마치자 변약유는 그 푸른 종이를 태운 후 몇 번이고 제단 앞에 절을 했다. 그리고 문득 칼을 들어올리더니 한 소리 외침과 함께 제단 앞에 놓인 제웅(짚 인형)의 가슴을 내리 찔렀다.

"천하역적 배대기야, 내 하늘을 대신해 너를 주(誅)한다."

순간 배대기는 그대로 숨이 콱 막히며 정신이 아뜩하여졌다. 다시 정신을 수습하였을 때는 칼과 대못에 무수히 난자당한 제웅이 불 속에 던져지고 있었다. 달려 나가 말리고 싶었지만 왠지 몸이 말을 듣지 않았다.

그 뒤 간신히 집으로 돌아온 배대기는 한동안 무슨 끔찍한 악몽이라도 꾼 기분이었다. 그러나 차츰 마음이 안정되면서 대책에 부심하게 되었다. 보지 않았으면 무시해 버릴 수도 있는 일이었지만 두 눈으로 직접 그 광경을 보고 나니 견딜 수가 없었다.

처음에는 사람을 사서 그 기묘한 제식(祭式) 현장을 그대로 때려 엎어 버릴까도 생각해 보았다. 그러나 황제와 측근들의 광기

어린 눈빛을 떠올리자 마음을 바꾸어 먹지 않을 수 없었다. 거의 살인에 가까운 사태가 쌍방 어느 쪽에선가 일어날 것이고, 그 경우 법적 책임은 먼저 공격을 시작한 자기 쪽이 져야 할 것이기 때문이었다.

그래서 그다음으로 기대를 건 것이 법에 호소하는 것이었다. 잘은 모르지만 법은 그런 정신적 폭행에 대해 어떤 제재를 가할 수 있을 것 같은 느낌이었다. 그는 그동안 형제처럼 사귀어둔 면의 지서 주임을 찾아가 그 일을 상의했다.

그러나 얘기를 들은 지서 주임은 안됐지만 자기로서는 어쩔 수 없다는 표정이었다. 대단찮은 법 지식을 아무리 쥐어짜 봐야 '저주에 의한 살인 예비'를 어떻게 처리해야 할지 알 수가 없었던 듯싶다. 오히려 지서 주임은 그런 것에 안달하는 배대기를 은연중에 비웃고 있는 듯한 인상마저 풍겼다.

원래 미신적 성격은 아니었으나 그렇게 되고 보니 배대기는 이상하게도 황제를 중심으로 벌어지는 그 기묘한 제식이 더욱 마음에 걸렸다. 아니 그 이상으로 밤중에 가슴이라도 좀 답답하면, 그 순간 자기를 대신한 제웅의 가슴에 칼날이 박히고 있겠거니 하는 생각이 들며 오싹한 한기가 느껴지곤 했다.

객관적으로 보면 사실 그 무렵의 배대기는 황제의 저주에 쓸데없이 민감하느니보단 대도시로 나가 심장병 전문의의 진료를 받아보는 쪽이 옳았다. 만약 그의 급작스러운 죽음을 정말로 하늘이 내리신 벌이라고 말할 수 있다면, 그것은 바로 자기가 병들었음을 막연하게나마 느끼면서도 진료와 치료를 게을리한 그의 심리 상태였다.

어쨌든 배대기는 그 여름이 끝나기도 전에 죽었다. 어떤 이는 용변 중에 죽은 그를 보고 주당(뒷간 귀신)이 들었다고도 하고, 또 어떤 이는 그가 그날 상가(喪家)에 다녀온 것을 근거로 상문살(喪門煞)을 맞았다고도 했지만, 의학적인 사망 원인은 뇌일혈이었다. 그러나 무슨 상관인가. 우리의 황제가 언제 과학과 합리의 사람이었던가. 황제에게 있어서 배대기의 죽음은 어디까지나 자기가 택한 인물을 거역한 자에 대한 하늘의 준엄한 징벌일 뿐이었다.

중광(重光) 십일 년 천리 험해(險海)를 건너 국저(國儲)의 밀사(密使)가 이르니 마침내 도읍을 옮기시다.

역신 배대기는 천주(天誅)를 당했지만, 그렇다고 왕기(王畿)마저 황제에게 돌아온 것은 아니었다. 아니, 오히려 배대기의 갑작스러운 죽음은 황제가 잃은 기업을 되찾는 것을 영영 가망 없게 만들고 말았다. 유족이라고는 하나, 토지와 재산이 또 한 차례 다른 사람의 손에 넘어갔을 뿐만 아니라, 배대기의 나이 아직도 오십에 못 미친 참상(慘喪)이라 마을 사람들의 동정이 그 유족 쪽으로 쏠린 탓이었다.

따라서 황제와 측근들의 나날은 예나 다름없이 곤비(困憊)하였다. 우발산과 두충은 여전히 품을 팔거나 동냥을 하여 황제를 봉양했고, 변약유도 이따금씩 의명왕후 황씨를 도와 땔감을 주워 모으거나 나물을 뜯었다. 생계가 그러하다 보니 입성이며 기거가 변변할 리 만무하였다. 숯막은 이엉을 갈지 못해 군데군데 비가 새고, 옷들은 낡아 참혹하게도 황제의 무릎마저 비어져 나올 지경이었다.

그러나 무엇보다도 그들을 괴롭힌 것은 당장에 열중할 그 무엇이 없다는 점이었다. 배대기는 이미 죽었고, 다른 일은 그들 생각에도 경영해 보기에 너무 아득하였다. 실로 긴 잠과도 같은 무위의 세월이요 암담한 영락의 세월이었다.

일본으로 피신한 효명태자 휘(輝)의 밀사(密使)가 황제의 숯막을 찾은 것은 바로 그런 무위와 적막 속에 중광 십일 년도 저물어가는 시월 어느 날이었다. 마을에서는 보기 드문 양복 차림의 젊은이 하나가 난데없이 숯막에 홀로 남은 황제 앞에 무릎을 꿇었다.

"정휘(鄭輝) 씨가 보내서 온 사람입니다. 어르신네께 문안드립니다."

"그래, 그 아이가 살아 있느냐? 지금 어디 있느냐?"

전 같으면 어르신네라는 호칭만으로도 한바탕 소동이 일었을 터이지만 워낙 그리던 아들이라 황제는 그 큰 결례를 개의찮고 떨리는 목소리로 물었다. 달려들어 손이라도 붙잡지 않을 수 있게 한 것은 간난 가운데서도 어렵사리 지탱해 온 황제의 위엄 덕분이었다.

"지금 오오사까(大阪)에 계십니다."

"오오사까가 어느 도에 있는 고을이냐?"

"일본에 있는 도십니다."

"일본이라고? 만리타국에서 고초가 심하겠구나."

그렇게 말하는 황제의 얼굴에는 처연함이 어렸다.

"처음에야 누군들 고생이 없겠습니까? 허나 이제는 안심하십시오. 든든하게 자리 잡아 잘살고 있습니다."

그 말을 듣자 황제는 차츰 호기가 되살아났다.

"그럼 그곳에서 다시 기업(基業)을 일으켰단 말이냐?"

"기업(企業)이라고 할 것까지는 없지만 꽤 성공한 셈이지요. 대단한 분이십니다."

그 젊은이가 정휘(鄭輝)의 직업을 분명하게 대지 못하는 데는 이유가 있었다. 밀입국 후 부두 노동자로 떠돌던 정휘는 한국의 밀수업자들과 손을 잡고 한밑천 장만했기 때문이었다. 그러나 내막을 알 리 없는 황제는 더욱 호기가 솟았다.

"그러면 그렇지. 호부(虎父)에 어찌 견자(犬子)가 있겠느냐? 과연 태자답다."

그러다가 무얼 생각했는지 문뜩 부끄러운 표정으로 탄식했다.

"그런데도 이 못난 아비는 제 땅에 앉아서도 기업(基業)을 도둑맞고 말았으니……."

다행히도 그 젊은이는 사전에 황제에 관한 충분한 지식을 갖추고 온 모양이었다.

"너무 상심 마십시오. 실은 정휘 씨가 절 보낸 것도 그 일 때문입니다."

"그 아이도 알고 있느냐?"

"작년에 바로 제가 자세히 알아보고 전했습니다."

"그래, 그 아이가 무어라더냐?"

"이곳은 적당하지 않으니 어디 먼 곳으로 옮겨 살기를 바라십니다. 마침 거기에 대한 준비도 좀 해왔습니다만……."

그러자 갑자기 황제의 어조가 강경해졌다.

"그건 안 된다. 이곳은 우리 정씨의 팔백 년 도읍지로 정해진 땅이다. 태자가 감히 그런 소리를 하다니……."

이어 황제가 『정감록』을 끌어대려 할 때 갑자기 거적이 열리며 의명왕후 황씨가 엎어지듯 들어왔다. 그 바람에 그 젊은이와 황제 사이의 대화는 잠시 중단되지 않을 수 없었다. 황씨 부인이 눈물 반 한숨 반으로 이것저것 그 젊은이에게 질문을 퍼부었기 때문이었다. 거기서 정휘가 이미 결혼을 했으며 왕세손(王世孫)까지 보았다는 사실까지 알게 된 후에야 화제는 원래대로 돌아왔다.

"약간의 전답을 마련할 돈은 준비돼 있습니다. 지금 당장 결정을 짓지 않아도 좋으니 다른 분들이 돌아오신 후에 의논해 보십시오. 저는 내일 다시 오겠습니다."

그것이 끝내 옮기기를 반대하는 황제에게 그 젊은이가 결론적으로 맺은 말이었다. 그리고 역시 정휘의 지시인 듯 따라 나오는 황씨 부인에게는 몰래 부탁했다.

"반드시 이사를 하도록 해야 됩니다. 그래야만 정휘 씨가 돌아올 수 있어요. 이곳에 있으면 아드님은 영영 다시 뵙지 못합니다."

그의 말로 미루어 그때까지만 해도 정휘에게는 귀국할 의사가 있었음에 분명했다.

어쨌든 그날 밤 황제의 숯막은 예사 아닌 열기에 휩싸였다. 천도(遷都)를 두고 황제와 나머지 네 사람 사이에 벌어진 갑론을박 때문이었다. 황제를 제외한 나머지 넷이 모두 한 의견이 된 것은 우발산과 두충이 황씨 부인의 입김에 말려든 외에도, 근년의 계속된 불운을 흰돌머리의 지덕(地德)이 쇠한 탓으로 돌린 변약유까지 그들에게 가세한 까닭이었다.

그렇게 되고 보면 황제에게는 처음부터 불리한 논전이었다. 거기다가 황제가 끝까지 의지할 것은 『정감록』이었는데, 그것도 새로운 도읍지로 한결같이 신도안(新都安)을 들고 나오자 무의미해지고 말았다.

"옛적에 봉추(鳳雛) 방통(龐統)은 낙봉파(落鳳坡)란 땅 이름 하나만 듣고도 그곳이 자기가 죽을 땅임을 알았다고 합니다. 지금 신도안(新都安)이란 지명을 보니 가히 새로운 도읍으로 예정된 땅임을 알겠습니다. 더구나 그곳은 지난날 무학왕사(無學王師)가 친히 도읍터로 지정한 곳이니 어찌 이 흰돌머리에 비기겠습니까?"

이것이 변약유의 주장이었고,

"『남사고비결(南師古秘訣)』에서는 병신(丙申)·정유(丁酉)조에, 왕

손(王孫)이 등극하여 난리를 평정한다, 흉년이 생명을 죽이고 병란
이 쉬지 않아서 백성이 반은 살고 반은 죽으리라, 양서(兩西)에 소
요가 일고, 삼남(三南)에 군사가 일어나리라 했습니다. 금년이 바로
병신년이요 내년이 정유년인 바, 왕손이 등극한다는 것은 애매하
나 나머지는 모두 예사 아닌 재앙을 가리키는 것인즉, 이때 도읍을
옮겨 새로운 지덕(地德)에 의지해 보는 것도 한 방도일까 합니다.",
라는 것이 오히려 『정감록』을 업고 나온 두충의 천도론(遷都論)이
었다. 그가 특히 지덕을 내세운 것은 동란 뒤에 그곳 신도안으로
갖가지 믿음을 가진 사람들이 모여드는 것을 동냥 길에 보았기 때
문이었다. 거기다가 황씨 부인까지 목을 매고 달려드니 늙은 황제
로서는 더 이상 천도를 반대할 수가 없었다.

　약속대로 다음 날 다시 온 그 젊은이는 흰돌머리에서 겨우 하
룻길도 안 되는 신도안으로 옮기는 것이 마음에 흡족하지 않은
표정이었지만 반대하지는 않았다. 어쨌든 흰돌머리에서 옮기게 한
것만으로도 자기 할 일은 다했다는 듯, 논 서너 마지기와 밭 한 뙈
기, 그리고 거처와 식량을 마련할 돈 얼마를 내주고는 돌아가 버
렸다. 내년에 다시 찾겠다는 약속이 있었지만 그 약속은 끝내 지
켜지지 않았다. 국내 밀수 조직에 몸담고 있어 일본의 정휘와 선
이 닿았던 그는 그 뒤 오래잖아 경찰에 체포됐고, 복역을 마치고
나와 보니 정휘와는 연결이 끊어져 있었기 때문이었다.

　그러나 중광 십일 년의 천도(遷都)에는 꼭 덧붙여야 할 이야기
가 하나 더 있다. 그것은 황제의 새로운 거처를 둘러싼 한바탕 소

동이다.

처음 두충과 우발산이 신도안 부락 내에 있는 헌 집 하나를 사들여 거처를 삼자고 했을 때 황제는 무겁게 고개를 가로저었다.

"공자께서 말씀하시기를 '이인위미(里仁爲美)'라 하여 택리(擇里)의 중요함을 가르치셨다. 내 살피매 비록 이 태조(李太祖)가 남긴 초석이 있다 하나 이곳은 영산(靈山)의 정기에서 벗어나 있다. 마땅히 왕자(王者)의 정혈(正穴)을 찾아 새로운 도읍의 기초로 삼을 일이다."

그리고 변약유와 한 달을 헤맨 끝에 지팡이를 꽂은 곳이 연천봉(連天峰) 동남의 계곡 비탈이었다. 그곳은 국유림이었고 소나무와 잡목이 무성하였지만 누가 감히 황제를 말리겠는가. 황제의 측근들은 불을 놓고 나무를 자르고 뿌리를 캐 집터를 마련하였다. 우발산, 두충, 변약유는 물론 황씨 부인까지 겨우내 매달려 그 일을 마치자 황제가 다시 말했다.

"흙으로 만든 계단이 셋, 건물의 높이는 다섯 자를 넘어서는 안 된다. 서까래는 깎지 말 것이며, 지붕은 참억새와 납가새로 잇되 그 끝을 잘라서는 안 된다."

동북(東北)에서처럼 『묵자(墨子)』에 나오는 요(堯)·순(舜)의 거처를 그대로 본뜬 것인데, 다 짓고 나니 토막도 아니고 외양간도 아닌 괴상한 거처가 되고 말았다. 그러나 정작 문제가 된 것은 그다음이었다. 국유림에 마음대로 불을 놓고 나무를 베어낸 후 함부로 집을 지었으니 뒤가 무사할 리 없었다. 미처 벽의 흙도 마르기 전에 들이닥친 군(郡) 산림계 직원이 마침 홀로 있던 변약유를 끌고 가버린 게 그랬다.

무슨 일인가로 그 자리에 없었던 황제는 그 일을 알기 바쁘게 우발산과 두충을 앞세우고 출격했다. 그러잖아도 태자 휘(煇)가 건재하다는 소식에 호기가 솟을 대로 솟아 있던 황제였다. 힘이 모이는 대로 군사를 일으켜 북적(北敵)이든 남당(南黨)이든 토벌을 나서려던 차에, 저편에서 먼저 건드려주니 그 아니 좋은가.

그러나 허겁지겁 마을로 달려가 보았지만 이미 그 운 좋은 산림계 직원은 변약유를 데리고 군청으로 돌아간 후였다. 황제는 단념하지 않고 수십 리가 넘는 군청으로 진군(실록의 표현대로)했다. 그리하여 그날 오후 늦게 그 군청은 6·25 동란 후로는 가장 큰 소란을 겪게 되었다.

"너희 관장(官長)이 누구냐? 관장은 얼른 내 앞에 대령하지 못할까."

황제는 군청사에 발을 들여놓기 바쁘게 그렇게 호령했다. 그 뒤에는 도끼를 을러 멘 우발산과 참나무 몽둥이를 꼬나 쥔 두충이 살기등등하게 서 있었다.

오후의 따뜻한 햇살과 봄바람에 조는 듯 마는 듯 일을 보고 있던 여남은 명의 군 직원들이 놀란 눈으로 그런 황제 일행을 쳐다보았다. 아무리 살펴도 짐작이 가지 않는 상황이었다. 그때 그중에서 좀 담력 있는 친구 하나가 나서며 물었다.

"영감님, 도대체 무슨 일이십니까?"

그러자 이번에는 두충이 참나무 몽둥이로 가까운 책상을 냅다 후려치며 꾸짖었다.

"이런 발칙한 놈, 주상더러 영감님이라니……."

그 곁에 선 우발산도 곧 도끼를 휘두르며 달려들 기세였다. 그 서슬에 부근에 있는 겁 많은 직원 하나는 책상 밑으로 몸을 감추었고, 대담하게 말을 걸었던 친구도 움찔하며 물러났다.

"사자나 호랑이가 어찌 토끼나 들쥐와 더불어 싸우겠느냐? 아랫것들은 상하지 마라. 내 저들의 우두머리만 문죄(問罪)하면 된다."

황제가 점잖게 우발산과 두충의 사나운 기세를 억누르며 다시 처음에 나선 그 직원에게 물었다.

"너희 관장(官長)은 어디 있느냐? 그자만 이곳에 대령시키면 너희들은 털끝 하나 다치지 않으리라."

마침 군수실은 그곳에서 멀지 않았고 군수도 그 안에 있었다. 그러나 이 괴상한 늙은이들이 군수에게 어떤 짓을 할지 몰라 그 젊은이는 한동안 망설이다가 대답했다.

"군수님은 지금 출타 중이십니다. 무슨 일인지 저희들에게 말씀해 주시면 돌아오시는 대로 전하겠습니다."

노인들이기는 하나 흉기를 들었고, 또 성난 기색으로 보아 좋은 뒤끝을 기대할 수 없다고 판단한 그 젊은 직원은 황제 일행을 일단 달래 보내기로 마음먹은 듯했다. 그런데 황제가 돌연 우발산과 두충을 돌아보며 큰 소리로 명했다.

"저놈 잡아라. 눈동자가 안정치 못하고 손끝이 떨리니 필시 거 짓말을 하고 있다."

뜻밖의 예리한 관찰이었다. 그러나 더욱 재빠른 것은 상대편 직 원이었다. 우발산과 두충이 덮칠 새도 없이 몸을 빼 열린 창문을 타 넘어 도망치고 말았다.

"그럼 저놈을 붙들어라."

황제가 도망치는 직원을 뒤뚱거리며 쫓고 있는 우발산과 두충 에게 그 곁에 있는 다른 직원을 가리키며 명령을 바꾸었다. 그리 고 그자 역시 재빨리 몸을 빼쳐 달아난 것과 동시에 군청 안은 삽 시간에 쫓고 쫓기는 수라장이 되고 말았다. 실록에 이른바 '남당 (南黨)의 관아를 급습하시어 대승(大勝)을 거두시다'란 구절의 실 상이었다.

그러다가 간신히 오십 줄의 촉탁 하나를 잡아 막 문초를 시작 하려 할 때였다. 갑자기 군수실의 문이 열리며 담담한 목소리가 흘러나왔다.

"오(吳) 주사, 걱정 말고 그분을 이리로 모셔 오시오."

그 말을 듣자 살았다는 표정으로 그 늙은 촉탁이 말했다.

"저분이 군수님이십니다. 저리 가보십시오."

그렇다면 더 이상 그를 문초할 필요는 없었다. 황제 일행은 그 를 버리고 단숨에 군수실로 짓쳐 들었다.

"네가 이 고을의 관장(官長)이냐?"

"그렇습니다만…… 어인 일로 오셨습니까? 어르신네."

사십 대 중반의 그 군수는 얼굴에 느긋한 미소까지 떠올리며
물었다. 황제에게도 그 얼굴이 어딘가 낯익은 듯했지만 누구인지
는 얼른 떠오르지 않았다. 그러나 그때부터 왠지 탱천하던 노기가
서서히 가라앉는 느낌이었다.

"좋다. 너는 이왕에 섬기는 주인이 다르니 나를 무어라고 부르
든 상관 않겠다. 그러나 문숙공(文肅公)의 일을 그르치면 네 목이
성치 못하리라."

문숙공이란 신기죽을 이어 새로이 우보(右輔)가 된 변약유가 미
리 받은 시호였다. 그러나 알 리 없는 군수가 되물었다.

"문숙공의 일이라시면……?"

"네 수하(手下) 중에 하나가 오늘 아침 내 기업(基業)을 암습하
여 문숙공 변약유를 잡아갔다. 지금 어디 있느냐?"

보통 사람이 들으면 혼란이 생길 법한 내용이었지만 용케도 그
군수는 황제의 말을 알아들었다.

"아무리 미관말직이라도 관리가 백성을 잡아갈 때는 반드시 그
이유가 있었을 것입니다. 거기 대해서는 아시는 바가 없습니까?"

"듣기로는 근자에 내가 자리 잡은 터가 국유림(國有林)이기 때문
이라고 한다. 그 땅의 나무를 베고 숲을 불태워 집을 지은 죄라고
하니 어찌 기막히지 않느냐? 내 비록 지금은 형세 부득하여 물러
나 있지만 하늘 아래 땅치고 왕의 땅 아닌 것이 어디 있겠느냐?[普
天地下 莫非王土]"

그 말 역시 보통 사람들이 들으면 꽤나 헷갈릴 내용이었지만 그

군수는 알아듣는 것 같았다. 다만 묵묵히 있는 것은 어떻게 답변해야 될지 얼른 떠오르지 않아서였을 뿐이었다. 그러나 황제는 그 침묵을 할 말이 없는 탓으로 단정하고 엄숙한 목소리로 계속했다.

"일찍이 유자후(柳子厚＝유종원)가 설존의(薛存義)를 보내며 기탁한 글에, 관리란 다만 백성들이 자신의 평온을 위해 조세(租稅)로 고용한 자에 불과하다는 글귀가 있었다. 설령 문숙공 변약유가 한낱 무위무관(無位無官)한 백성이었다 해도 너희 관리 된 자가 그래서는 못쓴다. 산천이며 초목에 어찌 백성 말고 달리 주인이 있겠느냐? 그런데 하물며……."

황제의 나무람은 장강대하(長江大河)처럼 끝이 없었다. 듣고 있던 군수의 얼굴에 언뜻 연민의 표정이 어리더니 이내 담담하게 대답했다.

"어르신네, 도둑의 소굴에 살게 되면 도둑의 계율을 지켜야 하고, 원숭이 나라에 살게 되면 원숭이의 법을 따라야 합니다. 이미 시절이 어르신네 편이 아닌 줄 아시면서 강한 상대의 법은 지키려 하지 않으십니까? 이번만은 그 변약유란 사람을 놓아 보내드리겠습니다만 앞으로는 함부로 국유림을 상해서는 안 됩니다. 온전히 어르신네의 세상이 될 때까지는 반드시 지금 나라를 차지한 이들의 법을 따르셔야 합니다."

그러고는 황제가 무어라고 대답하기 전에 경과가 궁금하여 문밖을 서성거리는 직원들 쪽을 향해 단호하게 소리쳤다.

"산림계장, 잠깐 들어오시오."

그러자 문이 열리며 산림계장이란 중년의 대머리가 들어왔다.

"신도안 부근에 국유림 침해로 문제가 된 사건이 있소?"

"네, 직원이 연행하러 가 아직 돌아오지 않았습니다."

"사람은 돌려보내고, 그 일은 없었던 걸로 하시오."

"그렇지만……."

"형식만 갖추어 허가하는 방향으로 하면 되지 않소?"

그리하여 결국 황제 일행은 날 저물 무렵 풀려난 변약유와 함께 의기양양하게 새로운 근거지로 돌아올 수 있었다.

실록의 '이에 써 남당의 관장(官長)을 항복받았다.'란 구절의 전말이었다.

무엇이든 명쾌하게 해명되지 않으면 믿지 못하는 이들에게는 그 군수의 결정이 몹시 의심스러울 것이다. 그러나 그가 바로 십여 년 전 척가장(戚家莊) 시절 동장(東莊)에 의지해 위험을 넘긴 두 명의 학병(學兵) 중에 하나였다는 것을 안다면 하나도 이상할 게 없다. 다만 황제가 그를 한눈에 알아보지 못한 것은 관동군 탈출 직후의 젊고 초췌하던 몰골이 십여 년의 세월에 중년의 의젓한 관리의 모습으로 바뀐 탓이었고, 황제를 알아보면서도 그가 끝내 내색하지 않은 것은 그로 인한 새로운 번거로움을 피하기 위해서였다.

중광(重光) 십이 년 불씨(佛氏)를 배척하시고 삼청전(三清殿)을 궐내(闕內)에 설(設)하시다.

사람은 어려운 처지에 떨어질수록 신불(神佛)이나 어떤 초월적인 힘에 의지하려는 성향이 있는데 그것은 왕자(王者)에 있어서도 다름이 없다. 신라의 선덕여왕이 황룡사 구층탑을 세운 것이나, 삼천팔백에 이르렀다는 고려의 비보사찰(裨補寺刹)이며 팔만대장경이 바로 그런 예가 아니겠는가.

황제도 그런 면에서는 예외가 아니었다. 태자 휘가 생사를 기약할 수 없는 망명길에 오르고, 역적 배대기가 왕기(王畿)를 도적질한 후부터 황제의 천명설(天命說)이나 가천하(家天下) 사상은 조금씩 종교적 색채를 더해 갔다. 하지만 그 마지막 의지나 존숭(尊崇)의 대상을 보면 좀 뜻밖인 감이 있다.

원래『정감록』자체가 그렇지만 황제의 남조선은 출발부터가 다분히 불교적이었다. 황제의 신화 중에 산승(山僧)이나 옛 선사(禪師)들의 말이 중요한 몫을 하고 있는 것이 그 근거일 것이다. 그러나 뒷날로 갈수록 도교적 요소가 강해져 나중에는 황제마저도 북극진군 자미대제의 현신으로 변해 버렸다. 아마도 정 처사의 믿음에 온(생긴) 어떤 변화 탓일 터이지만, 그 자세한 내막은 알 길이 없다.

그러나 도교적인 체계로 자신의 신화가 재구성된 뒤에도 황제는 대체로 불교에 대해 호의적이었다. 부처를 지극히 섬기는 황씨 부인을 간섭하는 법도 없었고, 심지어는 승려 출신인 두충조차 기꺼이 수하에 받아들였던 터였다.

특히 흰돌머리의 숯막에서 한창 어려운 시절을 보낼 때는 동냥에 지친 두충이 중의 복색으로 탁발을 다니는 것조차 묵인하기도 했다.

　그런데 천도를 전후하여 황제는 돌연히 불교에 대해 적의를 나타내기 시작했다. 나중에는 두충에게 승려복을 입지 못하게 했을 뿐만 아니라 황씨 부인이 부처의 이름을 들먹이는 것조차 꺼릴 정도였다.

　그 돌연한 변화에 대해서는 여러 가지 원인이 있을 것이지만, 가장 눈에 띄는 것은 변약유의 주장이 후년으로 갈수록 힘을 가지게 되는 것과의 어떤 관련이다. 짐작컨대 밤낮없이 변약유와 담론하며 보낸 십 년 가까운 세월이 황제에게 결정적인 영향을 주었음에 틀림이 없다. 스스로는 노장(老莊)의 부류라고 하지만, 실은 도교 계통의 방술 쪽에 홀려 있는 변약유로 보면 자신의 믿음을 훌륭하게 황제에게 전한 셈이었다. 게다가 사실이야 어쨌건 절치부심하던 배대기를 죽인 것도 그의 방술이었고, 꿈에도 그리던 효명태자의 밀사를 불러들인 것도 일단은 그의 도력(道力)으로 인정된 것 같았다.

　그러나 두충으로 보면 모든 것이 마땅치 않았다. 어려서부터 절에서 잔뼈가 굵은 그에게는 오히려 변약유야말로 자기와 황씨 부인의 공덕으로 내려진 부처의 법력을 가로챈 자에 지나지 않았다.

　거기다가 또 두충에게는 현실적으로 부처에 의지해야 할 일도 있었다.

　효명태자가 비록 약간의 전답을 마련해 주었다고는 하나 그 소출만으로는 그들 다섯의 한 해 계량(繼糧)조차 되지 않았다.

그 부족을 메우기 위해서는 그와 우발산이 또다시 품을 팔거나 구걸을 나서야 할 판이었는데, 그것을 면하는 길이 황제의 거처 한 편에 법당을 마련하는 것이었다. 그들이 자리 잡은 골짜기에는 그들 외에도 토막이나 암자가 많이 자리 잡고 있어, 그 대부분은 부처나 신상을 모셔 그곳을 찾는 사람들의 시주나 정성으로 재미를 보고 있었기 때문이었다.

그런 배경에서 빚어진 것이 중광 십이 년의 불씨배척(佛氏排斥)이었다. 새로 사들인 논에서의 첫 모내기가 끝난 그해 오월 어느 날 두충은 정색을 하고 건의했다.

"전하 아무래도 방 하나를 비워 부처님을 모셔야겠습니다."

그러나 황제의 반응은 처음부터 냉담하였다.

"불씨(佛氏)를 내 집에 모신다? 그건 또 무슨 연유요?"

황제는 이미 부처 역시 야소씨(耶蘇氏＝예수)와 동렬(同列)에 두고 거침없이 불씨(佛氏)라고 부르고 있었다. 원래는 솔직하게, 새로 산 논이 척박하여 부족한 양식을 시주에서 구하려 한다고 대답하려던 두충은 황제의 그런 반응에 불끈했다. 어릴 때부터 몸에 밴 신심 때문이었다.

"나라의 운세며 폐하의 복덕이 모두 부처님의 자비에 의지하고 있는데 어찌 그 섬김에 소홀할 수 있겠습니까?"

"불씨가 나라의 운세며 제왕의 복덕까지 관장한다니 나로서는 처음 듣는 소리오. 아득한 옛적 황제(黃帝) 때부터 우(禹), 탕(湯), 문(文), 무(武)에 이르기까지 제왕은 모두 장수를 누리고 백성들은 안

락하게 지냈지만 그때 불씨(佛氏)가 도왔다는 말은 듣지 못했소. 오히려 후한(後漢) 명제(明帝) 때에 불법이 들어온 뒤 위(魏)진(晉)을 거치면서 어지럽고 망함이 서로 이어졌으며, 그 뒤 남북조(南北朝)에 들어 북조의 두 위와 남조의 송(宋), 제(齊), 양(梁), 진(陳)에 이르게 되면 불씨 섬기는 데에는 점점 근실해졌으나 나라의 연대는 더욱 짧아질 뿐이었소. 또 제왕으로는 양 무제(梁武帝)가 가장 독실하여 평생에 무려 세 번이나 스스로 머리를 깍고 불씨의 머슴[僧] 되기를 빌었을 정도였지만 끝내는 후경(侯景)의 난을 당해 대성(臺城)에서 굶어 죽고 말았소."

그때 곁에서 듣고 있던 변약유가 거들었다.

"그렇습니다. 부처라는 것은 옛 이적(夷狄) 대월지(大月氏)가 옮겨간 천축의 한 법일 뿐입니다. 오히려 그를 섬겨 화를 입은 이가 많으니, 한(漢) 명제(明帝) 때 처음 불법이 들어오자 왕공(王公) 중에서 유독 초왕(楚王) 영(英)이 좋아하였는데 그는 오래잖아 죄에 걸려 목이 잘렸습니다. 또 영제(靈帝)가 처음 궁중에 법당을 세웠으나 오래잖아 황건적의 난리를 만나 마침내는 한(漢)이 마치게 되고, 석륵(石勒)은 불도징(佛圖澄)을, 부견(符堅)은 도안(道安)을, 요흥(姚興)은 구마라십(鳩摩羅什)을 각기 스승의 예로 섬겼으나, 그 세 왕(王) 또한 몸이 평안하지도 그 나라가 길지도 못했습니다."

"변공(卞公)은 말씀이 지나치시오. 사소한 예로 무변(無邊)한 불법을 헤아리는 것이 마치 시냇가의 모래알로 시방세계(十方世界)의 크기를 가늠하려는 것 같소이다. 인과(因果) 두 자면 그 모든 의

문은 자연히 풀릴 것인즉, 공은 어찌 불법을 모른다고는 하지 않고 좁은 소견을 함부로 내비치시오. 아는 것을 안다고 하고 모르는 것을 모른다고 하는 것이 곧 지혜라면 공은 지자(智者)이기는 글른 성싶소."

때아닌 참견에 더욱 불끈한 두충이 그렇게 쏘아붙이자 변약유도 지지 않고 맞받았다.

"불씨의 여러 설(設) 중에 가장 교묘하고도 거짓된 것이 바로 그 인과(因果)요. 무엇이든지 세상의 이치로 설명할 수 없으면 인과를 들이대니, 그렇다면 우리가 이 세상에서 바치는 노력과 정성은 도무지 무슨 소용이 있소? 거기에 따르면 질병도 과(果)요 업보일 텐데 그럼 의원은 약보다 먼저 인과로 질병을 다스려야 한단 말이오?"

아는 이는 알겠지만 황제나 변약유의 논리는 대개 정도전의 『불씨잡변(佛氏雜辯)』에서 빌려온 것이었다. 둘은 벌써 오래전부터 『삼봉집(三峰集)』을 구해 놓고 거기에 대해 논의해 온 터였다. 그러나 그걸 알 리 없는 두충으로서는 잠시 말문이 막히지 않을 수 없었다. 더구나 그는 선지식(善知識)과는 먼 한낱 잡승에 불과하였다.

"공맹이나 노장이 성인이라면 우리 석존(釋尊) 또한 성인이시오. 공보다 몇 배나 뛰어난 석학도 그러지 아니했거늘 어찌 변공은 그리 함부로 성인의 도를 폄하시오?"

한동안 끓어오르는 속을 눌러 참던 두충이 그렇게 말하자 이번에는 다시 황제가 변약유를 편들고 나왔다.

"불씨가 성인이란 소리 역시 두공(杜公)에게서 처음 듣겠소. 대개 성인이란 인륜을 저버리지 않는 가운데서 나는 법인데, 불씨는 먼저 자식으로서 아비의 바람을 어기고 왕위를 버렸으니 부자의 도리를 다하지 못했고, 신하로서는 나라와 군부(君父)를 버렸으니 군신의 도리도 다하지 못했소. 또 처자를 두고 설산(雪山)으로 들어갔으니 부부의 도리도 다할 수 없었으며, 세속을 버렸으니 붕우(朋友)의 도리를 다할 수 없었고, 생사(生死)를 잊으니 장유(長幼)의 도리 역시 지킬 수 없었을 것이오. 이와 같이 인륜의 중요한 다섯 가지를 모두 지키지 못했는데 어찌 불씨를 성인이라 할 수 있겠소?"

그렇게 되고 보니 두충은 황제와 변약유 사이를 오락가락하는 공깃돌 같은 신세가 되고 말았다. 심지어는 불법의 가장 큰 가르침인 자비조차도 황제의 비아냥거림을 면치 못했다.

"야소씨의 사랑과 마찬가지로 불씨의 자비 또한 인(仁)이 변한 것이오. 그리고 야소씨의 사랑이 사람을 힘없고 약하게 만드는 것과 마찬가지로 불씨의 자비는 사람을 분별없고 어찌할 바를 모르게 하는 해독을 지녔소. 다시 말해 불씨의 자비는 인(仁)을 너무 차별 없고 규모 없이 키운 것이니, 그 때문에 마치 너무 커서 오히려 쓸모없는 그릇처럼 되어버린 것이오."

그리하여 한나절의 논쟁 끝에 마침내 지친 두충은 마지막으로 애초의 목적을 털어놓았다. 그러나 그 긴박한 사정도 황제와 변약유에게는 통하지 않았다.

"먹는다는 것은 사람에게 있어서 중요한 일이니, 먹지 않으면 목숨을 해칠 것이요 구차하게 먹으면 의를 해칠 것이기 때문이오. 예부터 위로 천자와 공경대부는 백성을 다스림으로써 먹었고, 아래로 농공상은 힘써 일함으로써 먹었으며, 가운데 선비 된 자는 들어서는 효도하며 나가서는 공경하여 선왕의 도를 지켜 후학에게 모범이 됨으로써 먹었음은 옛 성인들이 하루도 구차하게 먹어서는 안 됨을 일깨운 까닭이었소.

그런데 불씨는 그 어떤 방도도 따르지 않고 발우[鉢] 하나로 걸식을 하였으니, 만약 천하 만민이 그 법을 따르면 어찌 빌어먹을 곳인들 있겠소? 그런 사람은 하루에 쌀 한 톨을 먹어도 다 구차하게 먹는 것이 될 것이오. 그러나 더욱 나쁜 것은 그다음이니 오늘날 저들은 그 걸식조차 행하지 않고, 가만히 앉아서 옷과 음식을 소비할 뿐만 아니라, 호사(好事)라고 속여 갖가지 공양이며 음식을 낭비하고 비단을 찢어 불전을 장엄하게 꾸미며, 백성 열 집의 재산을 온통 하루아침에 없애고 있소이다. 그런데도 북을 울려 성토할 생각은 않고 오히려 그들의 구차한 쌀을 빌 작정이오?"

변약유가 영락없는 정도전의 논조로 그렇게 힐난했고, 황제 또한 결연한 목소리로 그 논의에 매듭을 지었다.

"설령 풀뿌리를 씹고 나무껍질을 벗겨 연명하더라도 회(灰)로 빚은 불씨(佛氏)의 가상(假象)을 빌려 구차히 먹을 것을 구하지는 않을 것이오. 두공(杜公)은 더 이상 어지러운 변설을 늘어놓지 말고 그만 물러가시오."

그리고 밤이 깊도록 변약유와 논의를 거듭하더니 다음 날 느닷없이 거처의 한 방을 비워 삼청전(三淸殿)을 설치하게 했다. 여기서 느닷없다고 한 것은 순전히 유교적인 논리로 불교를 비방해 놓고 갑자기 도교의 삼청전(三淸殿)을 세웠기 때문이다. 짐작컨대 『불씨잡변』을 빌린 것은 일시적인 방편이요, 황제의 본뜻은 진작부터 도교에 기울어져 있었던 것 같다. 그 한 근거가 황제가 읊은 삼청시(三淸詩)다. 갑자기 삼청상(三淸象)을 구할 수 없어 옥청원시천존(玉淸元始天尊) 태상노군(太上老君) 호천상제(昊天上帝)의 위패만 덩그러니 세워둔 단 앞에서 황제는 이렇게 읊었다.

땅에는 영천(靈泉)의 맑은 물 솟고 　　[地湧靈泉靜]

도경(道境)의 그윽함 감춘 산에 　　　[山藏道境幽]

보배로운 전(殿) 새로이 여니 　　　　[經營開寶殿]

지척의 세상 티끌 멀리 격(隔)했네 　　[咫尺隔塵區]

천상의 선경(仙境)은 멀기도 한데 　　[霄漢仙居迥]

신선은 학을 타고 구름 속에 머무네 [雲霞鶴馭留]

세상을 제도하는 묘결(妙訣) 많으니 [度人多妙訣]

길이 천추에 복 내리소서 　　　　　[降福永千秋]

비록 시(詩)는 조선 초기 권근(權近)의 것이나 그토록 외울 수 있음은 황제의 뜻이 오래임을 말하는 것이 아니겠는가.

그런데 혹 어떤 이에게는 이 장황하면서도 하등 신기할 것 없는 부분을 시시콜콜히 옮기는 것이 얼른 이해되지 않을는지 모르겠다. 하지만 글로써 천하에 이름을 얻으려는 자, 어찌 일구(一句) 일언(一言)엔들 소홀함이 있으랴. 이는 모두 뒷날 우리의 황제를 진실로 황제답게 승화시킬 위대한 깨달음의 방향에 어떤 암시를 주려는 것이려니와, 그 옮김에 장황함이 있다면 한탄할 것은 무딘 붓끝일 뿐이다.

중광(重光) 십삼 년 삼청전(三淸殿)에 태일전(太一殿)과 직숙전(直宿殿)을 더하시고, 인근의 뭇 사악한 것들을 토멸(討滅)하시다.

경위야 어찌 됐건 삼청전 설치를 계기로 황제의 도교열(道敎熱)은 급작스레 불붙었다. 얼핏 보면 엉뚱할는지 모르지만, 그 무렵이 황제가 가장 암울했던 시절 중의 하나라는 것을 상기한다면 반드시 설명할 수 없는 것도 아니다.

황제를 암울하게 만든 것들 중에 먼저 들 수 있는 것은 남북의 안정이다. 휴전이 된 지 어느덧 오 년, 황제의 기대와는 달리 남북의 거적(巨賊)들은 갈수록 쇠퇴하기는커녕 오히려 강성해졌고, 백성들은 여전히 천명이 이르렀음을 알지 못한 채 그들에게 순응하고 있었다. 황제가 할 수 있는 것은 힘으로 천하를 아우르는 것이었지만 그것은 더욱 어려웠다. 따르는 신민이랬자 의명왕후를 포함하여 겨우 넷, 그나마 두충과 변약유는 삼청전 설치 때부터 속

깊이 반목하고 있었다. 거기다가 새로 마련한 왕기(王畿)랬자 겨우 자갈논 서너 마지기 비탈밭 한 뙈기여서 군사를 기르기는커녕 그들 다섯의 구복(口腹)을 다스리기에도 부족했다. 다시 연락을 보내리라던 일본의 효명태자도 그 뒤로는 영영 소식이 없었다.

거기서 억눌린 황제의 야망과 패기는 차츰 종교적인 열정으로 불타오르게 된 것인 바, 그 뚜렷한 징후가 이미 설치한 삼청전에다 다시 태일전(太一殿)을 더한 일이었다. 태일(太一)이란 하늘의 존신(尊神)으로 사당이 초나라 동쪽에 있어 동황(東皇)이라고도 한다. 태일좌(太一座)란 오제(五帝)의 중궁(中宮)이요 천극성(天極星)으로, 그 제일 밝은 별이 태일이다. 또 태휘(太徽)는 태일의 뜰이요, 자궁(紫宮)은 태일의 거처다. 그 태일신(太一神)을 섬기는 것이 소격서(昭格署)의 두 번째 전각인 태일전(太一殿)인데 이제 황제는 그걸 더하였다.

"『한서』에 보니 일찍이 무제가 태일신을 제사한 적이 있고, 우리 해동에서도 고려와 이조가 태청관(太淸觀)을 지어 제사 지냈다. 대체로 군대가 움직일 때 초제(醮祭)를 지낸 것으로 보아 군신의 으뜸임을 짐작할 수 있다. 내 장차 때가 이르면 천하에 무위를 떨치려 하거늘 어찌 그 섬김을 게을리할 수 있겠느냐?"

황제가 그렇게 말하며 넓지 못한 토막에 태일전을 세우니 두충과 우발산은 한데서 밤을 새워야 할 판이었다. 그런데도 눈치 없는 변약유는 황제보다 한술 더 떴다.

"이왕에 삼청전과 태일전을 갖추었으니 직숙전(直宿殿)을 더하여 관부를 완성하심이 어떻겠습니까? 신이 헤아리기에 전하의 직숙금덕(直宿金德)은 북두성이라, 아울러 탐랑(貪狼), 거문(巨門), 녹존(祿存), 문곡(文曲), 염정(廉貞), 무곡(武曲), 파군(破軍), 이 일곱 성군(星君)을 모시면 전하의 복덕이 무한할 것입니다."

이미 일종의 열기에 들떠 있는 황제가 그런 변약유의 진언을 물리칠 리 없었다. 그리하여 다시 새로운 전각이 둘씩이나 벌여지니 가뜩이나 좁은 황제의 거처는 그대로 한 도관(道觀)이 되고 말았다. 그 일로 가장 신이 난 것은 변약유였다. 그는 그때부터 흰옷에 검은 두건을 쓰고 완전히 도사 행세를 했다. 그러나 꼼짝없이 한데서 지내게 된 우발산과 두충은 그 봄 내내 황제의 거처 곁에 새로운 토막을 얽지 않으면 안 되었다.

그해 황제가 '뭇 사악한 것을 토멸했다(打衆邪).'고 한 것의 '뭇 사악한 것(衆邪)'도 따지고 보면 거의가 종교적인 의미였다. 이미 말한 대로 황제가 자리 잡은 골짜기에는 황제 일행 외에도 여러 유사 종교의 암자나 토막이 많이 들어와 있었는데, 황제가 그들과 일종의 성전(聖戰)을 벌인 것이 그렇게 기록되었다.

실록에 따르면 황제는 그 한 해 동안에 태현교(太玄敎), 충의신무관성대제교(忠義神武關聖大帝敎), 백련교(白蓮敎), 삼성교(三聖敎), 임마누엘교, 금룡교(金龍敎) 등 혹세무민하는 여섯의 사도(邪道)를 물리쳤다고 적혀 있다. 그러나 일단 교명(敎名)을 가질 정도이면 많건 적건 무리가 따랐을 것이고, 무리가 따랐다면 당시 황제의 전력(戰力) 정도로는 쉽게 물리칠 수 없었으리라는 게 언제고 황제를 의심하는 자들의 의견이다.

일리 있는 지적이다. 하지만 사람은 언제나 자기가 한 번 신뢰를 준 곳에서 그 신뢰의 대가를 찾아야 한다. 우리는 사관(史官)의 곡필(曲筆)을 의심하기보다는 차라리 황제의 상대가 뜻밖에 허약했던 것임을 믿기로 하자. 예컨대 충의신무관성대제교란 것은 이름만 거창했지 실은 관우(關羽)를 모시는 사교로 신도는 교주 자신뿐이었다든가, 백련교는 가난한 일가가 행여 밥벌이에 도움이 될까 하여 자기네 토막에다 흰 연꽃 띄운 옹배기 곁에 불상 하나를 모셔둔 것이라든가…….

그런데 그런 해명조차도 필요 없을 만큼 찬란하고 명백한 승리가 바로 금룡교(金龍敎) 토멸이었다. 자칫 실없이 꾸며댄 이야기로 의심받을 염려가 있으나 다른 여러 승리에 믿음성을 주기 위해서라도 잠시 그 상세한 전말을 전하기로 한다.

금룡교는 『정감록』에 바탕을 둔 것으로 어떤 의미에서는 황제와 가장 가까울 수도 있었던 종파(宗派)였다. 교리는 정 진인(鄭眞人)이 오기 전에 먼저 보낸 금룡(金龍)을 모시며 정 진인이 오기를 기다린다는 것이었는데 바로 그 금룡이 문제가 되었다. 이름과는 달리, 그리고 한 자[尺] 가까운 기이할 만큼 큰 몸집이긴 해도, 그것은 어디까지나 한 마리의 개구리에 지나지 않았기 때문이었다.

금룡교 교주인 황제 또래의 노인에 따르면, 그해 늦은 봄 어느 날 밤 그는 정 진인을 꿈에서 보았다고 했다. 그때 정 진인은 한 마리 금빛 나는 용을 맡기며 다시 올 때까지 잘 기르라고 한 후 사라졌는데, 이튿날 아침 그 개구리가 그의 마당으로 찾아들어 왔다고 했다. 아마도 부근의 어느 수입한 식용 개구리 사육장에서 기어나온 것이었을 터이지만, 그는 놀라움과 감격으로 그 금룡을 맞아들였다. 그리고 다음 날로 정든 집과 말리는 가족들을 뿌리친 후 계룡산으로 들어와 토막을 얽은 것이 바로 황제가 자리 잡고 있는 골짜기였다.

아마도 그의 첫 번째 불행은 그의 토막이 황제의 거처와 너무 가까웠던 점에 있었다. 황씨 부인을 통해 처음 그 얘기를 들은 황제는 선 자리에서 그의 토막으로 달려갔다. 우발산과 두충은 들에 나가고, 변약유도 선술비급(仙術秘笈)을 구하러 가버린 터라 황제 혼자였다.

"여봐라. 아무도 없느냐?"

토막에 도착하기 바쁘게 황제는 호통처럼 소리쳤다. 마침 금룡(金龍)에게 메뚜기며 파리 따위를 공양하고 있던 금룡교주가 의아한 눈길로 황제를 맞았다.

"누구를 찾으시오?"

"자칭 금룡교주라는 사특한 늙은이를 만나러 왔다."

그 말에 일순 교주의 눈이 희번덕거렸다.

"내가 금룡교주요만 무슨 일로 찾으시오?"

황제의 무례를 간신히 참아주고 있다는 어조였다. 그러나 황제는 그가 신분을 밝히기 바쁘게 호령으로 나왔다.

"이놈, 네 죄를 네가 알렸다."

그러자 드디어 금룡교주도 분통을 터뜨렸다.

"보자보자하니 너무하는구나. 이놈 너야말로 누구관대 함부로 남의 도량(道場)에 와 행패냐?"

"아니 저놈이……"

뜻 아니한 반격에 분노로 숨이 막힌 황제는 말조차 제대로 맺지 못했다. 그러나 상대는 오히려 늠연히 황제를 꾸짖었다.

"성현의 말씀에 자기가 원하지 않는 바는 남에게 베풀지 말라 하였다. 보아하니 낫살깨나 먹은 자가 어찌 남의 나이는 알아주지 않고 다짜고짜로 '놈'자를 쓰느냐?"

"저놈이 그래도 제 죄를 모르고……"

"내 일찍이 크게 남에게 베풀지는 못했으나, 우러러 하늘을 보고 굽어 땅을 봐도 부끄러운 짓을 한 적은 없다. 하물며 너 같은 무뢰배한테이겠느냐?"

교주는 여전히 침착하고 꿋꿋하게 응대했다. 그제서야 녹록치 않은 상대를 만났다는 걸 알아차린 황제는 애써 분기를 억제하며 말했다.

"내가 바로 하늘에서는 북극진군(北極眞君)이요, 땅에서는 너희들이 기다리는 정 진인(鄭眞人)이다. 너는 나를 알아보지도 못하면서 꿈속에서 나를 보았다고 헛말을 퍼뜨렸으니 그것이 첫 번째 죄다. 또 나는 너같이 하찮은 놈에게 나의 금룡(金龍)을 보낸 적이 없다. 그런데 네놈은 괴이한 미물을 내가 보낸 금룡이라고 속였으니 그것이 두 번째 죄다."

그러자 상대는 한동안 하늘을 보고 껄껄거리더니 여전히 느긋한 목소리로 꾸짖었다.

"내 진실을 말하리라. 나는 분명 정 진인의 현신(現身)을 보았으나 너같이 미친 늙은이는 아니었다. 이미 네놈이 참칭자(僭稱者)에 불과하거늘, 어찌 금룡(金龍) 같은 영물(靈物)을 내게 보낼 수 있겠느냐?"

그쯤 되면 아무리 관대한 황제라 해도 더 참을 수는 없는 노릇이었다. 더욱이 지난날의 수많은 승리와 영광에 비하면 금룡교주의 그 같은 응대는 단순한 방자함 이상 폐부를 찌르는 모욕이었다.

"이놈."

황제는 신음 같은 호통과 함께 금룡교주를 덮쳤다. 금룡교주도 가만히 앉아서 당하지 않았다.

"오냐, 덤벼라."

그도 덮쳐오는 황제를 피하지 않고 맞부딪쳐 갔다. 잠시 난투가 벌어졌다. 그러나 둘 다 이미 육순에 들어선 노인들이었다. 엉긴 지 십 분도 안 돼 둘은 서로 상대의 옷깃을 거머쥐고 숨만 헉헉거리고 있었다. 그러고 보면 체력 면에서도 둘은 서로 좋은 적수인 셈이었다. 그렇게 다시 십 분쯤 지난 후였다.

"좋다, 두고 보자."

마침내 승리를 단념한 황제가 마지막 힘을 모아 금룡교주를 떼

밀며 하는 말이었다.

"오냐, 너 따위는 언제든 두렵지 않다."

금룡교주도 지지 않고 맞받았다. 실로 팽팽하게 맞섰던 첫 번째 회전(會戰)이었다.

그 뒤 황제와 금룡교주 간의 소강상태는 예상 외로 길었다. 황제는 그 측근들에게 그날의 대결을 말하지 못했는데, 그것은 승리 아니면 패배밖에 없는 왕자(王者)의 위엄을 지켜내기 위함이었다.

그러나 전기(戰機)는 차츰 무르익어 갔다. 황제의 측근에서 가장 먼저 금룡교주에게 적의를 나타낸 것은 변약유였다. 자신의 도관(道觀)에는 개미 새끼 한 마리 얼씬 않는데도 금룡교에는 연일 사람의 자취가 끊이지 않는 것이 그 이유였다. 그때만 해도 길이 한 자에 가까운 식용 개구리가 잘 알려지지 않았던 때라 소위 그 금룡(金龍)은 충분히 사람들의 호기심을 끌 만했던 것인데, 그게 변약유에게는 혹세무민(惑世誣民)으로 비쳤다.

그다음은 두충이었다. 매일 들에 나가 일을 해도 언제나 황제와 그 측근의 먹을 것을 근심해야 하는 그에게는 구경꾼들이 금룡(金龍)에게 던져주는 푼돈이 탐나다 못해 비위까지 상했다. 마지막이 우발산이었다. 불행히도 금룡교주는 파왜장군 요동백(破倭將軍遼東伯)에 행군대사마(行軍大司馬)요 무녕후(武寧侯)인 우발산을 알아보지 못했다. 따라서 언제나 충직하게 일만 하는 우발산을 황제의 머슴쯤으로 대했는데, 그게 우발산의 심기를 크게 상하게 했다.

대세가 그렇게 돌아가자 이전의 일전으로 가슴 깊이 원혐을 품은데다 망국과 전란을 한 몸으로 때우느라 고단하고 피폐해진 황제 또한 가차없는 동병(動兵)을 허락하자 마침내 '금룡교 토벌'의 기치가 높게 세워지게 되었다. 병진(兵陣)에 길일(吉日)을 골라 태일전(太一殿)에 거병초(擧兵醮, 군사를 일으킬 때 올리는 초제)를 올리고 금룡교로 짓쳐 가니 때는 중광 십삼 년 유월 초이렛날이었다.

뻔한 승부였다. 황제 하나만으로 백중세를 이루었던 금룡교주가 무슨 힘으로 우발산, 두충, 변약유까지 동원된 황제의 공세를 당하겠는가. 두충과 우발산이 금룡교주를 붙들고 있는 사이에 황제는 오동나무 상자에 든 개구리를 꺼내 땅바닥에 태질을 쳤다. 그때껏 금룡으로 떠받들리던 그 개구리는 단 한 번의 태질에 긴 뒷다리를 푸들거리며 뻗고 말았다. 몇 달의 호강에 비해서 지나치게 끔찍한 최후였다.

두충과 우발산에게 먹살을 잡히어 버둥거리던 금룡교주도 자기가 하늘처럼 받들던 금룡이 뻗는 것을 보고는 그대로 혼절하고 말았다. 그리고 다시 깨어나서는 제단을 차려 그 위에 죽은 금룡을 모신 뒤 연일 황제에게 천벌이 내리기를 비는 동시에 금룡이 다시 살아나기를 기다렸다. 헛된 바람이었다. 황제 쪽의 기세는 갈수록 등등해지는 반면 금룡의 시체에서는 고약한 냄새까지 풍기기 시작했다.

그리하여 그로부터 꼭 닷새째 되는 날 모든 것을 단념한 금룡교주는 썩어가는 금룡의 시체를 양지바른 곳에 묻고 깊이 탄식하며 가족들이 기다리는 옛집으로 돌아가 버렸다.

거룩하고 장엄한 황제의 승리였다.

중광(重光) 십오 년 백성들의 어리석고 어리석음이여. 이미 거짓 왕을 내쳤거든 어찌 참 주군을 알아보지 못하는가. 그 앞날이 심히 근심되는도다.

한번 도교에 빠져든 황제는 해가 거듭돼도 헤어날 줄 몰랐다. 중광 십사 년의 실록을 보면 가장 자주 눈에 뜨이는 것이 크고 작은 초례(醮禮)의 기록이다. 크게는 삼계대초(三界大醮)로부터 북두(北斗), 직성(直星), 형혹(熒惑), 태음(太陰) 등의 여러 성수초(星宿醮)와 황제를 위한 청명초(請命醮), 왕손을 위한 개복신초(開福神醮), 질병을 쫓기 위한 도병초(禱病醮)며 심하게는 비를 그치게 하는 기청초(祈晴醮)까지 있었다.

제일(祭日)이 되면 변약유는 흰 옷에 검은 두건을 쓰고 관, 홀(笏)을 갖추어 제를 지내는데, 제물로는 과일, 떡, 다탕(茶湯), 술을 벌여놓고 향을 피우며 백 번 절하였다. 그때 황제 또한 문채가 찬란한 검은 옷에 소요관(逍遙冠)을 쓰고 도경(道經)을 읽은 후 축문을 푸른 종이에 써서 태웠다고 하는데, 가만히 살피니 그 예법은 성현(成俔)의 『용재총화』에서 본뜬 듯하다.

그러나 황제의 살림을 도맡아 살고 있는 우발산과 두충으로 보면 그런 여러 초례들이 여간 괴롭지 않았다. 가뜩이나 궁색한 살

222

럼이 제물이며 집기를 사들이는 데 소비되었기 때문이었다.

"한 나라의 주인 되어 경계할 것이 어찌 주색이나 사치뿐이겠습니까? 지금 나라의 창고는 비고 병갑(兵甲)도 전무(全無)한 터에, 주상께서는 방술에 미혹되시어 연일 대소의 초제(醮祭)로 귀한 제물을 헛되이 버리고 계시니 이는 종묘사직을 위해 우려되는 일입니다. 바라건대 전하께서는 하루 바삐 미혹에서 깨나시어, 텅 빈 나라의 창고를 채우고 병갑(兵甲)을 길러 천하를 도모할 계책을 세우십시오."

두충이 몇 날이고 궁리를 짠 끝에 말을 가다듬어 그렇게 진언해 보았지만, 황제는 오히려 준열한 꾸짖음으로 물리쳤을 뿐이었다. 그리고 한술 더 떠『황제음부경(黃帝陰符經)』이며『금벽용호경(金碧龍虎經)』,『황정내외경(黃庭內外經)』,『최공입약경(崔公入藥經)』,『태식심인경(太息心印經)』,『동고정관경(洞古定觀經)』,『대통청정경(大通淸淨經)』같은 여러 경서와 해동(海東)의 도류(道類)들이 지었다는『보사유인술(步捨遊引術=신라의 중 玄俊이 지음)』,『가야보인법(伽倻步引法)』,『양수시해(量水尸解)』,『송엽시해(松葉尸解=이상 셋 다 최치원이 지었다는 도가서)』,『천둔검법연마결(天遁劍法鍊磨訣)』,『옥함기(玉函記)』,『내단법(內丹法=이상 셋 다 김시습이 전했다는 도가서)』,『참동용호비지(參同龍虎秘旨=上同)』,『용호비결(龍虎秘訣=정북창 지음)』같은 비급(秘笈)들을 구해 들이라고 연일 성화였다. 그중의 태반이 본시 있지도 않은 책이거니와 있는 책들도 우발산이나 두충이 구하기에는 무리였다. 거기에다 나중에는 단약(丹藥)에 미쳐 보도 듣도 못한 단로(丹爐)며 천년하수오(千年何首烏), 용담(龍膽), 동자삼(童子蔘) 같은 괴상한 약재까지 구해 오라고 다그치니 실로 견디기 힘든 노릇이었다. 만약 그들의 남다른 충성심이 아니었더라면 황제 주위에는 아무도 남지 못했을 것이다.

그런데 중광 십오 년에 들어 갑자기 황제를 미혹의 늪에서 건져낸 것이 4·19였다. 그 소식을 처음 전한 것은 변약유였다. 그날도 무슨 선술비급(仙術秘笈)인가를 구한다고 대전으로 나갔던 그는 미처 해가 지기도 전에 허겁지겁 되돌아와 고했다.

"전하 기뻐하십시오. 드디어 전하의 지극한 정성에 하늘이 감응한 것 같습니다. 지금 전국에 소요가 일어 가왕(假王) 이모(李某)를 내치려고 야단들입니다."

변약유는 감격하여 울먹이고 있었지만 황제는 그제서야 꿈에서 깨어난 듯 침중하게 답했다.

"아무리 하늘이라고 하나 두 손 처매고 앉아 기다리는 자에게 천하를 들어 안겨주기야 하겠소? 이런 때를 위해 일찍 준비해야 했거늘 지금 휘하에는 단 한 명의 군사도, 단 한 토막의 날카로운 쇠붙이도 없으니……"

그러다가 다시 물었다.

"그래 들고 일어난 게 주로 어떤 무리들이었소?"

"주로 학생들이라 합니다만 백성들도 곧 호응할 기세입니다."

"학생들이라……"

"그것도 대개는 대학생들입니다."

"그렇다면 그들의 총명한 안목은 믿을 만하겠구려. 돌이켜보면 송대(宋代)에는 태학생(太學生)의 의견이 조정의 중시(重視)를 받았으며 민간에서도 그들을 '머리 기른 중이요, 관작 없는 어사[有髮頭陀寺 無官御史臺]'라 하여 그 청렴함과 강직함을 형용하였소. 시대와 나라가 다르지만, 이 나라의 대학생 역시 그들과 마찬가지로 한 나라의 식자(識者)들을 대표할 만하니, 그 본성이야 크게 다르겠소." 하더니 이내 침울한 얼굴로 되돌아갔다.

"그러나 송대에도 폐단 또한 적지 않았으니, 그중에 일부는 권력에 영합하여 선량한 자들을 훼방하고 혹은 못된 무리의 재물을 받고 공연히 동료들을 선동하여 쓸데없는 소요를 일으키는가 하면, 심지어는 무식한 백성들을 사기하는 무리들까지 있었소. 그런데도 조정은 함부로 그들을 제어하지 못해 그것이 송대의 정치가 혼미한 한 원인을 이루었소. 다만 바라는 바는 이 나라의 대학생 중에는 그와 같은 부류가 없는 것뿐이오⋯⋯."

"그럴 리야 있겠습니까? 제가 확인한 바로는 모두 의기로 들끓는 열혈의 남아들이었습니다. 너무 심려 마시고 수명대초(受命大醮)나 하명(下命)하십시오."

그러자 황제의 얼굴이 돌연 근엄해졌다.

"헛된 재력(財力)과 정성의 낭비는 이제 이만하면 되었소. 옛말에 이르되 인사(人事)를 다하고 천명(天命)을 기다린다 했는데, 일이 이 지경이 된 후에도 하늘만 바라보고 있을 것이오? 지금은 한 톨의 쌀, 한 조각의 쇠붙이도 아쉬운 때요. 초례(醮禮) 얘기는 더

꺼내지 마시오."

이때 우발산과 두충이 들일을 마치고 돌아와 궁금한 얼굴로 들어섰다. 왕자(王者)의 고귀한 품격 중의 하나는 잘못을 깨달았을 때 부끄럼 없이 그 잘못을 인정하고 서둘러 고치는 점이다. 황제도 그런 면에서는 예외가 아니었다.

"두공(杜公), 내 진작에 공(公)의 충언을 받아들여 군비를 충실히 하지 않은 것이 한이 되는구려."

"무슨…… 말씀이십니까?"

까닭을 알 수 없는 두충이 머뭇거리며 되물었다.

"이제 전국에 소요가 일어 가왕(假王) 이 아무개의 명(命)이 오늘내일하는 모양이오. 그자가 무너지면 천하의 야심가들이 구름처럼 일어날 터…… 그런데 우리는 군사 한 명, 칼 한 자루 마련해 둔 바 없으니……."

두충으로서는 참으로 오랜만에 들어보는 황제의 허심탄회한 목소리였다. 거기서 부쩍 힘을 얻은 그는 한 소리 크게 질러 변약유를 꾸짖었다.

"저 요망한 도사가 끝내 큰일을 그르치고 말았구나. 네 무슨 낯으로 다시 주상을 뵙겠느냐?"

그렇게 꾸짖고 보니 몇 년간 가슴에 쌓이고 쌓였던 한이 일시에 풀어지는 느낌이었다.

"두공, 지난 일을 허물해 무엇하겠소? 모두 이 몸이 암우한 탓이니 죄를 물으면 이 몸부터일 거요. 그보다는 차라리 앞일이나 의

논하는 편이 나을 것이오. 가뜩이나 어려움이 많은 터에 자중지
란이 될 말이오?"

그리고 곧 중신 회의에 들어갔다. 그 밤을 새운 회의 결과는 이
러했다.

一, 두충은 모든 전답을 팔아 군자금을 마련할 것.

一, 변약유는 널리 군사를 모집하되, 조속하고 은밀하게 행할
것.

一, 우발산은 무기를 구입하되 총포를 우선하고, 여의치 못할
때는 도검과 궁시(弓矢)로 채울 것.

一, 의명왕후 황씨는 군기(軍旗) 및 군복, 의장(儀杖)을 관장할
것.

一, 모든 일은 백성들의 대표가 왕사(王師)를 맞으러 올 삼월 무
인(戊寅)일로 기한할 것.

여기서 삼월 무인일은 양력 4월 20일로 이 대통령 하야의 원
인이 그 전날인 4월 19일에 있음을 상기한다면 신기한 기분까지
든다. 하지만 군사를 일으키는 일은 처음부터 난관이었다. 때는 한
참 춘궁기여서 두충이 아무리 뛰어다녀도 전답은 팔리지 않았고
전답이 팔리지 않자 모든 일의 원동력이 되는 군자금이 마련되지
않았다. 거기다가 이 대통령이 물러났다는 소문이 파다한데도 백
성들의 대표는 여전히 황제를 맞으러 올 생각을 않았다.

나중에 간신히 밭 한 뙈기를 팔아 약간의 군자금을 마련했지
만 이번에는 또 딴 일이 기다리고 있었다. 미련한 우발산이 경찰

관에게 총을 사려 들다가 구속된 일이 그랬다. 워낙 꿋꿋한 우발산이라 심한 문초에도 입을 열지 않았고 또 그를 구하러 간 황제 일행의 한바탕 소동도 엉뚱한 작용을 해, 우발산은 며칠간의 구류로 끝났지만 그 일로 인한 황제 측의 물심 양면의 소모는 컸다.

예전과 달리 군사를 초모하는 일도 쉽지는 않았다. 변약유의 능변에도 불구하고 모여든 것은 기껏 한눈에도 성치 않음을 알아볼 수 있는 떠돌이거나 장난기가 완연한 불량배뿐이었다.

초조와 울적함 속에 몇 달이 흘러갔다. 그러다가 간신히 군사라고 일으켜 계곡을 나선 것이 그해 칠월 초순, 양력으로는 팔월 중순이었다. 비록 황제까지 쳐서 도합 열두엇에 지나지 않았고, 무기도 어렵게 사들인 활과 가까운 대장간에서 벼린 식칼 비슷한 군도뿐이었지만, 그래도 신도안 골짝 골짝을 떠도는 갖가지 도사, 진인(眞人), 생불(生佛), 교주(敎主)로만 구성된 신병(神兵)이었다.

그러나 모든 것은 이미 늦은 후였다. 서울로 진군하려던 황제의 귀에 들어온 비보는 벌써 정권이 민주 패거리[民主黨]에게 접수되고 대통령에는 윤(尹) 아무개란 사람이 들어앉았다는 것이었다. 일설에는 황제를 가엾게 여긴 어떤 식자가 일부러 일러주며 황제를 달랜 것이라지만, 어쨌든 황제는 통분으로 몸을 떨었다.

"아아, 이 백성이 어찌도 이리 어리석더란 말인가, 이왕에 거짓 왕을 내쳤거든 어찌 참 주인을 알아보지 못한단 말인가. 실로 앞날이 근심되니, 언젠가 너희가 반드시 사는 것이 죽는 것보다 못한 지경에 빠지리라."

그리고 다시 뒷날을 기약하며 회군(回軍)하였다. 오오 진실로 멀구나, 천명이여, 무심하구나 천도(天道)여.

중광(重光) 이십 년 범금(犯禁)한 자들을 징치(懲治)하시어 왕법(王法)이 엄함을 보이시고 드디어 검(劍)을 봉(封)하시다.

중광 십오 년의 상경을 위한 출병은 비록 뜻을 이룰 수 없었으나 그로 인해 황제의 세력은 다시 크게 떨쳤다. 잠시 황제의 깃발 아래 모여 웅성이던 갖가지 도사, 진인(眞人), 생불(生佛)들은 기묘한 열기가 식고 먹을 것이 없어지자 이내 뿔뿔이 흩어지고 말았지만, 또 가뜩이나 계량(繼糧)이 될까 말까 하던 토지를 그 출병 준비로 태반이나 없애 버린 까닭에 두충과 우발산은 다시 구걸과 품일에 나서야 했지만, 한 번 치솟은 사기와 도검(刀劍), 궁시(弓矢) 등의 무기는 그대로 남았기 때문이었다. 하지만 그럼에도 불구하고, 그 뒤 삼 년이 넘도록 황제를 은인자중하게 한 것은 순전히 그 출병을 말렸다는 어떤 식자(識者) 덕분이었다.

"허유(許由) 소부(巢父)는 요 임금이 천하를 주려고 할 때 귀를 씻고 도망쳤고, 무광(務光)은 탕(湯)이 왕위를 넘기려 하자 성을 내고 노수(盧水)에 뛰어들었소. 기타(紀他)는 무광의 소식을 듣고 천하가 자기에게 돌아올까 겁을 내어 제자들과 관수(竅水)에 빠져 죽었으며, 신도적(申徒狄)은 그 기타(紀他)를 사모하여 역시 돌을 안고 강에 뛰어들었소이다. 이들 다섯 사람은 그 이름을 뒷날에 드날리기 위하여 천명을 스스로 단축했다는 후세의 비난이 없는 것은 아니나, 드높은 도(道)의 경지는 뒷사람이 감히 흉내 내기 어려운 바가 있소이다.

그런데 귀하께서는 어찌하여 천시(天時)도 묻지 않고 군사를 일으켜 어지러운 세상을 다투려 하시오? 지금은 쑥이 깔려 우거지듯 하찮은 무리들만이 번성한[蕭敷艾榮] 때이거늘, 외로운 군사를 어느 벌판에 묻으시려고 이처럼 가벼이 움직이시오? 돌아가시오. 물러나 기다리시오. 때가 오면 사람보다 하늘이 먼저 귀하를 곡(谷) 밖으로 불러내실 것이오."

그 식자는 그렇게 말하며 황제의 앞길을 가로막았다고 한다. 하늘이 내려 보낸 사자(使者)일 것이라는 어렴풋한 암시뿐, 애석하게도 실록에는 그 이름이 전하지 않지만, 아마도 그 식자는 황제를 잘 알고 있던 사람임에 틀림없었다. 그는 실로 꼭 알맞은 때에 나타나 그 옛날 마숙이나 김광국 또는 효명태자 휘가 하던 역할을 훌륭히 해냈다.

토막(土幕)을 나설 때의 기세와는 달리 황제는 이상하리만치 순순하게 그 식자의 권유를 받아들였다고 한다. 황제의 일생을 한낱 광인의 삶으로만 파악하려고 드는 무리들은 황제가 그때를 고비로 차츰 광기에서 깨났다고 설명하고 있지만, 다만 지난 악의의 연장일 뿐이다.

그날 황제의 멈춤은 좌우의 충동으로 가로막혔던 슬기가 그 한

마디의 충정 어린 권유로 다시 눈을 뜨게 된 것으로 봄이 옳다. 지난날 수백의 병마(兵馬)와 신식 총포로 적진을 종횡으로 내닫던 황제가, 어찌 이끌고 있는 병세(兵勢)의 외로움이나 우발산, 두충, 변약유 등의 힘과 지략이 현실적으로는 거의 무력함을 몰랐을 것인가.

그리하여 백성의 어리석음에 대한 탄식과 함께 회군(回軍)한 황제는 다시 기약 없는 와신상담의 세월 속에 칩거하였다. 이듬해에 5·16이 있었지만 그때에도 별다른 움직임은 보이지 않는다. 실록에는 다만 문(文) 무(武)의 본분에 관한 황제의 장황한 논의가 있을 뿐인데 모두 기억하기도 힘드려니와, 설령 기억한다 해도 그대로 전하기에는 그리 적합한 내용이 못 된다.

그러나 밖을 향한 움직임이 전혀 없던 그 몇 년 동안에도 황제의 내부적인 권위는 그 어느 때보다 강화되었다. 우발산과 두충은 손발이 닳도록 일하면서도 불평 한마디 없이 황제를 봉양하였고, 변약유는 털끝만큼의 의심도 없이 그즈음 들어 조금씩 늘어가는 참배객(그런데 황제의 적대자들은 무엄하게도 그들을 천박한 호기심에 이끌려온 구경꾼으로 몰아치고 있다.)들에게 황제가 북극진군(北極眞君) 자미대제(紫微大帝)의 현신이며 계룡산의 정 진인(鄭眞人)임을 주장했다. 한(恨)처럼 쌓여가는 아들에 대한 그리움을 제하면 의명 왕후 황씨도 그 어느 때보다 황제를 공경하고 믿었다.

거기에 힘입어 황제가 기거하는 토막 주위도 차츰 성역(聖域)으로 변했다. 변약유의 열렬한 주장을 듣다가 경망스레 웃음을 터뜨린 참배객 하나가 성난 변약유에게 손가락이 물린 후부터는 삼청전(三淸殿) 부근에서 웃는 참배객은 없어졌고, 특히 풍광(風光)이 수려해서 황제가 천사원(天賜苑)이라 이름한 천여 평의 계곡 기슭도 몇 차례 시비가 있은 후에는 황제와 그 측근만이 소요할 수 있는 금지(禁地)로 인정되었다. 부근에 암자나 토막을 가진 도사(道士)며 생불(生佛)들은 물론 아랫마을 주민들에게까지 황제의 위명(威名)이 널리 전해진 탓이었다. 이것 또한 위명에 눌린 것이 아니라 '뭣이 무서워서 피하나? 더러워서 피하지.' 하는 식의 양보로 해석하는 쪽이 있으나 그 같은 악의에 찬 해석을 새삼 탄해서 무엇하랴.

그런데 중광 이십 년 어느 봄날 돌연 황제의 금지(禁地)를 소란케 한 한 무리의 남녀가 있었다. 그날 우발산과 두충은 우연히 계곡에서 갓 분봉(分蜂)한 여왕벌 한 마리를 얻어 그 벌통을 만들려고 통나무 속을 파내느라 여념이 없었고, 황제는 새로 얻은 『용호비결(龍虎秘訣＝정북창이 지은 도가서)』을 낭랑한 목소리로 읽고 있는 변약유 곁에서 졸고 있었다.

"……이제 폐기(閉炁)하려는 사람은 먼저 마음을 조용히 하고 책상다리를 단정히 하여 앉는다. 다음 발[簾]을 드리운 것같이 눈꺼풀을 내려뜨리고 코끝을 보며, 코로는 배꼽 둘레를 대하고, 숨을 들이쉬기를 오래 하며 내쉬기를 조금씩 하여 늘 신기(神氣)가 배꼽 아래 한 치 세 푼 되는 단전(丹田)에 머물게 한다. 이에 전념하여 이것이 상습이 되어 점점 공부가 이루어지면, 그것이 소위 현빈

일규(玄牝一竅)로서 일규(一竅)가 백규를 모두 통하는 것이다. 현빈일규에서 태식(胎息)이 되고 태식에서 주천화후(周天火侯)가 되고, 주천화후에서 결태(結胎)가 되니, 태식과 주천화후와 결태가 다 현빈일규에서 시작되지 않음이 없다. 어떤 이는 방문(傍門)의 소술(小術)이라 해서 즐겨 행하려 들지 않으니……."

그때였다. 졸고 있던 황제의 귀에 요사스러운 음향이 들려왔다. 천만 마리 이매(魑魅)나 망량(魍魎)이 어울려 법석을 떠는 것 같았다.

"이 무슨 괴이한 소리요?"

황제가 잠에서 깨어나며 변약유에게 물었다. 황제의 측근 중에서 비교적 대처 출입이 잦은 변약유는 읽던 책을 덮고 가만히 귀를 기울이더니 이맛살을 찌푸리며 대답했다.

"잡인들이 금지(禁地)를 범한 것 같습니다. 양인들에게서 묻어온 전축이란 것에서 나는 소리임에 틀림없습니다."

"전축이라 ─ 그럼 그 눈알 파란 물건들이 전기로 장난질을 치는 것이겠구려. 그런데 그것이 내는 소리가 언제나 저러하오?"

"매양 같은 소리가 아닙니다. 여러 가지가 있는데, 지금 들리는 저 음(音)은 자지(재즈)라던가 뭔가 하는 양이의 음악입니다."

"저 음이 어찌 이리 잡상스럽소?"

"저것은 원래 양이의 음이 아니고, 그것들이 아불리가(阿弗利加)에서 잡아온 곤륜노(崑崙奴=黑人 노예)들의 음이라고 합니다. 처음에는 저희끼리만 부르다가 차츰 주인의 음을 누르고, 급기야는 이곳에까지 울려 퍼지게 된 것입니다."

변약유는 도회에서 얻어들은 바를 자못 뽐내면서 전했다. 듣고
있던 황제의 얼굴이 갑자기 굳어졌다.

"좋지 않다. 옛 성인은 백성의 이상이며 패기를 인도하는 데는
예(禮)를 쓰고, 행실을 인도하는 데는 법(法)을 쓰고, 악을 막는 데
는 형(刑)을 쓰며, 음성을 화평케 하는 데에 음(音)을 썼다. 또 공자
께서 말씀하시기를 시(詩)로써 일어나고, 예(禮)로써 서며, 악(樂)으
로 완성한다 하셨다. 그런데 이제 보니 예(禮)에 앞서 악(樂)이 먼
저 망하는구나. 내 들으니 저 소리는 분명 절양·황과(折楊·皇荂=
둘 다 저속하고 음란한 음악)의 유(類)요, 정음(鄭音)과 벗하는 음(音)이
다. 양이가 이 나라를 망치려고 들여보낸 소리다. 함지(咸池=堯의
음악)나 대소(大韶=舜의 음악) 같은 큰 소리는 구하기 어렵다 하더
라도 무(武=周의 음악)나 관저(關雎=여기서는 詩經의 관저를 편곡한 음
악)의 유(類)도 없더란 말이냐?"

그렇게 말한 황제는 벌떡 몸을 일으켜 그 소리를 따라나서기에
이르렀다. 변약유의 짐작대로 그 소리는 벌써 수년 내 잡인들에게
는 금지되고 있는 숲 쪽에서 흘러나오고 있었다. 황제가 그곳에 이
르러 보니 예닐곱의 남녀가 낭자한 음식 꾸러미 곁에 놓인 네모진
상자를 중심으로 어지럽게 몸을 꼬고 비틀고 있었다. 당시 유행하
던 트위스트란 춤이었지만 황제의 눈에는 영락없이 음란한 음악
에 홀려 발광한 것으로만 보였다.

"네 이놈들—"

황제는 벽력같은 호통과 함께 다짜고짜로 휴대용 축음기부터 걷어찼다. 발길질이 힘이 없어서였던지 판 긁히는 소리와 함께 전축이 한 뼘쯤 옆으로 밀렸을 뿐 요사스러운 소리는 그대로 계속되었다. 그러나 그 서슬에 춤을 멈춘 젊은이들 중 하나가 약간 성가신 표정을 지으며 황제 앞에 나섰다.

"할아버지, 왜 이러세요?"

"왜 이러세요라니? 도대체 너희들은 무엇 하는 연놈들이관대 나라의 금지도 몰라보고 대낮부터 이 발광들이냐?"

"저희들은 대학생들입니다. 일요일이라, 친구끼리 이곳으로 놀러왔습니다만, 나라의 금지라니, 왜, 여기서 놀면 안 됩니까?"

"어허, 참으로 한심하구나. 장차 이 나라 식자를 이룰 태학생(太學生)들이 이 모양이니…… 그래, 이놈들. 네놈들은 이곳이 짐의 후원인 줄도 몰랐더냐? 감히 어디서 발광들을 하고 있느냐?"

"네에— ?"

"얼른 저 요망한 소리부터 그치지 못할까?"

그러자 음악이 그쳤다. 처음에는 대수롭지 않게 생각했던 나머지 학생들도 황제가 호통을 계속하자 드디어 전축을 끄고 황제 주위로 몰려들기 시작했다.

"야, 무슨 일이냐?"

그중의 하나가 황제와 말을 주고받는 대학생에게 물었다.

"글쎄, 나도 지금 오락가락한다."

상대는 약간 익살기 어린 표정으로 손가락을 돌려 귓바퀴 부근에다 동그라미를 그리며 대답했다.

"할아버지 무슨 일이십니까?"

그 학생은 이번에는 직접 황제에게 물었다. 황제가 다시 호령으로 답했다.

"이놈들, 썩 무릎을 꿇지 못하겠느냐? 이제 사구(司寇)가 이르면 네놈들을 범궐(犯闕)한 죄로 다스리겠다."

"네?"

"그 밖에도 네놈들은 두 가지 죄가 더 있다. 그 하나는 요사스런 음으로 짐의 귀를 더럽힌 것이요, 그 둘은 음란한 몸짓으로 짐의 눈을 더럽힌 것이다. 이래도 네놈들의 죄를 깨닫지 못하겠느냐?"

황제의 말이 거기에 이르자 그들의 눈에는 차츰 무얼 좀 알겠다는 표정이 떠올랐다. 젊은 학생들이라 역시 이해가 빨랐다고나 할까.

"야, 이거 더러운데. 자릴 옮기자."

맨 처음 황제에게 말을 건 학생이 일행을 돌아보며 하는 말이었다. 그 말에 여학생 가운데 하나가 뾰로통한 표정으로 쏘아붙였다.

"옮기긴 어디로 옮기니? 여기만 한 데가 어딨어?"

다른 남학생 하나도 경망스레 그녀에게 동조했다.

"맞아, 미친 늙은이니까 상대하지 말고 여기서 그냥 놀자. 이만큼 준수한 장소를 또 어디서 구하나?"

그 조심성 없는 말에 드디어 황제의 분통이 터지고 말았다. 황제는 짚고 있던 지팡이를 들어 그 경망스러운 녀석의 등짝을 힘껏 후려치며 노호했다.

"이놈, 이 무엄한 놈. 미친 늙은이라니? 네 감히 어디다 대고 하는 망발이냐?"

물푸레나무로 된 지팡이인 데다 분김에 힘을 다해 내려친 것이니 아프지 않으려야 않을 수가 없었다. 거기서 성이 난 그 학생은 뜻밖의 매질에서 온 충격에서 깨어나기 무섭게 황제에게 달려들었다. 그리고 어린애 손목 비틀듯 황제의 손에서 지팡이를 빼앗아 멀리 팽개치고 말았다.

"이 영감이 ― 정신차려요, 영감. 여기는 국립공원이란 말이요. 우리가 자연 경관을 해치거나 음란 퇴폐 행위만 안 하면 얼마든지 놀고 갈 수 있는 곳이란 말이요. 알아듣겠소? 영감. 후원은 무슨 놈의 말라 죽은 후원이야……."

이쯤 되면 일은 벌어져도 크게 벌어진 셈이었다.

"하룻강아지 범 무서운 줄 모른다더니 이놈들, 네놈들은 아직 왕법(王法)이 얼마나 무서운지 모르는구나. 내 금군(禁軍)을 풀어 너희 죄를 다스리리라."

황제는 푸른 불길이 치솟는 눈길로 그들을 쏘아보며 그렇게 말한 후 총총히 토막으로 돌아갔다.

"괜찮을까? 괜히 꺼림칙한데……."

그들 중의 하나가 온당한 우려를 표시했다. 그러나 황제의 지팡이를 뺏어 던진 녀석이 거침없이 대답했다.

"걱정 마, 신경 쓸 것 없어. 이 산 골골이 박혀 있는 미치광이들 가운데 하나일 거야. 그런 미치광이들은 한 번 혼이 난 곳은 좀체 다시 돌아오지 않아. 한 잔씩 마시고 춤이나 계속 추자."

하지만 그게 크나큰 오산이라는 것쯤은 뒤를 보지 않더라도 넉넉히 알 수 있다. 황제를 잘못 알아보아 낭패를 당해도 크게 당한 이들이 어디 한둘인가. 우리는 차라리 그 경박한 젊은이를 비웃기보다는 머지않아 그가 당할 고초를 동정해 주자.

황제가 되돌아온 것은 한차례 술을 돌린 그들이 다시 춤을 추려고 레코드판에 바늘을 막 올려놓으려는 때였다.

"이놈들 꼼짝 말고 게 섰거라!"

우레 같은 황제의 고함에 놀라 그쪽을 보니 황제 뒤에는 두 건장한 늙은이가 각기 손에 도끼와 식칼 비슷한 큰 칼을 들고 살기등등한 눈초리로 그들을 쏘아보고 있었다. 그리고 다시 그 몇 발짝 뒤에는 송아지만 한 잡종개 한 마리와 굵은 대나무 활에 살을 먹이든 중년 하나가 역시 날카로운 눈길로 그들을 살피고 있었다. 그 전해부터 두충이 얻어 길러온 이른바 신구(神狗)와 변약유였다.

젊은이들은 그제서야 일이 심상치 않다는 걸 깨닫고 놀란 표정이 되었다. 특히 황제에게 행패를 부린 젊은이는 반드시 자신이 무사하지 못하리란 것을 알아차리고 화급하게 그 자리를 벗어나려고 뛰었다. 하지만 어림없는 노릇이었다.

"물어, 쉭."

변약유의 명령과 함께 잡종이라고 깔보았던 신구(神狗)가 번개처럼 그 젊은이를 쫓았다. 그리고 앞을 가로막는 잡목 등걸 때문에 빨리 달리지 못하는 그의 엉덩이께를 물고 늘어졌다. 찌익—하는 소리와 함께 바지가 찢어지며 어른어른 엉덩이 살이 비쳤지만 다행히 상처를 입지는 않은 듯했다. 거기다가 다시 한 발쯤 떨어진 소나무 밑둥에 변약유의 화살이 꽂히자 그는 드디어 도망갈 생각을 버리고 그 자리에 풀썩 주저앉았다. 산길에 익숙한 두충이 그 꼴을 보고 긴 칼을 휘두르며 덮쳤다.

"요놈, 이래도 도망치겠느냐?"

"서, 서겠습니다. 도망 안 칠게요. 개부터……."

풀썩 주저앉았던 젊은이가 다급한 목소리로 그렇게 말하며 다시 소매를 물어뜯는 잡종개를 떨쳤다.

"신구를 불러들이시오."

황제가 변약유를 시켜 개를 불러들이게 했다. 뒤이어 찢어진 바지를 움켜쥔 젊은이가 두충에게 끌리어 돌아왔다. 그렇게 되자 그들 일행의 분위기는 삽시간에 바뀌었다. 혼란이 당황으로, 그리고 그 당황이 다시 공포로 바뀌어간 것이었다. 좀 철이 없었다 뿐 비교적 유복한 가정에서 자란 대학생들이고 보니, 그같이 험한 꼴을 당한 경험이 있을 리 없었다. 더구나 여학생들로 보면 그 돌연한 상황은 단순한 공포 이상의 재난이었다. 실제로 그녀들 중에는 두 손으로 얼굴을 감싸쥐고 울음을 터뜨리는 아가씨도 있었다.

"저놈을 묶어라."

황제가 끌려온 젊은이를 가리키며 말했다. 그러자 이번에는 우발산이 나서서 준비해 온 끈으로 그 젊은이를 멧돼지 옭듯 옭았다.

"할아버지, 잘못했습니다. 한 번만 용서해 주십시오. 그럼 당장에 자리를 옮기겠습니다."

일이 그쯤 되자 일행 가운데 한 젊은이가 황제를 향해 간곡히 빌었다. 그러나 결과적으로 그는 황제의 노여움을 부채질한 꼴이 되고 말았다.

"이 무엄한 놈, 그래도 할아버지냐? 도대체 네놈들은 태학(太學)에 몸을 담고 있다면서 충(忠)조차 배우지 못했느냐?"

그런 황제의 호통에 이어 변약유가 냉랭하게 덧붙였다.

"두 눈 멀쩡히 뜨고도 하늘조차 알아보지 못하니 네놈들은 이제 죽어도 빌 곳이 없겠구나."

그러나 후생(後生)이 가외(可畏)라, 그들이 비록 철없고 어렸지만 제대로 된 안목을 지닌 자가 전혀 없었던 것은 아니었다. 그들 가운데 유난히 두 눈이 빛나고 이마가 넓은 젊은이 하나가 먼저 황제를 알아보았다.

"아무래도 우리가 높고 귀하신 분을 알아보지 못한 것 같아. 야, 우리 모두 엎드려 주상 전하께 잘못을 빌자."

어떤 이는 그렇게 말하며 일행을 돌아보는 그 젊은이의 눈이 장난스레 찡긋거린 것을 증거로 그때부터 그들이 황제를 놀린 것이라고 말하지만 반드시 그렇게 믿을 필요는 없다. 아무리 흐린 강물이라도 한 가닥 맑은 흐름은 있기 마련이며, 아무리 이 백성이 몽매하다 해도 그중 한둘쯤 황제를 알아보았다고 해서 이상할 게 무에 있는가. 말하자면 그 젊은이는 드물게 황제를 알아본 사람 중의 하나였고, 또 그런 그의 뛰어난 안목은 곧 나머지 젊은이들에게도 승인되었다.

"전하, 이곳이 나라의 금지인 줄은 정녕 저희가 몰랐사옵니다. 철없고 어리석은 백성들이 하늘 높은 줄 모르고 저지른 일이오니 너그러이 용서하시옵소서."

그 젊은이가 그렇게 빌며 무릎을 꿇자 나머지도 일제히 무릎을 꿇으며 합창하듯 빌었다.

"전하, 진정 알지 못해 한 일이옵니다. 통촉하시옵소서."

그들의 과장된 몸짓이나 킥킥거림을 간신히 참고 있는 듯한 표정 때문에, 그것이 진정에서 우러난 사죄가 아니라 당시 라디오에서 인기를 얻고 있던 어떤 사극 프로를 흉내 낸 것이 아닌가 의심하는 이가 있다. 그러나 그 또한 반드시 그렇게만 생각할 수 없는 것이, 아무리 경박한 세상이 되었다 하지만 대장부가 무릎 꿇는 일을 어찌 장난으로 할 수 있단 말인가. 그리고 그 같은 그들의 진정은 황제에게도 통했다.

"네 말이 분명 진심이렸다?"

황제는 드러나게 풀린 음성으로 그들에게 물었다. 전하(殿下)라, 몇몇 측근에게서를 제외하고는 이 얼마나 오랜만에 들어보는 감격적인 소리냐. 더구나 그들은 직접 황제의 은총 아래 살지도 않는 백성들이 아닌가. 거기서 황제는 쌓인 노여움이 일시에 풀어지는 듯했다. 그러나 제왕의 위엄을 위하여 굳은 표정만은 애써 풀지 않았다.

"눈이 있어도 바로 보지 못하는 것이 백성들의 어리석음이옵니다. 그 때문에 미천한 천만 생령들이 전하의 성총에 의지하고 있지 않사옵니까?"

그렇게 말한 젊은이는 대학의 연극반원이었다는 설도 있긴 하나 또한 반드시 믿을 것은 못 된다. 만약 그게 한낱 연극에 지나지 않는다면 어떻게 우리들의 황제를 감동시킬 수 있었겠는가. 그러나 황제는 그 말에 완연히 풀어져 슬며시 그들을 용서해 주고 싶은 마음이 생겼다.

"너희들이 모두 태학(太學)에 몸담고 있는 학생들이라면 또한 모두 뼈대 있는 가문의 후예일 것이다. 평소 부형(父兄)의 가르침이 소홀하지 않았을 터인데 어찌 이같이 참람된 일을 저질렀느냐? 도대체 네 아비 되는 위인은 뭣하는 자냐?"

말하자면 그들의 잘못을 부형에게로 돌려 그들을 용서하고자 한 셈이었다. 그러자, 이 역할을 내가 맡았으니 끝까지 멋지게 해치우겠노란 듯한 표정으로, 조금 전에 대답한 학생이 다시 나섰다.

"제 아비는 미관말직으로 세무서에 나가고 있사옵니다."

"세무서라 ── 그럼 세리(稅吏)로구나. 남당에 빌붙어 백성의 조세를 긁어 들이는 일에 갖은 꾀를 짜내는 자니, 어찌 자식을 기르는 데 등한하지 않을 수 있겠느냐? 백골징포(白骨徵布)며 황구첨정(黃口簽丁), 족징(族徵), 인징(隣徵) 같은 이조의 폐습이 이름을 갈고 수단을 달리하여 되살아나, 장사치고 공장이[工匠]고 세금

242

을 속이지 않으면 반드시 견딜 수 없다는 소문은 나도 들었다. 이제 너를 보아 네 애비를 알겠고, 네 애비를 보아 세리(稅吏)와 세정(稅政)을 알겠으며, 세리와 세정을 아니 그 소문이 거짓이 아님도 알겠다."

자식을 잘못 두면 그 욕이 아비에게 미친다는 말대로 그날 그 젊은이의 아버지 되는 세무 공무원은 재채기깨나 했을 것이다. 아무리 황제지만 자기 아버지를 그토록 심하게 폄하는 데는 그 젊은이도 시무룩해지지 않을 수 없었다. 그러나 나머지 젊은이들에게는 황제의 그 같은 말이 몹시 흥미로웠다.

"많지도 않은 나이에 눈부터 어두워진 네 애비는 무얼 하는 자냐?"

황제가 다시 안경 낀 젊은이 하나를 지목하며 그렇게 묻자 지목을 받은 젊은이는 거리낌 없이 대답했다.

"부친께서는 상회(商會)를 열고 계십니다."

원래는 그 역시도 관청에 나가는 부친을 가지고 있었으나, 공무원이 욕을 먹는 것을 보고 황제가 동정적으로 말한 장사치를 고르는 재주를 부렸다.

"유유상종이로구나. 천하에 도(道)가 성하면 도둑이며 백정에게도 도가 있고, 쇠하면 선비와 공경(公卿)에게도 도가 없어진다고 했으니 이 같은 세상에 하물며 장사치의 도이겠느냐? 내 들었다. 큰 장사치는 천하의 이익을 다투고 작은 장사치는 제 한 몸의 이익을 다툰다고. 지금 세상은 작은 장사치로 가득 차, 농부와 공장이가 땀 흘려 만든 물건을 터무니없이 싼값에 사서 비싼 값에 팔려드니, 저잣거리는 온통 그 물건 흥정하는 소리로 엉머구리 들 끓듯 한다고. 또 때로는 생활에 요긴한 물건을 모두 사들여 그 값을 올린 후에 몇 곱의 이익을 붙여 내다 팔고, 혹은 나라가 금한 타국의 물건을 몰래 사들여 폭리를 취하기도 한다고. 모두 천하의 이익을 도둑질하여 제 몸을 살찌우는 일이다. 어찌 앙화가 없겠느냐? 그런 애비에 너 같은 자식이라도 난 것이 오히려 장하다."

그러고는 다시 다른 젊은이에게 물었다.

"네 애비는 무엇 하는 자냐?"

"베를 짜서 살고 있사옵니다."

부근의 도시에 방직 공장을 하고 있는 아버지를 그 젊은이는 그렇게 설명했다. 공장이에 대한 황제의 동정을 믿고 사실에 가깝게 밝힌 것이었다. 그러나 그가 들은 말 또한 예상과는 달랐다.

"공장이인들 성하겠느냐? 옛적에 명장(名匠) 구야자(歐冶子)는 끓는 쇳물에 아내를 집어넣어 어장(魚腸) 막야(莫邪)의 두 검(劍)을 얻었으니, 이는 장인(匠人)이 진품(珍品)을 얻기 위해서는 그 성심성의를 다 바침을 말하는 것이다. 그런데 오늘의 공장들은 기계에 의지해 힘 안 들이고 똑같은 물건을 하루에도 수천 수만을 만들어낸다. 거기다가 재료는 적게 쓰고 거짓된 선전에만 힘써, 재료를 사는 데 드는 돈보다 선전하는 비용이 더 많은 일도 허다하다 하니 어찌 한심한 일이 아니냐? 그 선전하는 비용을 사 쓰는 백성들에게 전가하는 것도 이미 부당한데, 거기 힘입어 중한 이익까지 덧붙임으로써 사 쓰는 백성들은 통상 재료에 드는 돈의 열 배에 가까운 값을 물어야 한다 하니, 천하에 이보다 더한 도둑질이 어디 있겠느냐? 그런 아비의 자식을 구태여 나무라 무엇하랴?"

그리고 나머지 묶여 있는 젊은이에게 다시 그 아비의 직업을 물은 뒤 은행 대리를 고리대금업자로 몰아치고는 여학생들 쪽으로 눈길을 돌렸다. 그때쯤 여학생들의 표정에는 이미 작은 공포의 그림자도 없었다.

"너희들은 뭣하는 것들이냐?"

"저들과 같은 대학에 다니는 학생이옵니다."

그중의 하나가 생글생글 웃으며(실록에는 추파 섞인 눈길이라 되어 있다.) 대답했다. 홀연 황제의 어조가 높아졌다.

"요망한 것, 누굴 속이려 드느냐? 내 일찍이 여러 진기한 일들을 많이 들었으나 한 나라의 태학(太學)에 아녀자가 드나들었다는 말은 듣지 못했다. 네 바른 대로 대지 않으면 필시 추관(秋官)의 엄한 문초를 면하지 못하리라."

그 말에 새침하여 입을 다문 그 여학생을 대신하여 다른 여학생이 나섰다.

"밝은 눈으로 꿰뚫어보시니 무얼 더 속이고 무얼 더 감추겠습니까? 저희들은 팔자가 기구하여 일찍 청루(靑樓)에 몸을 담게 된 노류장화(路柳牆花)들이옵니다. 오늘 저들 공자(公子)님들의 청으로 산유(山遊)에 흥이라도 돋울까 따라나섰다가 전하의 금지(禁地)를 범하게 되었사오니 너그러이 살펴주시옵소서."

자못 처연한 목소리에 한숨까지 폭 내쉰다. 어진 황제가 그런 그녀에게 어떻게 노여움을 풀지 않을 수 있겠는가.

"그럴 줄 알았다. 네 미색(美色)을 보니 장안의 뭇 한량들을 녹일 만하구나. 이름이 무엇이냐?"

이미 봄바람처럼 부드러운 목소리였다.

"춘화(春花)라 하옵니다."

그런 그녀 역시 그 대학의 연극반원이었다는 말이 있으나 앞서와 마찬가지로 그리 믿을 일은 못 된다. 이름도 요즈음에는 그리 흔하지 않은 것이지만 그녀와는 잘 어울리는 편이었다.

"전하, 이들을 어떻게 처리하실 요량이십니까."

은은한 미소까지 짓고 있는 황제를 보고 두충이 다그치듯 물었다. 그제서야 황제도 잠시 잊고 있던 왕자(王者)의 위엄과 왕법(王法)의 중함을 되살려 생각했다.

"문숙공(文肅公), 이들을 어떻게 다스리면 좋겠소?"

"함부로 옥체에 손을 댄 자는 그 두 손을 잘라 왕법의 두려움을 널리 알게 하시고, 나머지는 중곤(重棍) 80도로 범궐(犯闕)과 풍기를 문란케 한 죄를 다스림이 마땅할까 합니다."

변약유가 깐깐한 목소리로 답했다. 제법 희화적인 기분까지 곁들이며 일을 잘 풀어가고 있다고 믿어온 젊은이들은 그 같은 변약유의 말에 갑자기 긴장했다. 두려움이라기보다는 무언가 일이 다시 꼬여들고 있다는, 좋잖은 느낌 때문이었다. 잠시 무거운 침묵이 흘렀다. 그러다가 가장 먼저 황제를 알아본 젊은이가 다시 머리를 짜냈다.

"저희가 비록 무지하나 옛 법에 대역죄가 아니면 금전으로 죄를 대속하는 것이 있음을 들었사옵니다. 오늘 저희가 지은 죄는 다만 어리고 무지한 탓이오니 하해 같은 은덕으로 대속할 길을 터주시옵소서."

만약 황제에게 악의를 가진 사람들의 주장대로 그가 라디오의 사극(史劇) 프로를 흉내 낸 것이라면, 그는 정말 멋진 연기를 하고 있는 셈이었다. 그 뒤를 공장이의 아들이 재빠르게 이었다.

"장(杖) 1도에 열 냥씩 셈해 여기 팔백 냥을 올리오니 너그러이 거두어주옵소서."

그리고 팔백 원을 내밀자 다른 젊은이들도 분분히 그 뒤를 따랐다. 특히 두 손을 잘리게 된 은행 대리의 아들은 입으로 다급하게 외쳤다.

"저는 팔목 하나에 천 냥씩 합쳐 이천 냥을 올리겠나이다. 전하 부디 대속할 기회를 주옵소서."

모두 합쳐 그때 돈으로 3,800원이란 돈은 구걸의 경험까지 있는 우발산과 두충에게는 큰돈이었다. 사실 젊은이들에게도 그날 쓰려고 가져온 돈의 절반이 넘는 거액이었지만 묶인 친구와 무사히 도망칠 가망이 별로 없는 여학생들을 위해서는 어쩔 수 없는 일이었다.

그러나 우발산과 두충의 표정이 누그러짐으로써, 만사 쉽게 풀릴 것 같던 일은 황제의 갑작스러운 물음으로 다시 꼬여 들기 시작했다.

"남녀가 유별하니 그 벌도 달라야 할 것이오. 저것들은 어떻게 처리하시겠소?"

남학생들처럼 돈을 꺼내려고 분분히 손가방을 여는 여학생들을 가리키며 황제가 묻는 말이었다. 거기 대한 변약유의 대답은 황제에게도 뜻밖이었다.

"여자들은 관비(官婢)로 거두어 씀이 어떠하겠습니까?"

어떤 이는 황제의 측근 중에서 가장 젊은 축인 변약유가 춘정(春情)이 동한 것이라고 하나, 그보다는 차라리 의명왕후 황씨가 늙어 그들 넷의 음식이며 옷가지를 장만하기 힘든 탓이었을 것이다. 듣고 보니 그리 나쁜 제안도 아닌 것 같았다. 거기서 황제는 한술 더 떴다.

"셋 모두 관비로 쓰기는 아깝소. 지금 문숙공, 무강후, 요동백이 나란히 후사 없이 늙어가니 차라리 저것들을 소실(小室)로 취하여 후사를 기대해 봄이 어떻겠소?"

늙은 말이 콩 마다하는 법이 없다고, 가장 젊은 변약유도 벌써 오십 줄에 접어들었건만, 황제의 그 같은 말에 셋의 얼굴은 한결같이 밝아졌다. 그러나 남학생들로 보면 난처하고 여학생들로 보면 실로 어처구니없는 결정이었다.

"부당한 처분이십니다. 다 같은 죄인데 한쪽은 팔백 냥으로 속해 주고 한쪽은 종신토록 종살이를 하라십니까?"

부신 눈으로 자기들을 바라보고 있는 우발산, 두충, 변약유를 어이없는 표정으로 훑어보던 여학생들 가운데 하나가 대담하게 황제에게 항의했다. 황제가 그녀를 꾸짖었다.

"무엄하다. 저잣거리에 내다 목을 베어도 할 말이 없거늘, 오히려 추관(秋官)의 처분을 시비할 작정이냐? 그럼 저 젊은 것들도 관노(官奴)로 삼고 소매 짧은 옷에 머리를 깎아 종신토록 부리랴?"

"그런 뜻이 아니오라……."

"더구나 이들 세 중신(重臣)이 너희를 데려가면 꽃처럼 어여삐 보고 보옥처럼 귀히 여겨줄 것이다. 한낱 노류장화(路柳牆花)로서 한 나라의 중신들을 시침(侍寢)하게 된 것을 기뻐할 줄 모르고 오히려 짐을 원망하려 들다니……."

그때였다. 황제의 말 중에서 노류장화란 말에 무슨 암시를 얻은 듯 처음 자기들의 신분을 그렇게 밝힌 여학생이 다시 나섰다.

"저희가 비록 천기(賤妓)의 몸이오나 한 조각 붉은 마음은 있사옵니다. 정절로 만세에 이름을 남긴 춘향이도 원래는 남원 고을의 기생에 불과하지 않았사옵니까? 저는 이미 저분 공자(公子)와 굳게 언약한 몸이오니 감히 전하의 분부를 받을 수 없사옵니다. 충신은 두 임금을 섬기지 않고 열녀는 두 지아비를 맞지 않는다는 말도 있지 않사옵니까?"

남학생 가운데 하나를 가리키며 결연한 태도로 하는 말이었다. 완전한 역습이었다. 황제는 그 뜻 아니한 말에 잠시 무어라 대답할 바를 알지 못했다. 자기 말의 효과를 알아차린 그 여학생은 더욱 강하게 나왔다.

"분부를 거두시지 않으시면 차라리 이 자리에서 칼을 물고 엎어져 이 한 몸의 정절을 지킬까 하나이다."

미리 보아둔 듯 음식물 꾸러미 곁에 놓인 과도를 집어 자신의 목을 겨누며 하는 말이었다. 끝이 뭉툭해서 도저히 살갗을 뚫고 들어갈 것 같지는 않았지만 황제의 얼굴에는 크게 놀란 빛이 떠올랐다. 어진 마음에 행여 그녀가 다치기라도 할까 보아 걱정이 된 탓이었다.

"멈추어라. 과연 매운 절개로다. 내 너를 용서하리라."

황제가 다급한 목소리로 그렇게 말하자, 그 놀라운 효과를 본 나머지 여학생들도 분분히 그녀 흉내를 냈다. 과도를 더 구할 수 없자 하나는 혀를 길게 빼물면서 그걸 물고 죽겠다고 나섰고, 다른 하나는 플라스틱 젓가락으로 목을 겨누는 식이었지만 효과는 마찬가지로 컸다.

"목숨은 소중히 하라. 너희들을 모두 용서하리라."

그렇게 되니 그들도 감격하지 않을 수 없었다. 그들은 입을 모아 황제의 덕을 칭송하고 만세를 빌었다. 고금의 어떤 제왕도 백성들로부터 그만한 칭송을 받지 못했을 정도였다.

이에 황제는 속전(贖錢)조차 받지 아니하고 묶인 남학생까지 풀어주었다. 승리를 더욱 위대하게 만드는 관대함이었다. 우발산, 두충, 변약유 등도 여학생들이 애교 섞인 웃음으로 따라 올린 술과 치켜세우는 말에 마음속의 불만을 잊고 거의 황홀한 기분으로 돌아갔다. 실록에 기록된 '엄한 정치'와는 약간 거리가 있지만 어쨌든 황제의 화려한 승리였다. 그리고 그것을 마지막으로 황제의 대

외적 투쟁, 특히 무력을 사용하는 투쟁은 끝이 났다.

"제왕의 칼은 하늘을 칼등으로 삼고 땅을 칼날로 삼으며 만백성을 칼자루로 삼는다. 그것을 오행(五行)으로 제어하고, 형벌과 은덕으로 헤아려 음양(陰陽)의 기운으로 열며, 봄과 여름의 조화를 어우르고 가을과 겨울의 위엄으로 행한다. 그래서 이 칼을 바로 잡기만 하면 앞이 없고 높이 들면 위가 없으며, 휘두르면 전후 좌우가 없어 위로 뜬구름을 헤치고 아래로 땅을 얽어맨 줄을 끊는다. 이 칼을 한 번 쓰면 제후를 바로잡고 천하를 복속시킬 수 있으니 이를 일러 제왕의 칼이라 한다.

제후(諸侯)의 칼은 지혜와 용기 있는 사람으로 칼끝을 삼고 청렴한 이로 칼날을 삼으며, 어진 이로 칼등을 삼고 충직한 이로 칼콧등을 삼고, 호걸스러운 이로 칼자루를 삼는다. 이 칼을 바로 잡으면 앞뒤가 없고 휘두르면 좌우가 없으며, 위는 둥근 하늘을 법도로 하여 해와 달과 별의 세 빛을 따르고, 아래로 모난 땅을 본받아 네 계절을 따르듯 돌아가며 사방을 편하게 한다.

범부(凡夫)의 칼은 엉클어진 구레나룻 같으며, 숙여진 갓에 굵직한 갓끈 같고 날렵한 차림으로 임금 앞에서 힘을 다투는 칼이니, 위로는 사람의 목을 베고 아래로는 간이나 폐부를 끊는다. 그러나 그것은 싸움닭의 발톱 같아서 한 번 목숨이 끊어지면 아무 짝에도 쓸모가 없어진다.

또 달리 가르면, 칼에는 군자의 칼과 소인의 칼이 있다. 소인의 칼은 무쇠를 수없이 담금질하고 벼린 날카로운 물건이요, 군자의 칼은 마음속의 어진 덕이다. 그러나 소인의 칼은 열 사람을 베기도 힘들지만, 군자의 덕은 천하 만민을 굴복시키고도 오히려 힘이 남는다.

그런데 고희(古稀)에 이른 오늘까지 짐이 휘둘러온 것은 바로 그 범부의 칼이요, 소인의 칼이었다. 짐은 이제 그 부끄러운 칼을 버리려 한다. 창검은 모두 녹여 농구(農具)로 바꾸고 궁시(弓矢)는 꺾어 아궁이에 던지도록 하라. 부릅뜬 눈과 성난 목소리를 거두고, 힘과 억누름을 권하는 일이 없도록 하라."

그것이 봉검령(封劍令)을 내리며 황제가 덧붙인 말이었다. 경박한 무리들은 그 봉검령을 장난기 어린 젊은이들의 연극에 도취한 탓으로 돌리기도 하고, 혹은 오랜 분한과 증오와 투쟁에 지친 탓으로 보기도 하나, 황제가 한 발 한 발 다가가고 있는 그 깊고 오묘한 깨달음을 그 같은 무리가 어찌 상상이나 할 수 있으랴.

중광(重光) 이십이 년 적막강산에 일월(日月)이 홀로 외롭구나. 문숙공(文肅公) 떠나가고 무강후(武康侯)마저 죽다. 쓸쓸한 바람에 미망(迷妄)의 안개가 걷히도다.

비록 실록의 문틀에 따라 여전히 편년체로 엮고 있지만 이제부터 우리가 의지할 기록을 과연 실록이라고 부를 수 있을까는 의문이다. 원래 엄격한 의미로서의 실록은 사관(史官)의 사초(史草)에 따라 엮이는 것이지, 불확실한 전문(傳聞)이나 단편적인 칙유(勅諭)를 근거로 후인(後人)에 의해 조작될 수 있는 것은 아니기 때문이다. 그러나 중광 이십이 년 변약유가 황제를 떠나자 불행히도 남은 이들 중에는 사관의 일을 맡아 할 만한 사람이 없었다. 서당 개삼 년이면 풍월을 한다고 우발산이 비록 황제를 따라나선 지 오십년이 넘고 두충 역시 이십 년이 가까워 보고 들은 것은 많으나, 둘다 사초(史草)를 남길 만한 문재(文才)는 없었기 때문이다. 따라서 지금부터 우리가 의지할 바는 다만 우발산의 기억과 그 무렵의 것으로 추측되는 몇 가지 선유(宣諭), 칙어(勅語), 교지(敎旨)뿐이다.

먼저 문숙공 변약유가 향리로 은퇴해 간 것은 장성한 아들의 애원 때문이었다. 황제에게 출사(出仕)하기 전의 변약유에 대한 것은 처음 신기죽에 의해 구함을 받은 날 그 자신의 입으로 한 말뿐이었지만, 적어도 그가 영남 유림의 후예였다는 것만은 사실이었다. 그리고 공부가 지나쳐 산곡 간을 헤매기 전에는 양가의 규수와 혼인하여 두 아들까지 두었던 것인데, 이제 그 아들이 마흔을 바라보는 나이로 수소문 끝에 아비를 찾아온 참이었다.

어렸을 때 헤어진 후 이십 년의 세월이 흘렀건만 천륜에 끌린 탓인지 변약유도 용케 아들을 알아보았다. 그러나 이만 고향 집으로 돌아가자는 애절한 권유만은 한사코 거절했다. 하기야 누군들 삼공(三公)의 높은 자리를 버리고 강호(江湖)의 이름 없는 늙은이로 묻히기를 원하겠는가? 그리하여 하룻밤을 새우며 조르다가 돌아간 변약유의 아들은 며칠 후 앰뷸런스 한 대와 건장한 청년 몇을 데리고 돌아왔다.

그 형세로 보아 변약유의 아들은 사회적으로 상당한 성공을 거둔 이였음에 틀림이 없다. 확인할 길 없는 후문(後聞)이긴 하지만, 당시 어떤 지역에서 국회의원 입후보를 꿈꾸던 그가 있을지 모르는 정적(政敵)들의 모략에 대비해 미친 거지처럼 살고 있는 아버지를 그렇게 데려갔다는 말도 있다.

그런데 이상한 것은 그 일에 대한 황제의 반응이었다. 변약유를 억지로 끌어가려는 측과 그걸 막으려는 우발산 및 두충 사이에 일촉즉발의 험한 기운이 떠돌 무렵, 문득 황제가 침착하게 우발산과 두충을 말렸다.

"보내시오. 문숙공이 마땅히 가야 할 곳이오."

그리고 끌려가지 않으려고 몸부림치는 변약유의 두 손을 가만히 잡으며 말했다.

"잘 가시오, 문숙공. 부덕한 짐을 만나 지난 이십 년 동안 고초가 많았소. 이제 부질없는 영욕을 털고 강호로 돌아가 편히 쉬시오."

그러자 몸부림을 그친 변약유가 비 오듯 눈물을 흘리며 물었다.

"전하, 신(臣)에게 무슨 허물이 있관대 이렇게 내치려 하십니까? 신이 비록 재주가 없고 불민하나, 개나 말의 성의를 다하였거든, 어찌하여 이처럼 버리려 하십니까?"

"공(公)은 일찍부터 노장(老莊)을 숭상하였으니, 『남화경(南華

經)』의 달팽이 뿔에 세운 나라 이야기를 알 것이오."

달팽이 뿔에 세운 나라란 대진인(戴晉人)이 위형(魏瑩=위나라 혜왕)과 전후모(田侯牟=제나라 위왕)의 싸움을 말리기 위해 그 두 나라의 작음을 비유한 말이다. 변약유가 어찌 그걸 모를까만 느닷없는 물음이라 대꾸할 말을 잊고 황제의 얼굴만 쳐다보았다.

"지금까지 공(公)과 이 몸이 아울러 얻고자 힘쓴 것은 바로 그 달팽이의 뿔에 세운 나라였소. 생각해 보시오. 우리가 무사히 삼한(三韓)을 평정하고 요동의 옛 땅을 회복한들 저 아득한 우주에 비해 무엇이겠소? 거기다가 지금은 그나마도 제대로 얻지 못해 궁벽한 산곡에서 앙앙불락이었소. 이 몸은 이제 그 미망에서 깨어나고자 하오. 한 조각의 하늘과 한 줌의 흙에 내 나라를 구하는 것이 아니라, 차고 꽉 차 있어도 있는 데가 없는 우(宇)를 하늘로 삼고 길이길이 있어도 처음과 끝이 없는 주(宙)를 땅으로 삼는 나라를 찾으려 하오. 이십 년 전 좌보(左輔) 김광국이 떠나가면서 말한 마음속의 크고 환한 왕국도 어쩌면 그 같은 게 아니었는지 모르겠소. 그러니 변공(卞公), 지금까지 우리가 부질없이 구해 온 이 작고 초라한 나라에 너무 연연하지 마시오. 우리들의 진정한 나라는 드높은 정신 속에 있고, 드높은 정신은 육신에 구애되지 않는 법이오. 비록 우리의 몸이 천 리를 격해 있더라도 이 지극한 도를 잊지 않으면 언제나 함께 있는 것이오."

이렇게 되고 보면 이미 수십 번 되풀이해 온 해명을 또 한 번 되풀이하지 않을 수 없다. 일반적으로 우리의 황제를 잘 이해하지 못한 자들은 이때부터 황제가 그의 일생을 지배해 온 과대망상증과 편집병(偏執病)에서 완연히 깨어난 것으로 해석하고 있다. 그들의 악의가 아무리 집요한 것일지라도 황제의 남은 생애까지 미치광이의 삶으로 몰아칠 수는 없게 된 까닭이다.

답답하고 답답한 노릇이다. 우리 삶에서 미망(迷妄)으로부터 온전히 자유로울 수 있는 자가 몇몇이던가. 어떤 자는 평생 단 하나의 진품도 내지 못하였으면서 자기가 위대한 예술가였다는 것만은 의심하지 않고 죽으며, 어떤 자는 파망(破亡)하여 다리 밑에 움막을 치고 있으면서도 자기가 재신(財神)의 총아임을 굳게 믿는다. 살아가는 방법은 대개 그 반대이면서도 선거 때만 되면 자기가 애국자임을 의심하지 않고 열변을 토하는 자가 수백 명씩 쏟아져 나오고, 이놈 저놈 마음 내키는 대로 몸을 맡기고도 누가 그녀더러 화냥년이라고 한다면 기른 손톱도 부족해 하이힐까지 벗어 들고 따라올 여자가 또 세 사람 건너 하나는 된다. 그렇다면 그들도 모두 과대망상증 환자며 편집광이란 말인가. 그보다는 차라리 황제를 정상적인 사람으로 보는 쪽이, 그래서 앞으로의 변화는 그의 크고 깊은 깨달음으로 보는 것이 몇 배나 온당하리라.

그것을 더욱 뚜렷이 보여주는 것이 두충의 죽음을 맞는 황제의 태도였다. 두충은 변약유가 떠나간 뒤 두 달쯤 된 그해 여름에 죽었다. 대수롭지 않은 상처가 덧나 죽었다는 것인데 여러 가지로 미루어 보면 파상풍 때문이 아니었던가 싶다. 황제의 슬픔은 마숙아나 신기죽 같은 지난날의 충신들을 잃을 때와 다름없었으나,

그 내용은 사뭇 달랐다. 그걸 잘 보여주는 것이 황제의 솜씨인 듯 싶은 만사(輓詞)의 앞머리이다.

'생명에 대한 애착이 그래도 미혹이 아닌 줄 내 어떻게 알겠으며, 죽기를 싫어하는 것은 어린아이가 길을 잃고 집으로 돌아갈 줄 모르는 것과 어찌 같다고 하지 않겠는가?

여희(麗姬)는 애봉인(艾封人)의 딸로 처음 진(晉)나라에 그녀를 데려갈 때는 너무 울어서 옷깃이 온통 젖었으나, 왕실에 가서 왕과 호사스러운 자리를 같이하고 맛있는 음식을 먹고는 전날에 운 것을 후회하였다. 저 죽은 자가 생전에 살기만을 원했던 사실을 후회하지 않을는지 내 어떻게 알 수 있겠는가?

꿈과 술을 즐긴 자가 깨어나서는 애통해하고 슬퍼하며, 꿈에 운 사람은 깨어나면 즐거운 사냥을 나간다. 꿈꿀 때는 그것이 꿈인 줄 모르며, 꿈속에서 또 꿈에 대한 점을 치다가 깨어나 그것이 꿈인 줄 안다. 어떤 이는 아주 꿈에서 깨어난 뒤에야 비로소 삶이란 꿈인 것을 알게 된다. 어리석은 사람은 자기가 깨어 있는 줄 알고 임금이니 정승이니 소 치는 목동이니 하고 자랑한다……'

그리고 두충의 상여가 나갈 때도 이렇게 말했다고 한다.

"두공(杜公)이여, 그대와 나는 모두 꿈을 꾸고 있었다. 이제 그대는 꿈에서 깨어나 혹 갖고 고름 주머니 같은 삶의 껍질을 벗었으니, 내가 슬퍼함은 그대를 여읜 탓인가? 아니면 아직도 깨지 못한 나를 위함인가?"

가만히 살피면, 한결같이 장자류(莊子流)의 깨달음이다. 그리고 그것은 변약유가 떠남으로써 도교적인 잡술(雜術)과 멀어지게 되고, 두충이 죽음으로써 『정감록(鄭鑑錄)』이란 토속 신앙적인 조잡한 신념 체계의 자극이 줄어들자 더욱 이념화 내지 추상화되었다. 어느 날 황제는 낮잠에서 깨어나,

"아아, 제왕인 내가 천민의 꿈을 꾸고 있는 것이냐? 천민인 내가 제왕의 꿈을 꾼 것이냐?"라고 중얼거리기도 했고,

또 어떤 날은 싸리꽃이 뒤덮인 계곡의 벌들과 나비 사이에서 덩실덩실 춤추며 노래하기도 했다.

"이 벌과 이 나비, 천 승(乘)을 채우고 만 승(乘)을 이루겠구나. 나는 제왕이로다. 나는 제왕이로다."

그런데 여기서 그냥 지나칠 수 없는 것은 황제의 벌과 나비이다. 듣기에 이상하겠지만, 몇 년 전 우연히 우발산과 두충이 얻은 벌 한 통은 그 뒤 해마다 불어나 그 무렵은 십여 통이 넘었다. 거기다가 어디서인지 모르게 나비들이 몰려와 황제의 토막이 있는 계곡은 이른 봄부터 늦은 여름까지 벌떼와 나비들로 가득하였다. 진달래, 철쭉, 상수리꽃, 싸리꽃, 칡꽃 등이 철 따라 만발하는 곳이기는 했지만, 확실히 신기한 일이었다. 황제가 천 승, 만 승이라고 한 것도 과장이 아닌 것이, 전차(戰車) 일 승(乘)에 딸린 사람 수를 서른 명으로 잡아도 그 계곡의 벌과 나비를 합친 수는 만 승을 넘을 것이기 때문이었다. 그러나 더욱 중요한 것은 황제가 다스림의 대상을 사람으로부터 벌, 나비로까지 확대한 것이었다. 얼른 보아서는 궁색한 대치(代置) 같지만, 실은 그것이야말로 보다 큰 깨달

음에로의 한 문이었다.

태시(太始) 원년(元年) 마침내 대위(大位)로 나아가니, 땅에서는 왕(王) 중의 왕(王)이요 하늘에서는 천신(天神)의 우두머리로다.

지금까지는 서술의 편의상, 또는 상식과 합리에 절여진 우리들 범인(凡人)들의 몰이해에 어느 정도 동조하는 뜻에서, 나는 황제를 위한 일체의 존칭 격조사 겸양 및 존경 보조어간 등을 생략해 왔다. 그러나 이제 큰 깨달음을 얻어 진정한 황제로 승화하는 마당에서조차 그 같은 불경을 계속하여 저지를 수는 없는 노릇이다.

우리의 황제께서 마침내 구오(九五)의 위(位=帝位)로 나아가시게 된 해는 탄신 후 두 번째로 맞는 기유(己酉)년으로 서력으로는 1969년이 된다. 동북(東北)의 호지(胡地)에서 스스로 왕(王)을 칭하신 지 서른여섯 해째요, 보령 일흔다섯에 이르신 해였다.

자세히 전해지기만 했으면 틀림없이 또 한차례의 시비가 일었을 그 즉위의 경위나 전말은 이미 변약유가 떠난 지 몇 해 뒤라 실록에서는 찾을 길이 없다. 다만 기록으로서 우리가 의지할 수 있는 것은 그 무렵을 전후하여 쓰인 것으로 보이는 황제의 고유문(告諭文)뿐으로 좀 장황하지만 옮겨보면 대강 이러하다.

'짐(朕)이 일찍이 천명을 받아 포의(布衣)에서 몸을 일으킬 때 뜻은 다만 작은 패도(覇道)에 있었다. 삼군(三軍)과 오병(五兵)으로 천하를 바로잡고, 상벌과 이해(利害)와 오형(五刑)으로 백성을 교화하며, 정비된 제도와 법령으로 다스리려 하였다. 그러나 삼군과 오병을 쓰는 것은 덕(德)의 끝이요, 상벌과 이해와 오형을 쓰는 것은 교화의 끝이며, 정비된 법령과 제도는 다스림의 끝이니 어찌 하늘의 큰 뜻에 부응할 수 있으랴. 이에 망연하여 살필 제 아득히 요순(堯舜)이 있었다.

어진 것[仁]과 의로움[義]으로 관(冠)을 삼고 예악(禮樂)으로 띠를 삼으며, 밝음[聖]과 지혜로움으로 지팡이를 삼으니, 그 길이 양양하여 마침내 지극함을 이룰 듯하였다. 그러나 또한 부질없음이여, 쇠 신발이 닳고 겨드랑이가 해지도록 천하를 헤매었으나 헛되이 몸만 늙었도다. 『도덕경』에 이르기를, 큰 도가 없어지면 인의(仁義)가 있고 지혜가 나오므로 큰 거짓이 있으며, 육친이 불화하면 효도와 자애가 주장되고 국가가 혼란하면 충신이 있다 했다. 또 『남화경』에 이르기를, 인(仁)을 즐기는 것은 자연을 혼란시키는 일이요, 의(義)를 즐기는 것은 이(理)를 거역하는 일이며, 예(禮)를 즐기는 것은 공교로움을 돕는 일이요, 악(樂)을 즐기는 것은 음란을 돕는 일이며, 성(聖)을 즐기는 것은 꾸밈을 돕는 일이요, 지(智)를 즐기는 것은 시비(是非)의 병을 돕는 일이라 하였다.

그러하다면 저들 두 사람 요(堯)와 순(舜)을 무엇으로 칭찬하겠는가? 그들이 지혜와 변론으로 인의를 내세우고 시비를 구별함은 마치 함부로 담을 뚫고 풀을 심는 것과 같다. 또 그들이 어진 사람을 높이고 능력 있는 사람에게 일을 맡김은 마치 머리카락을 가리어 빗질을 하고 쌀알을 헤아려 밥을 짓는 것과 같으니 그러한 사소한 일로써 어떻게 세상을 구할 수 있겠는가? 어진 사람을 떠받들면 백성들은 서로 다툴 것이요, 지혜로운 사람에게 일을 맡기면 서로 속일 것이다. 그러한 일은 백성들을 순박하게 할 수 없으니, 백성들이 갈수록 자기의 이익을 구하여 심해지면, 아들이 아비를 죽이고, 신하가 임금을 죽일 것이며, 대낮에도 담을 뚫고 도둑질하게 될 것이다. 요(堯) 임금이 그 아들 단주(丹朱)를 죽이고, 순(舜) 임금은 어머니의 아우를 내쳤으며, 탕(湯)은 그 주인 걸(桀)을 내쫓고 무왕은 주(紂)를 죽였으며, 왕계(王季)가 적자(嫡子) 노릇을 하고 주공(周公)이 형을 죽인 것은 모두 그 인의와 시비의 병 탓이 아니고 무엇이겠는가?

이에 다시 눈을 크게 뜨고 생각을 깊게 하여 둘러보니 노담(老聃)과 장주(莊周)의 가르침이 있었다. 노담은 일찍이 성인의 덕[玄德]을 이같이 노래했다.

천지의 만물을 만들고 기르되
[生之畜之]
만들고도 내 것으로 하지 않고
[生而不有]
일하나 그것에 의지하지 않으며
[爲而不恃]
그 덕으로 자라도 다스리려 들지 않는다

[長而不宰]

그리하여 무위(無爲)를 상덕(上德)으로 삼고, 그들 위에 있어도 백성들이 짐스러워하지 않으며, 앞에 있어도 방해로 생각하지 않는 사람을 성인이라 하였다.

장주(莊周)는 그를 부연하여 이르기를,

'옛날 황제(黃帝)가 인의(仁義)로써 사람의 마음을 혼돈시키기 시작한 이래 요(堯)와 순(舜)은 그 엉덩이의 살과 다리의 털이 떨어지기까지 동분서주하여 천하의 백성을 기르기에 애를 썼고, 오장을 괴롭혀가면서까지 인의(仁義)를 위했으며 또 혈기를 자랑하여 법도를 만들어내었다. 그러나 종내 천하를 이기지 못하여 요임금은 흉악한 환두(讙兜)를 숭산으로 내쫓았고, 삼묘(三苗)를 삼위산에 몰아넣었으며 공공씨(共公氏)를 유도(幽都)로 정배하지 않을 수 없었다.

거기다가 삼왕(三王)의 시절에 이르러 천하에 더욱 놀라운 일이 생겼으니, 아래로는 걸주(桀紂)와 도척(盜跖)이 나고 위로는 증삼(曾參)과 사추(史鰌)가 났으며 뒤이어 유가(儒家)와 묵가(墨家)의 무리가 났다. 이들은 곱고 미운 것을 서로 의심하고, 어리석고 지혜로운 것을 서로 속이고, 착함과 악함을 서로 나무라고, 거짓과 참됨을 서로 꾸짖음으로써 세상은 온통 쇠해지고 말았다. 대덕(大德)이 고르지 못하여 성명(性命)이 산만해졌으니 이로 인해 천하는 지(知)를 사랑하여 백성은 살기가 어려워졌다.

그리하여 이윽고 대패와 톱 같은 형구(刑具)를 만들고 먹줄같이 사람을 죽이는 법률을 정하고, 살을 찢고 뼈를 가르는 몽둥이와 끌을 만드니 천하는 크게 어지러워졌다. 이 죄는 바로 인의가 마음을 어지럽게 한 데에 있는 것으로, 때문에 착한 사람은 험준한 산 아래 살게 되고 서슬 푸른 임금은 묘당(廟堂) 안에서 근심 걱정에 떨며 살게 되었다.'라고 했다.

　그리하여 무위자연(無爲自然)을 지덕(至德)으로 내세우며 주장했다.

　'성(聖)을 끊고 지(知)를 버리면 큰 도둑은 없어질 것이요, 옥을 버리고 진주를 깨뜨리면 작은 도둑도 생겨나지 않을 것이다. 문서를 사르고 도장을 깨뜨리면 백성은 소박해질 것이요, 말[斗]을 부수고 저울대를 꺾으면 백성은 서로 다투지 않을 것이다. 천하의 성법(聖法)을 없애 버려야만 백성은 도덕을 말할 것이며, 육률(六律)을 없애고 거문고를 태우고 사광(師曠)의 귀를 막아버려야만 천하 사람들은 비로소 진정한 음악을 알 수 있게 될 것이다. 문식(文飾)을 없애고 오색(五色)을 지우고 이주(離朱)의 눈을 가려버려야만 천하 사람은 진정한 밝음을 소유할 것이며, 자[尺]와 먹줄을 끊고 곡척방원(曲尺方圓)의 연장을 없애고 공수(工垂)의 손가락을 잘라버려야만 천하 사람은 비로소 진정한 재주를 지닐 수 있을 것이다……'

　'짐이 젊었을 적에도 이러한 가르침이 있음은 알았으나 그 크고 큰 탓에 작은 지혜와 혈기에 막힌 눈에는 들어오지 않았다. 다시 중년에 문숙공(文肅公)이 그 도(道)를 힘써 권했으되 다만 지엽인 방술(方術)과 방문좌도(傍門左道)에 치우쳐 큰 줄기를 보여주지 못했다. 그러나 그 큰 줄기를 깨달은 지금에는 오히려 그들마저도 작아 보인다.

그들은 비록 허정(虛靜), 염담(恬淡), 적막(寂莫), 무위(無爲)에 몸을 담고, 반연(反衍=귀하고 천함의 구별을 잊음), 사시(謝施=많고 적음의 차별을 잊음), 무방(無方=사사로움과 치우침이 없는 상태)을 얻은 듯이 말하나, 그들에게는 아직도 내가 있고 남이 있으며, 크고 작음과 많고 적음이 있다. 다스리는 자와 다스림을 받는 자가 있고 우부(愚夫)와 성인(聖人)이 있으며, 근심함과 싫어함과 주장함이 있다. 『도덕경』삼천오백 자(字)와 『장자(莊子)』서른세 편(篇)이 그 근거이니, 아득한 우주가 그처럼 장황하던가, 자연이 그처럼 번거롭게 말하던가.

짐은 이제 나도 잊고 남도 잊고, 크고 작음과 많고 적음도 잊으며 다스림도 잊고, 어리석음과 슬기로움도 잊으며, 잊으려 함도 잊겠노라. 마른 나뭇가지 같고 불 꺼진 재 같으며 흙 같고 바람 같기를 바라노라. 짐이 오늘 구오(九五)의 위(位)로 나간다 함은 바로 이 깨달음을 비유한 말이니, 어여쁜 너 신자(臣子)들아, 이 뜻을 알겠는가? 다스림을 잊으니 땅 위에서는 왕 중의 왕[王中之王]이요, 하고자 함이 없으니 하늘에서는 귀신의 우두머리[天神之首]로다.'

이 글에서도 밝히고 있지만 황제께서 제위(帝位)로 나아가심은 어디까지나 한 비유였던 것 같다. 그러나 단순하고 우직한 우발산에게는 그것이 실제적인 제위로 비친 듯했다. 그 때문에 그는 이 사람 저 사람에게 황제께서 등극하셨음을 떠벌리게 되었고, 곧 그 소문은 그 골짜기를 찾는 사람들의 귀에도 들어가게 되었다. 우발산의 기억 속에 나오는 그 기자도 그런 사람들 중의 하나였다.

어떤 지방지(紙)에 몸을 담고 있던 그는 종합 취재를 위해 계룡산 구석구석을 누비다가 그 소문을 듣고 황제를 찾아왔다. 그러나 기상천외한 그 즉위식으로 재미난 읽을거리라도 만들 작정으로 찾아왔던 그는 곧 실망했다. 떠들썩한 행사 같은 것도 없었을 뿐만 아니라 옥편과 씨름해 가며 힘들여 읽은 고유문(告諭文)도 사교적(邪敎的)인 냄새는 전혀 없었기 때문이었다. 하지만 이왕 찾아온 김에, 하는 기분으로 그는 황제께 물었다. 사전에 여기저기서 들은 말이 있는 탓인지 자못 공손한 어조였다.

"폐하, 다스림을 잊는다는 것은 무슨 뜻입니까?"

"다스리려고도 하지 않고 다스림을 받으려고도 하지 않는다는 뜻이다."

"다스리려고 하지 않는다는 뜻은?"

"나와 남의 구별을 잊고 위와 아래도 잊는다는 뜻이다. 저 백성도 나와 한가지로 우주의 한 조각임을 알며, 자연에 합하여 타고난 생명을 누릴 자격이 있음을 인정하는 것이다. 태어나자마자 관청의 장부에 무슨 나라의 재산처럼 이름이 올려진 후, 걸음을 떼고 말을 배우기 무섭게 어른들과 선생이란 작자들로부터 서로 속이는 재주와 까다로운 나라의 법령을 머리가 터지도록 배워야 하며, 나이가 차면 등뼈가 휘도록 일해 얻은 것의 절반을 알게 모르게 세금으로 빼앗겨야 하고, 혹은 부역에 끌려나가며 더러는 싸움터에서 그 가장 귀한 것(목숨)까지 바치도록 강요당하고, 작은 죄를 지으면 깜깜한 감옥에 갇히고 큰 죄를 지으면 그 목이 달아나며, 스스로 목숨을 끊는 일조차 나라의 자원을 축낸 것과 똑같이 처벌당하여, 저절로 목숨이 끊어지는 날에야 그 같은 사슬에서 풀려날 수 있는 것이 백성들이니, 그게 어찌 백성의 참모습일 것이냐? 짐은 다스리지 않음으로써 내 백성을 그 같은 사슬에서 풀어주고자 한다."

"다스림을 받지 않는다는 뜻은? 원래 군주란 아무에게도 다스림을 받지 않는 이를 말하지 않습니까?"

"그렇지 않다. 군주야말로 오히려 가장 많은 다스림을 받는 자니, 먼저는 자기가 만든 법령과 제도에 구속되고, 인의(仁義)와 예지(禮知)에 구속되며, 백성들의 칭송과 불만에 얽매여 있다. 그런데 짐은 법령과 제도를 베풀지 않고 인의를 숭상하지도 않으며 예지를 기리지도 않고 백성들의 칭송에 뜻을 두지 않은 것처럼 그 불만도 두려워할 필요가 없으니, 이것이 곧 다스림을 받지 않는다는 뜻이다."

"원래 왕이니 황제니 하는 말은 다스림을 가지고 생겨난 것입니다. 그런데 폐하께서는 다스림을 없이 하시고도 어찌하여 왕중지왕(王中之王)이니 제(帝)니 하는 이름을 쓰십니까?"

"모든 이름은 하나의 비유니라. 왕(王)이니 제(帝)니 하는 것도 결국은 그 무리에서 가장 뛰어나다는 것을 표현한 말에 지나지 않는다. 어리석은 자들에게는 힘으로 위압하고 억지로 빼앗는 것이 가장 뛰어나게 보일지 모르지만 그렇지 않음은 너도 이제 알았으리라."

"그러나 '만인(萬人)은 만인에게 이리'라는 말이 있습니다. 만약 법령과 그것을 지키게 만들어주는 힘이 없으면 세상은 당장에 수라장이 되고 말 것입니다."

"그것이 바로 나쁜 지혜가 만들어낸 속임수다. 지금까지 너희들을 다스려온 자들이 자기들의 정당함을 주장하기 위해 끊임없이 되풀이해 온 거짓말이다. 오랜 세월 들어오는 동안에 너희들은 모두 그 말을 믿게 되고 말았지만 자연을 보아라. 호랑이가 호랑이를 잡아먹는 걸 보았느냐? 늑대가 늑대를 잡아먹고 여우가 여우를 잡아먹는 걸 보았느냐? 그런데 어찌하여 유독 사람만은 자연으로 돌아가면 서로 잡아먹으리라고 단정하느냐? 어찌하여 개미나 꿀벌이 서로 돕고 사는 것은 보지 못하느냐?"

"하지만 역사가……."

"역사라고? 그러나 그 또한 힘 세고 꾀 많은 자들이 그런 식으로 몰아갔기 때문이지 처음부터 그렇게 결정된 것은 아니다. 지금부터 사람이란 그 천성이 본래가 선(善)하며, 서로 돕고 의지해 살아가게 되어 있어 법이니, 나라니 하는 것이 없어도 서로 잘 지내갈 수 있다는 것만 되풀이해 가르쳐보아라. 백 년도 가기 전에 그런 세상이 되고 말 것이다."

그러다가 황제는 문득 그 기자에게 수상쩍은 눈으로 물었다.

"너는 무엇하는 자냐? 어째서 믿으려 들지도 않으면서 이것저것 캐묻느냐?"

"신문사 기잡니다. 계룡산에 취재 나왔다가 폐하의 말씀을 듣고……."

"그럴 줄 알았다. 물러가라. 내 이미 세상의 시비를 잊었으니 너희 무리와 어울려 말을 나누고 싶지도 않다."

"폐하, 어찌하여 신문을 그리 나쁘게 보십니까?"

"내 도리어 묻겠다. 너희들이 관리냐? 남당이 흔히 하는 선거라는 것에 뽑혔느냐? 아니면 무슨 과거(科擧) 같은 시험이라도 쳤느냐?"

"선거도 국가고시도 치른 바 없습니다."

"그럼 도대체 너희들의 그 대단한 권세는 어디서 나왔느냐?"

"권세라니요? 저희들은 다만 사람들이 궁금하게 여기는 여러 가지 세상 소식을 전해 줄 뿐입니다."

"어떤 특정한 패거리의 주의 주장을 퍼뜨리는 것도 세상 소식이냐? 힘 있는 자들의 비행(非行)을 묻어주거나 변명해 주는 것도 세상 소식이냐? 끔찍한 일만 골라 세상 사람들을 놀라게 하고 잡스러운 얘깃거리나 꾸미는 것도 세상 소식이냐?"

"폐하께서는 저희들의 일부 그릇된 점만 전부로 보고 계십니다."

"『수호지(水滸志)』를 쓴 시내암(施耐庵)은 도둑을 찬양했다 하여 자손 오 대가 모두 눈이 멀었다고 한다. 말과 글이란 그토록 다루기가 어려운 것이다. 너희들은 백성들에게 뽑힌 것도 아니요, 나라로부터 권세를 부여받은 일도 없으면서 듣기에 대단한 세력을 누린다고 한다. 그것은 필시 말과 글의 힘에 의지한 것일 터이다. 그리고 말과 글의 힘은 그 논의가 올바르고 전하는 내용이 참된 데서 나온다. 그런데 너희들은 혹은 사리사욕에 눈이 어두워, 혹은 매가 두렵고 시비가 싫어서, 곡필(曲筆)과 과장을 일삼으며 은폐와 왜곡을 밥 먹듯 하니 어찌 도둑을 찬양하는 것과 다를 바 있으랴."

황제께서 당시의 신문에 대해 얼마나 알고 계셨는지는 몰라도 그 꾸짖음에는 자못 준엄한 데가 있었다. 그리고 실제에 있어서도 어느 정도 사실이었으니, 그것은 무안하게 쫓겨난 그 기자가 쓴 기사 때문이다. 며칠 후 신문사로 돌아간 그 기자는 계룡산이란 제목으로 이십 회(回)에 가까운 연재물을 썼는데, 거기서 그는 한 회를 온통 황제를 왜곡하고 비하하는 데 바치고 있다. 있지도 않은 즉위식을 우스꽝스럽게 묘사하고, 왕중지왕(王中之王)이니 천신지수(天神之首)니 하는 말을 지극히 속되게 해석하여,

황제를 '한눈에 광기를 알아볼 수 있는' '도교(道教) 계통의 사교(邪教) 교주(教主)'로 규정한 내용이었다. 그 죄만으로 그의 자손은 오 대까지 입이 막히리라.

— 이것이 태시(太始) 원년(元年)의 일로 우리들의 황제에 관해 전할 수 있는 전부이다.

태시(太始) 삼 년 팔월 황제 붕(崩)하니 덕릉(德陵)에 장(葬)하고 묘호(廟號)를 태조(太祖) 광덕대비(光德大悲) 백성제(白聖帝)로 올리다.

그 뒤 삼 년 황제께서는 그야말로 형체는 마른 나뭇등걸 같으셨고 마음은 불 꺼진 재와 같으셨다[形若槁骸 心若死灰]. 참된 이치를 깨닫고도 그것을 자랑삼지 않으시며[眞其實知 不以故自恃] 어리석은 듯 어두운 듯 무심으로 지내시니 더불어 말할 수도 없었다[媒媒晦晦 無心而不可與謀].

그러다가 드디어 최후의 날이 왔다. 태시 삼 년 팔월 열하루 계곡 가득히 맑은 가을 볕이 쏟아지던 아침 황제께서는 홀연 황후 황씨를 부르셨다.

"황후여, 이제는 떠날 때가 온 것 같소. 이 마당에 이르러 새삼 무엇을 연연해하고 무엇에 애착하리오마는, 태자를 못 보고 눈감게 되는 것이 종내 마음에 걸리는구려. 일후에라도 그 아이가 돌아오거든 이르시오. 이 아비의 삶은 일생이 한결같이 막히고 어두웠으나 그 마지막에서야 트이고 밝은 길에 이르렀다고. 그러나 그것은 겨우 시작이며 조짐이었고, 따라서 헛되이 늙어버린 이 몸은 그 끝을 보지 못하고 떠나게 되었노라고. 그리하여 당부해 주시오. 그 아이가 정녕 짐의 피를 이었다면 이 길도 마땅히 이어서 가 달라고……"

특별히 자리보전을 하신 뒤도 아니었지만, 황후도 한눈에 황제의 거동이 심상치 않음을 알아보고 터져나오는 울음을 삼키며 방을 나갔다. 잠시 후 들에 가을걷이를 나갔던 우발산이 급보를 받고 눈물로 얼룩진 얼굴로 단숨에 달려왔다.

"재미있는 놀이를 하던 아이도 해가 지면 집으로 돌아가야 하는 법, 요동백(遼東伯)이여, 너무 상심하지 말라. 그대와 함께한 지난 육십 년의 꿈은 한결같이 신산스러운 것이었으나 그 마지막은 영화롭기 그지없었으니, 짐은 크고 환한 도(道)의 문을 그 꿈속에서 지났노라. 원래 지극한 것은 말로 전할 수 없는 터이라 공에게 뚜렷이 전할 수 없음을 매양 애석히 여겨왔으되, 공은 믿으라. 비유하여 우리의 삶을 전장으로 여긴다면, 짐과 그대가 이룬 것은 그 커다란 승리였으리라. 한바탕 꿈이라도 누구든 꾸어보고 싶은 꿈이었으리라. 이제 날은 다 되었고 짐은 이 땅에서 빌린 껍질을 훌훌 털고 떠나려니와, 우공(牛公)이여, 흐트러진 짐의 꿈자리를 그대에게 맡기노라. 태자에게는 아직도 꾸어야 할 긴 꿈이 남았으니, 그가 돌아오거든 전하라. 이 아비의 길이 비록 몽몽(蒙蒙)하나 이어서 가고, 황태손(皇太孫)으로도 잇게 하라고. 또 외로운 황태후를 그대에게 맡기나니, 삶이 다하는 날까지 보살펴주기를 바라노라. 그대가 삶의 껍질을 벗는 날을 짐은 아득한 북쪽 하늘 자미궁(紫微宮)에서 기다리고 있으리라."

그리고 오래잖아 자는 듯 눈을 감으니 때는 사시(巳時)였다. 갑자기 하늘이 칠흑같이 어두워지고 광풍에 고목이 뿌리째 뽑혀 날아감직도 하지만, 그런 일은 있었던 성싶지 않다. 탄신하실 때의 여러 신이(神異)한 조짐에 비해 실망스러울 만큼 평온한 땅이요 하늘이었다.

우발산과 의명황후는 그날로 발상거애하고 계룡산 남쪽 제왕혈(帝王穴)에 능을 정하니 곧 덕릉(德陵)이다. 다시 문사(文事)에 서툰 우발산은 평소 황제와 친분이 있는 부근 암자의 도승(道僧)을 청해 묘호를 태조(太祖) 광덕대비(光德大悲) 백성제(白聖帝)라 했다. 태조는 개국시조(開國始祖)라는 뜻에서 나왔으며, 광덕대비는 그 도승의 불심(佛心)에서 우러난 것이고, 백성제의 백(白)은 오행(五行)에서 따온 것으로『정감록』이 말한 남조선의 빛깔이다. 내가 처음 덕릉을 찾게 된 날로부터 육 년 전인 1972년의 일이었다.

평문(評文)

베끼기의 문학적 의미

김현(문학평론가)

*출처 : 김현, 「베끼기의 문학적 의미 : 이문열」, 『책읽기의 괴로움/살아 있는 시들』(1992), 문학과지성사

베끼기의 문학적 의미

김현(문학평론가)

　『황제를 위하여』는 이문열의 가장 중요한, 그리고 가장 좋은 소설이다. 그것은 이문열의 무의식에서 일어나고 있는 전통적 문화에 대한 회귀욕망과 거부의지 사이의 섬세하지만 치열한 싸움의 무의식적 결과이다. 그는 전통적 문화에 회귀하는 것을 긍정적으로 묘사하려 하지만, 그의 소설은 그것을 부정적으로 비판한다. 『황제를 위하여』는 일종의 모순의 소산이다.

　『황제를 위하여』에서 옹호되고 있는 것은 도교계통의 신앙, 낡은 노장의 답습 혹은 동양적이고 소박한 아나키즘이다. 『정감록』은 그것의 한 표현이다. 『황제를 위하여』는 그 신앙을 사는 한 인물의 이야기이다. 그는 1895년에 태어나 1972년에 죽은 인물로

서,『정감록』에 나오는 정 진인이 바로 자기라고 믿고 산, 약간 이
상한 사람이다. 그는『정감록』에 예언된 대로 이씨 왕조가 망하
면 정씨 왕조가 올 것으로 믿었고, 실제로 남조선이라는 왕국을
계룡산 기슭에 세운다.『황제를 위하여』는 바로 그 남조선 창건
주의 일생을 기록한 이야기이다. 모든 창건주의 이야기가 그러하
듯, 그것 역시 기이한 탄생, 보조자들의 출현, 싸움, 실패, 싸움, 개
국……등을 그 기능 단위로 갖고 있다. 그 인물은 남조선이라는 나
라를 세운 사람이지만, 그가 난 때는 을미사변(1895)에서 1972년
에 이르는 시기이며, 그가 산 곳은 계룡산 근방의 백석리(白石里)
이다. 그것은 그가 현실의 땅에서 환상의 나라를 세운 미치광이
임을 입증한다.

정상적인 사람이 현실의 땅에 환상의 나라를 세울 수는 없다.
그런 의미에서 그는 정상적인 사람이 아니다. 그가 얼마만큼 비
정상적인 사람이었는가 하는 것은,『황제를 위하여』에서 뛰어나
게 흥미로운 부분들, 예를 들어 기차를 처음 봤을 때의 그의 반
응, 주막에서 돈을 털릴 때의 그의 유장함, 그리고 바카야로 사건,
젊은 대위 사건 등에 재미있게 묘사되어 있다. 그만의 비정상적인
사람인 것이 아니라, 그와 같이 나라를 세운 사람들의 거의 대부
분이 비정상적인 사람이다. 마숙아, 우발산, 방량, 신기죽, 두충, 변
약유……등은 범법자, 사기꾼, 몽상가, 반편, 알콜중독자, 미치광
이 등이다. 황제와 그의 보조자들은 현실내의 뿌리박은 사람들이

아니라, 현실의 변두리를 떠돌아다니는 떠돌이들이다. 그들이 현실과 부딪칠 때, 그들은 현실적인 척도에서 실패하지만, 그 실패를 통해 그들은 더 굳건한 환상의 나라를 세운다. 그리고 그 환상의 나라의 맨 윗자리에 황제가 자리 잡고 있다. 그는 반 혹은 비―현실적인 사람이지만, 그 마음만은 깨끗하고 거룩한 사람이다.

그의 깨끗함과 거룩함은 어디에서 온 것일까? 이문열은 그의 거룩함과 깨끗함의 근거로서, 과학의 합리를 미신이라고 믿고, 초자연적 직관을 논리라고 믿는 그의 마음됨을 지적하고, 그 실천의 논리로, 제왕의 도와 노장의 무위를 들고 있다. 거룩함과 깨끗함은 비 세속적인, 성스러운 것에 속한다. 그 성스러움은 합리주의자들의 과학이나 합리에 의해 설명될 수 없다. 그것은 느낌의 대상이지 설명의 대상은 아니다. 그 성스러움을 보장하는 것이 초자연적 직관이며, 그 직관은 성스러운 물건, 책, 사람들의 예언의 틀 안에서의 직관이다. 예측가능성이 과학이라면 그 직관 역시 과학이다. 그 과학은 실험보다는 의례를 존중하는 과학이다. 예언은 가설보다 훨씬 확고한 믿음의 대상이기 때문이다. 예언은 완성하기 위한 황제의 노력, 예를 들어 예언서에 맞춰 기병하고, 예언서에 맞춰 장수들의 성을 내리는 것 따위는, 성스러움에 과학적 근거를 제시하려는 황제의 의도의 반영이다. 그 의식을 통해 성스러움은 완성된다. 그 의례가 바로 제왕의 도이며, 노장의 무위이다. 그것은 억지로 배제하고 자연스러움을 숭앙한다. 제왕의 칼은 하늘을 칼등으로 삼고 땅을 칼날로 삼으며 만백성을 칼자루로 삼으며, 황제의 진정한 나라는 육신에 구애되지 않은 드높은 정신 속에 있다. 가장 극진한 제왕의 도는 다스림이 없는 도이며, 가장 도저한 무위는 하고자 함이 없는 무위이다. 요순과 노장은 황제의 정신적 이상이다.

황제의 그 도저한 정신주의를, 『황제를 위하여』의 화자는, 처음에는, 일견 황당무계하지만 웃어넘길 수만은 없는 것으로 생각하다가, 나중에는 모든 정신적 체제를 부정하는 정신적 힘으로 긍정한다. 화자 역시 황제의 정신주의에 은연중에 감염된 셈이며, 그 감염이 그로 하여금 황제의 일생을 재구성하게 만든다. 황제의 정신주의에 화자가 공명하기에 이르는 것은, 현실에서 느끼는 위기의식에서 벗어날 길을 찾아야 한다는 마음의 움직임에 그가 저항하지 않았기 때문이다.

『황제를 위하여』의 화자가 황제의 일대기에 접하게 된 과정은 오래된 이야기들의 변형이다.

잡지사 기자인 그는 계룡산에 취재를 간다.
한 노인을 만나 백제실록(百濟實錄)을 본다.
노인은 죽고 실록도 찾을 수 없다.
기억을 살려 옮겨 쓴다.

그 과정은, 책을 읽고 그것을 옮겨 쓴다, 라는 옛 이야기들의 서두의 변형이다. 그 잡지사 기자의 옮겨 씀은, 그대로 베낌이 아니라, 자기─식으로─고쳐─베낌이다. 베낌에는 두 가지 유형이 있다. 하나는 그대로 베끼는 것인데, 그대로 베낄 경우, 원본과 복사본 사이에는 유형화 혹은 양식화의 관계가 이룩된다. 원본의 문체나 내용을 그대로 베끼면 하나의 유형, 양식이 생겨난다. 자기─식으로─베낌은 그대로 베낌과 달리 원본에 대한 비판, 반성, 성찰을 전제한다. 원본과 복사 편 사이에는 거리가 생기고, 그 거리 때문에 공감, 야유, 풍자 등의 심리적 움직임이 나타난다. 그 움직임이 바로 해석이라고 불리우는 행위이다.

그 잡지사 기자가 본 것은 '백제실록'이다. 실록이란, 한글학회의 큰사전에 의하면 사체(史體)의 한 이름으로, 한 임금의 재위한 동안(사전의 문체치고는 너무 어색한 문체이다!)의 정령(政令) 기타 모든 사실의 기록이다. '백제실록'은 백제가 죽은 뒤에 편찬한 그의 실록이다. 그 실록을, 그는 실록을 찾을 수 없어 연의(演義) 형식으로 고쳐 베낀다. 연의란, 다시 한 번 한글학회 큰사전에 의하면, 사실의 뜻을 부연하여 설명함을 뜻한다. 그가 연의 형식으로 실록을 고쳐 베꼈다 함은 그가 실록의 사실들을 그 나름대로 부연하여 설명함을 뜻한다. '백제실록'은 삼국지연의의 톤으로 번역된다. 그 베낌은 삼중적이다. 왜냐하면 황제는 비기들의 예언을 고쳐 베껴 자신의 삶을 만들었으며, 실록은 그의 삶을 실록에 맞게 고쳐 베졌으며, 기자는 그 실록을 다시 고쳐 베꼈기 때문이다. 베낌은 베낌을 낳고, 그 베낌은 또 새로운 베낌을 낳는다. 해석은 해석을 낳고, 그 해석은 또 새로운 해석을 낳는다. 베낌─해석은, 말 하나라도 그 사람의 이데올로기를 표현한다는 말이 옳다면, 해석자의 이데올로기의 표현이다.

　황제의 삶은 베끼기의 삶이다. 그가 베낀 삶은 제왕의 삶이다. 그 삶은 자연이 그의 나타남을 알리고, 신민이 그의 나타남을 반기는 그런 삶이다. 그는 인의를 주로 하는 삶을 배워 익힌다. 그 익힘을 이끌고 나가는 것은 그의 아버지이다. 그는 그의 아버지의 가르침을 뛰어넘어, 스스로 제왕임을 드러낸다. 그 드러냄은 언제나 고사에 의거한 드러냄이다. 그의 삶의 원본은 옛 제왕들의 삶이며, 그는 그 삶들의 새로운 배합이다. 그 원본을 가르쳐준 것은 물론 옛 성현들의 글이다. 글을 통해 그는 제왕의 도를 익히고, 아니 기억하고, 그의 삶을 통해 그것으로 고쳐 베낀다. 그 고쳐 ─ 베낌의 과정에는 주저, 망설임이 없다. 그는 삶을 사는 것이 아니라 제왕의 삶을 산다. 그는 모델의 삶을 베껴 산다. 그 베낌은 한결같다. 그 한결같음이 그의 사람됨의 크기이다. 그 한결같은 베낌이 허황되다 하더라도 그의 베낌은 진지하고 성실하다. 그의 삶에는 오차가 없다. 모든 것은 비기에 미리 기록되어 있기 때문이다. 그 해석이 틀릴 수는 있지만, 그의 삶이 예언되어 있지 아니할 수는 없다. 그는 만날 사람을 만나고, 살 삶을 살게 되어 있다. 그는 황제다.

그는 덕치와 인의의 황제다. 그의 유일한 결함은 민주주의를 이해 못한 것이다. 이해 못했다, 라는 표현은 옳지 않다. 그는 민주주의를 이해할 수 없는 사람이다. 황제가 어찌 민주주의를 이해할 수 있으랴! 그에게 있어서, 백성이란 언제나 우매한 백성이며, 그래서 인민을 위한 나라는 있지만, 인민의 나라, 인민에 의한 나라는 있을 수가 없다. 제왕은 하늘이 내는 것이며, 하늘의 밝음보다 밝은 것은 없는 것이다.

실록의 베낌은 치자의 덕치와 인의를 드러내고, 관리들의 충성됨을 드러내는 베낌이다. 실록은 황제의 황제됨을 드러낼 뿐 아니라, 수많은 충신들의 행적을 적고 있다. 황제에게 충성되지 못한 자는, 그 공이 아무리 크더라도 적게, 소략하게 기록된다. 실록의 원본은 수많은 실록들이며, '백제실록'은 그 실록들의 고쳐―베낌이다. 그 고쳐―베낌의 원리는 장엄함, 위대함이다. 황제와 관련된 모든 것은 장엄하고 위대해야 한다. 실록의 문장이 웅장 유려한 것은 그것 때문이다. 황제는 위대한 분이며, 백성은 그 황제를 무조건 뒤따라야 한다. 우발산, 신기죽, 두충, 변약유 등의 충성은 위대함/뒤따름의 멋진 예이다. 현실에서 일어나는 일은 그러나 반드시 위해하고 장엄하지는 않다. 실록은 그것들에 무관심하다. 실록은 백성들에게 관계 있는 것이 아니라 황제에게 관계 있기 때문이다.

황제의 실록의 베낌은 말의 엄밀한 의미에서 고쳐—베낌이 아니다. 그것은 사실은 그대로—베낌이다. 더 정확히 말하자면 그대로—고쳐—베낌이다. 그와 그의 충신들의 삶은 유형화된 삶이기 때문이다. 말의 엄정한 의미에서 고쳐—베낌은 화자의 고쳐—베낌이다. 화자는 실록을 연의로 고쳐 베낀다. 그는 실록을 새롭게 설명하고 해석한다. 그 설명과 해석은 합리주의적 설명 · 해석이다. 그 합리주의자의 설명에 의해,

   황제의 삶은 미치광이의 삶이지만, 그 삶의 어떤 부분은 깨끗하고 아름답다.

   실록의 삶은 봉건적인 삶이지만, 그 삶의 어떤 부분은 설득력을 갖고 있다.

는 것이 설득력 있게 드러난다. 황제의 삶은 과거 지향적인 삶이지만, 그의 이상은 덕치와 인의이므로, 그의 삶의 어느 부분, 가령 백성을 위해 재산을 아낌없이 내놓는 부분 같은 것은, 깨끗하고 아름답다. 충성을 요구하는 그의 태도를 통해, 공산주의와 불교, 기독교, 그리고 현대적인 삶의 허실이 어느 정도는 드러난다. 그에 의하면, 공산주의는 허자(許字)의 아류로서, 거기에도 치자와 피치자의 구별이 없을 수가 없다고, 공산주의의 이상보다는 공산주의의 실천의 허점을 지적한다. 예수의 사랑은 사람을 약하게 만

들며, 부처의 자비는 사람들을 분별없고 어찌할 바 모르게 한다고 지적할 때, 그는 유가의 전통 속에 서 있다. 그것은, 황제가 젊은이들의 잡스런 가무음곡에 대노하는 장면에서 절정에 달한다. 실록의 삶 역시 과거 지향적 삶인데, 그것은 마숙아―황제, 김광국―황제 등의 관계 속에 긍정적으로 표출되어 있다. 신기죽, 변약유, 두충 등과 황제의 관계는 부정적인 맹목적 충성이지만, 마숙아, 김광국의 충성은 의리, 신의에 기반을 둔 긍정적 충성이다. 화자의 베껴―씀을 통해, 황제의 깨끗한 삶, 신하들의 충직한 삶이, 삶의 한 덕목으로 제시된다. 그 삶을 우리가 다시 살 수 있을까? 아니 그 삶이 살 만한 가치가 있는 삶일까? 그러므로 화자가 실록을 고쳐―베낀 것은 그 질문에 대답하기 위해서이다.

화자는 실록을 연의로 베끼지만, 그 베낌의 톤은 전후가 다르다. 황제의 탄생에서 개국에 이르는 부분과 그 후부터 죽음에 이르는 부분의 톤은, 그 자신의 용어를 빌리면, 연의와 소설의 톤으로 확연히 갈라진다. 연의의 톤은 사실을 기이함과 결부시켜 서술하는데서 얻어진다. 화자는 연의와 장회소설을 같은 것으로 이해하고 있지만, 실제의 톤은 다르다(엄격하게 따지자면, 연의는 내용상의 분류이며 장회소설은 형식상의 분류이다). 연의에서 사실은 기이함과 결부되어 황제의 시대착오적 성격이 두드러진다. 그 결과, 독자는 연의에서는 시대착오적 정신의 아름다움을 느끼지만, 소설에서는 시대착오적 정신의 안타까운 움직임을 목도한다. 이야기의 흐름만을 따라가자면, 연의에서는 황제의 이상이 실현될 수 있으리라는 가능성이 가능성으로 항상 남아 있다. 그러나 소설에서는, 가능성이 거의 엿보이지 않는다. 가능성의 유무가 『황제를 위하여』의 전후의 톤을 바꿔 놓은 것이다. 그 다음, 화자의 입장을 따라가자면, 화자는 황제를 긍정적으로 따라가려 하지만, 그러면 그럴수록 황제의 이상의 시대착오적인 측면과 더 세게 부딪치게 되어, 그 따라감을 포기하지 않을 수가 없게 된다. 그는 동조자에서 이야기꾼으로 그때 변신하여, 장회소설의 흉내를 내, 그 뒤의 일을 알고 싶거든, 다시 다음 회를 기대하시라라고 너스레를 떤다. 그 너스레가, 아니 차라리 그 모순이 『황제를 위하여』에 큰 활력을 부여한다. 한 기인의 정신적 편력은, 시대 현실에 대한 부정적 — 왜냐하면 실현될 수 없기 때문이다 — 비판과 어깨를 나란히 하게 되어, 현실에서의 그것의 의미를 반성할 수 있게 한다. 그의 기행은 단순한 기행이 아니라 현실 비판적인 기행이 된다. 그의 기행을 통해, 정상적인 방법으로는 비판할 수 없는 것들이 신랄하게 비판된다. 그 신랄함은 포복절도할 정도의 본능적인 웃음을 유발시킨다. 바카야로 사건과 같은 전반부의 기행이 연민 섞인 웃음을 자아낸다면, 맥아더에게 주식을 내리고, 젊은 대위를 쫓아다니며, 젊은이들을 치죄하는 장면에서의 기행은, 바흐찐이 사육제의 웃음(le rire carnaval-esque)이라고 부른, 민중의 힘있는 웃음을 유발시킨다. 그 웃음은 공식문화 내에서는 터트릴 수 없는 대중민중문화의 웃음이다. 그것은 우직해서 앞뒤를 재지 않는 사람만이 터트

리게 할 수 있는 웃음이다. 그것은 기괴한 웃음이지만, 생명력의
밑바탕과 결부된 웃음이다.

황제의 기행이 우직하게 느껴지는 것은, 그의 행동이 자기 안
에 갇혀 있는 행동이기 때문이다. 그는 다른 사람의 생각, 표현까
지도 모르는 체한다. 그 모르는 체함은 자기의 주장을 더욱 강하
게 느끼게 하기 위해서이다. 가령 맑시즘에 대해, 그는 "맑시즘인
지 말오줌인지 내 알 바 아니지만" 운운하면서 맑시즘에 대해 말
하는 사람의 말문을 막고, 재즈에 대해 [자지라니], "그 음이 어찌
이리 잡상스럽소?"라고 의뭉스럽게 묻는다. 그 모르는 체함, 의뭉
스러움이 그 기괴한 웃음을 낳게 한다.

황제의 우직함—우뭉스러움에 비교할 수 있는 인물이 있다면,
그는 돈키호테. 황제와 돈키호테는 여러 의미에서 비슷하다. 그것
들을 간략하게 요약하면,

그들은 책을 읽고 미친 사람들이다.
그들은 그들의 대의를 펴기 위해 편력한다.
그들에게는 그들과 마찬가지로 약간 미친 보조자들이 있다.
그들은 미치광이이다. 그들은 사라진 것(달성할 수 없는 것)을 삶으
로 산다.
그들의 미치광이 짓은 웃음을 유발시킨다.

그런 의미에서 본다면, 『황제를 위하여』는 실록과 『돈키호테』를 고쳐 쓴 소설이다.

『돈키호테』와 마찬가지로 『황제를 위하여』에도, 이야기에 이상한 곳이 서너 군데 있다. 두 개의 예만 들면,

황제는 만주에서 척 대인의 도움을 받아 동장을 일으킨다. 척 대인의 척가장에서 동쪽으로 삼십 리쯤 가면 수백 리에 걸쳐 놀고 있는 땅이 있는데, 척 대인은 황제에게 그 땅을 십 년 동안은 무료, 십 년 후에는 수확을 넷으로 나눠, 둘은 경작자가 갖고 둘은 그들이 나눠 갖는다는 조건으로 빌려준다. 그런데 육 년도 되지 않아, 황제를 제치고 척 대인과 직접 선을 대보려는 소작인들이 생겼다고 화자는 기록하고 있다. 그들에게는 황제에게 바치는 사 분의 일 소작료가 처음과 달리 공연한 낭비로 느껴진 것이다, 라는 화자의 설명이다. 그 설명은 약간 이상하다. 황제는 척 대인에게 십 년 동안은 지대를 물지 않게 되어 있기 때문이다. 느는 십 년간은 수확의 반을 차지할 수 있다.*

만주에 어느 정도 기반을 잡자, 황제는 집안 사람들을 동장으

---

*편집자 註 : 초판에서 5년이 10년으로 잘못 기재된 듯. 상식적으로 아무리 땅을 개간했다고 해도 10년이나 소작료가 없다는 것은 좀 지나치지 않은가?

로 불러모은다. 그때 온 그의 아이들은 셋이다. 첫째는 공산주의자가 되어 그를 떠나고, 둘째는 일본에 건너가 밀수꾼이 된다. 그러나 셋째는 처음 나타나는 장면에만 나오고 그 뒤에는 나타나지 않는다. 셋째는 황제와 부인 사이의 소생이 아니라, 그의 신하 우발산과 그의 부인의 사이에 난 아이지만, 그가 자기 아들로 인정한 이상, 그의 아들이다. 그 셋째에 대해, 그토록 마음이 너그러운 황제가 첫째, 둘째를 다 떠나보낸 이후에도 한 마디 언급 없는 것은, 이야기의 진행이 뭔가 이상하다는 느낌을 준다. 그 아이는 어떻게 됐을까?*

　세르반테스는 『돈키호테』 후편을 쓰면서, 전편의 이상한 점들에 대해 자세한 변명을 늘어놓고 있으나, 이문열은 『황제를 위하여』의 후편을 쓸 수 없는 형편이다. 왜냐하면 황제가 이미 죽었기 때문이다. 하지만 실록편찬 자들에게도 실수가 있을 것인데, 어찌 그것을 고쳐 쓴 화자의 이야기에 그것이 없으랴.

　『황제를 위하여』를 뛰어난 소설로 만들고 있는 결정적인 것은 그것의 문체다. 사육제의 문체처럼 간결하면서도 빠르고, 빠르면서도 유장한 그것의 문체 중에서 가장 아름다운 대목들은, 『돈키

---

*편집자 註 : 작가의 실수. 재판에서 이름이 모(某)였으며 만주에서 어릴 때 죽은 것으로 처리.

호테』의 아름다운 대목은 그것이 비판하려 한 기사도소설의 문체를 본뜬 대목이라는 아우얼바하의 지적을 그대로 빌리면, 실록의 한문서술을 흉내 낸 곳들이다. 실록의 한문투를 옮겨 놓은 대목의 문체는, 서양어를 뒤늦게 배운, 한문수학 세대의 그것에 버금하게 아름답다. 그것은 국정교과서에 실린 몇 개의 글을 상기시킨다. 그것은 그러나 그것들의 감격조의 톤을 거의 갖고 있지 않다. 과장되어 있으되 장엄하고, 장엄하되 설득력 있다. 예를 들어, 처음으로 왜군과 교전하여 패퇴한 장면을 묘사하고 있는 대목의, 복잡한 현대식 조립 체와 실록번역문체의 대비는, 그 번역문체가 얼마나 웅장유려한가를 분명하게 드러내준다. 화자가 실록을 고쳐쓸 수 있었던 것은, 그가 실록류의 문체―내용에 정통해 있었기 때문이리라. 『황제를 위하여』는 제왕의 도와 장자의 무위를 이상으로 제시하는 척하면서, 무의식적으로 그것을 비판하고 있는 모순의 소설이다. 그것은 이문열이 지금까지 쓴 것 중에서 가장 뛰어난 소설이며, 한국소설이 오래 기억할 만한 소설이다. 그가 베낀 장회소설의 문투를 빌리면, 그 소설이 얼마나 재미있나 알고 싶거든, 빨리 서두부터 읽어가시라.

| 작가 연보 |

1948년   서울에서 출생

1950년   고향인 경북 영양군 석보면으로 돌아감

1953년   안동으로 이사함

1955년   안동중앙국민학교 입학

1957년   서울로 이사, 서울 종암국민학교로 전학

1959년   밀양으로 이사, 밀양국민학교로 전학

1961년   밀양중학교 입학 6개월 만에 그만두고 고향으로 돌아감

1964년   안동고등학교 진학

1965년   안동고등학교를 그만두고 부산으로 이사함

1968년   서울대학교 사범대학교에 진학

1969년   사대(師大) 문학회에 들면서 작가 지망생이 됨

1970년   서울사대 중퇴

1971년   제20회 사법시험 응시

1973년   사법시험을 포기하고 결혼. 입대

1977년   매일신문 신춘문예 입선

1978년	매일신문사 입사
1979년	동아일보 신춘문예 당선 『사람의 아들』로 제3회 오늘의작가상 수상 『사람의 아들』 출간
1980년	『그해 겨울』, 『그대 다시는 고향에 가지 못하리』 출간
1981년	『어둠의 그늘』, 『젊은 날의 초상』 출간
1982년	「금시조」로 제15회 동인문학상 수상
1983년	『황제를 위하여』로 대한민국문학상 수상
1984년	『영웅시대』로 중앙문화대상 수상
1987년	『우리들의 일그러진 영웅』으로 제11회 이상문학상 수상
1988년	『삼국지』(전 10권) 출간
1989년	대하소설 『변경』 제1부 3권 출간
1991년	『시인』, 『변경』 제2부 2권 출간
1992년	「시인과 도둑」으로 제37회 현대문학상 수상 제24회 대한민국 문화예술상 수상 프랑스 문화예술공로훈장 수훈상 수상
1993년	『오디세이아 서울』(전 2권) 출간
1994년	『수호지』(전 10권), 『이문열 중단편전집』(전 5권) 출간
1995년	세종대학교 국문과 교수 취임
1998년	부악문원 대표, 제2회 21세기문학상 수상 『선택』 출간, 대하소설 『변경』(전 12권) 완간
1999년	호암상 예술상 수상

2000년	『아가』 출간
2004년	출간 25주년 기념 개정판 『사람의 아들』, 산문집 『신들메를 고쳐매며』 출간
2005년	개정판 『우리들의 일그러진 영웅』 출간
2006년	장편소설 『호모 엑세쿠탄스』 출간
2008년	대하 역사 장편 『초한지』 출간
2009년	대한민국예술원상 수상
2010년	장편소설 『불멸』 출간
2011년	장편소설 『리투아니아 여인』 출간
2012년	『리투아니아 여인』으로 동리문학상 수상
2014년	『변경』 개정판 출간
2015년	은관문화훈장 수상
2016년	『이문열 중단편전집』(전 6권) 출간, 『이문열 중단편전집 출간 기념 수상작 모음집』 출간
2020년	『삼국지』, 『초한지』(개정 신판 전 10권), 『사람의 아들』(개정 신판), 『젊은 날의 초상』(개정 신판), 『우리들의 일그러진 영웅』(개정 신판) 출간

황제를 위하여 2

개정 신판 1쇄 인쇄 2020년 12월 14일
개정 신판 1쇄 발행 2020년 12월 21일

지은이 이문열

발행인 양원석
편집장 최두은 **디자인** 이은혜 **영업마케팅** 양정길 강효경

펴낸 곳 ㈜알에이치코리아
주소 서울시 금천구 가산디지털2로 53, 20층 (가산동, 한라시그마밸리)
편집문의 02-6443-8844   **도서문의** 02-6443-8800
홈페이지 http://rhk.co.kr
등록 2004년 1월 15일 제2-3726호

ISBN 978-89-255-8933-6   04810
      978-89-255-8934-3   04810(세트)